Machtworte

Elke Lorenz

Machtworte

Roman

mitteldeutscher verlag

Elke Lorenz, geb. 1950, studierte Journalistik in Leipzig und arbeitete danach drei Jahre lang in einer Kreisredaktion. Es folgten erste literarische Arbeiten. Nach der Wende war sie verantwortlich für die Presse- und Öffentlichkeitsarbeit der Stadt Bautzen. Seit 2009 widmet sie sich wieder vermehrt ihrer schriftstellerischen Arbeit. „Machtworte" ist ihr Debütroman. Elke Lorenz lebt in Wuischke am Czorneboh bei Bautzen.

1. Auflage

www.mitteldeutscherverlag.de

Gesamtherstellung: Mitteldeutscher Verlag, Halle (Saale)
Umschlagabbildung: © Archv – shutterstock.com
Lektorat: Manfred Jendryschik, Leipzig

ISBN 978-3-96311-683-4

Printed in the EU

I

Ich brauche ein Kind für diese Geschichte. Ein Kind, einen Mann, eine Frau. Alles andere wird, meine ich, am Rande bleiben können. Wichtig sind mir nur diese drei. Ich habe mich weit genug entfernt von ihnen, das Kind, der Mann, die Frau sind mir fremd. Jede Erinnerung an sie ist Spiel, mein Spiel, in dem ich ihnen immer nur meinen Text vorsagen kann, und der kommt aus einem anderen, späteren Geschehen. Das Kind also in dieser Geschichte ist das Kind. Es hat immer recht. Es ist schuldlos. Die Frau ist die Frau in der Geschichte. Sie hat immer recht. Sie ist schuldlos. Der Mann in dieser Geschichte ist der Mann. Er hat immer recht. Er ist schuldlos.

Ich schreibe diese Sätze auf das Papier und staune. Immer wollte ich schreiben. Immer war anderes zu tun, Wichtigeres, Lebenswichtiges. Man muss nicht schreiben, wenn es ums Leben geht, da muss man fürs Leben sorgen, sein eigenes und das seiner Kinder zum Beispiel. Ich glaube denen nicht, die sagen, sie könnten nur leben, wenn sie schreiben. Sie würden anders leben, aber leben würden sie schon. Nun schreibe ich also, und als Erstes sind es diese Worte vom Rechthaben und Schuldsein und Unschuldigsein und Richtig und Falsch. Als hätte ich mein Leben lang unter Anklage gestanden.

Wenigstens muss ich nicht reden darüber. Unmöglich, darüber zu reden. Immer sind es die falschen Worte, der falsche Ton, am falschen Platz, nie fügen sie sich zu dem, was man eigentlich meinte, und immer verstehen alle etwas anderes, Ihres.

Schreiben vielleicht, das kann gehen. Aber dann soll man auch wieder reden mit denen, die es gelesen haben. Dabei hat man doch alles gesagt.

Also der Mann. Die Frau. Das Kind. Das Kind, es ist ein Mädchen. Es oder sie, egal von nun an.

Als das Kind den Mann und die Frau als Mutter und Vater begriff, lebten sie in einem Dorf, das, gebettet in Felder und Wiesen und umsäumt von Wäldern, einen Berg hinaufwuchs, der sich gegen ein Felsengebirge lehnte. Eigentlich muss ich nicht sagen, dass das Dorf sehr schön war, jedes Kindheitsdorf ist schön, aber es blieb es auch, als ich Jahre später mit alten Augen nun dorthin zurückkehrte, staunend, dass alles so anders ist, kleiner sowieso, irgendwie aber auch erbärmlich, und ich erbarme mich.

Das Haus also, in dem das Kind geboren wurde, lag in der Mitte des Ortes an einer langen Straße, die sanft, aber stetig steiler und steiler anstieg und die Häuser im Tal mit dem Oberdorf verband. Die Alten liefen die Straße zu Fuß hinauf und schoben dabei, den Oberkörper gebeugt, die Arme weit nach vorn gestreckt, ihr Fahrrad vor sich her. Nur die Kinder schafften es, mit schwerem Tritt und keuchendem Atem ohne abzusteigen oben anzukommen an der alten Linde. Sie war, schien dem Kind, der schönste Baum im Dorf. Im Frühjahr brachen aus ihren Knospen die Blätter hervor, nicht grün, sondern licht wie die Sonne selbst, im Sommer strömte der Duft der Blüten an windigen Abenden hinunter bis in das Haus, in dem das Kind in seinem Bett wartete auf seinen Schlaf, und im Herbst trotzten die nun gelben Blätter dem Sturm noch, wenn die anderen Bäume längst laublos waren. Bis der raue Reif die kahlen Zweige in ein eisiges, weißes Spitzenkleid gehüllt hatte, saßen oder standen die Männer unter ihr vor der Kneipe, manchmal bekamen die Kinder von ihnen ein großes Glas Fassbrause geschenkt, oder der Wirt gab ihnen davon, wenn sie schon etwas faulig schmeckte und wegmusste.

Von dort oben an der Linde war es nur einen kurzen, dem Kind immer lieben Weg weit durch eine Wiese in den Wald hinein. Sie duftete nach den Blumen, die im Jahreslauf auf ihr wuchsen, Löwenzahn, Glockenblumen, Margerite inmitten von filigranen Gräsern, dem frischen Gras bei der Mahd, dem süßlichen Heu. Im Herbst schließlich trug der Wind den schweren, erdigen Geruch vergilbender Blätter und Gräser noch ein Stück hinein in die dunklen Fichtenwälder, die alles Licht verwahrten in ihren dichten Zweigen. Nicht lange lief das Kind durch den Wald, bis sich der Abgrund vor tief sich spaltenden Felsenschluchten auftat und dahinter, fast aufrecht in den Himmel ragend, gewaltige und trotzdem leicht und bizarr wirkende Gesteinsgestalten, die dramatische Kulisse für einen breiten Fluss, der, weiße Dampfschiffe und lange Lastkähne tragend, tief unten sich langsam und sanft durch das Tal wand.

An den Felsen haben die Jungen des Dorfes sich im Sommer zu ihren Mutproben versammelt, wer beim Klettern zauderte und abrutschte und dabei gar in Todesangst nach der Mutter rief, war für alle Jahre verlacht. Das Kind war da froh, ein Mädchen zu sein, das nur zusehen musste und die Jungen zu rühmen hatte. Nie wäre sie auf einen Felsen gekrochen. Schon wenn sie durch den Schwarzen Berg im Ort gehen musste, eine Felsenschlucht hinunter zu einem flachen, aber wilden Fluss, auf dessen anderer Uferseite das Haus der Großeltern stand, konnte sie vor Angst kaum noch atmen. Der steile Pfad zum Talgrund war von der Straße weg in den Stein gehauen und ersparte den langen Weg um den Felsen herum, er war schmal und glitschig. Wasser sickerte durch die offenen Adern der dick mit Moos bewachsenen Felswände, rann durch das Geflecht aus Pflanzen und Wurzeln hinunter zum Fluss, feucht und dumpf und nie von einem Sonnenstrahl besänftigt stand die Luft zwischen den Granitsteinen, legte sich in jede Pore ihrer Haut, die Angst schnürte ihr den Hals zu. Nur schnell hier fort wollte das Kind, rannte fast hinunter und riss sich, weil es nicht achtgab, Schultern und Arme an den Steinwänden, um bloß bald am Fluss zu sein, durch den man im Sommer gleich hindurchlaufen konnte zum Haus der Großeltern und dahinter in die wieder sonnen-duftenden Wiesen und Felder hinein.

Erst viele Jahre später, sie hatte in einer Gondel hoch über einer Bergschlucht schwebend gemeint, vor panischer Angst ersticken zu müssen, erzählt ihr die Frau, was das noch sehr kleine Kind damals sofort vergessen musste. Die Hände in die Korbwand des Kinderwagens gekrallt, die Augen weit aufgerissen nach vorn in den Abgrund starrend, war es schreiend diesen Weg immer schneller werdend hinuntergerast über die vereisten Steine und Stufen springend, nachdem sich die Bremsen des Gefährtes oben auf der Straße im Rücken der Frau, unbemerkt von ihr, gelöst hatten. Wohl im letzten Augenblick, bevor der Wagen mit dem Kind die Felsen hinabgestürzt wäre, haben Jungen, sie schlinderten die von ihnen zur Todesbahn ernannte Schlucht hinunter, den Wagen festgehalten. So blieb das Kind zufällig im Leben, aber die Furcht vor Abgründen und Tiefen hatte sich in ihm eingebrannt.

Das Dorf, so schien es dem Kind, war bewohnt nur von den vielen Verwandten und deren Freunden, niemand und nichts war hier fremd. Der Wind, der durch die Bäume am Haus strich und dem das Kind in seinem Bett liegend nur folgen musste, um in den Schlaf hineinzufinden, jeder sanft bis ins Herz schwingende Glockenton von der nahen Kirche, die zu betreten der Mann dem Kind streng verboten hatte, jeder Hahnenschrei, der den Morgen aus dem Dunkel zog, der Duft frisch umgepflügter Erde hinter dem Haus, wenn warmer Regen die Poren des Bodens geöffnet hatte, alles sprach zu dem Kind, alles gehörte ihm. Konnte das Kind nicht hinaus, kniete es auf einem Hocker vor dem Fenster in der Küche und blickte, umhüllt von sicherer Nähe und wohligem Geborgensein, weit über Felder von gelb blühendem Raps oder duftendem Korn bis zu den bewaldeten Bergen am Horizont.

Schon bin ich an den Punkt gekommen, an dem zu klären ist, was ich in dieser Geschichte will. Warum kann ich nicht einfach sagen, das Kind bin ich. Ich bin das Kind. Aber was habe ich denn schon noch mit dem Kind gemein? Ich will mich da so weit wie möglich heraushalten. Es wird nicht viel zu reden sein von mir. Aber nun doch dies: Jener Anblick ist für mich immer und ewig das Maß für einen glücklichen Ort geblieben. Meine Augen hatten dieses Bild irgendwohin in meinen Kopf kopiert und als Sehnsucht gespeichert, ohne dass ich wusste, wo es entstanden war, und erst viele Jahre später, wenn ich zum ersten Mal wieder vor diesem Kinderfenster stehe und hinaussehe und mich eine längst vergessene Geborgenheit umhüllt, erkenne ich es. Und meine Augen offenbar hatten mich, als ich viel später einen Ort zum Leben suchte, in jenes Haus in einem ganz anderen, weit entfernten Dorf geführt und zu bleiben geheißen: gelbe Rapsfelder vor den Hügeln, in der heißen Sonne schon nach warmem Brot duftende Kornfelder und wilde Blumenwiesen bis an die bewaldeten Berge am Horizont. Ich hatte dieses Bild aus den Kindertagen wiedergefunden, das ich längst vergessen hatte. Immer glaubte ich, frei genug zu sein, von diesem, wie mir schien, beliebigen Ort, an dem ich mich niedergelassen hatte, auch jederzeit wieder weggehen zu können. Nie habe ich es gekonnt. Nun weiß ich, dass ich dort werde bleiben müssen. Oder ich kann jetzt gehen und ihn überall hin mitnehmen.

Die Frau wirtschaftete hinter dem Haus in ihrem großen Garten, in dem alles wuchs, was man brauchte. Sie konnte es ernten, in Gläsern und im Keller lagern, an Kaninchen oder Schweine verfüttern. Nur ganz in der Ecke wuchsen ein paar Blumen, Löwenmaul, Astern, Margeriten, mehr nicht. Am liebsten aber waren dem Kind die zarten Schneeglöckchen, Märzenbecher und Krokusse, die die Frau nie in die Erde gebracht hatte, die mit den Mäusen aus den benachbarten Gärten zu ihnen gewandert waren und nun, immer wieder überraschend, irgendwo durch den noch kalten Boden brachen. Das Kind nahm sich jedes Jahr wieder vor, die anrührenden reinen, weißen oder grünbesäumten Glocken nicht zu vergessen, doch dann wuchs das üppige Gras darüber und bald waren auch noch die grünen Samenballons verschwunden, in die sich die verblühten Glocken verwandelt hatten, und nichts erinnerte mehr an sie. Auch das Kind wusste nicht mehr, wo sie sich gezeigt hatten. Es pflückte immer wieder einen neuen Strauß mit Wiesenblumen, legte sich eine Sonne aus zum Kranz gewundenen Löwenzahnblüten aufs Haar, erntete mit der Frau zusammen Salat, Gurken und Kartoffeln, aß die Früchte, die gerade reif waren. Wie alle anderen ging die Frau mit dem Kind in den Wald, Pilze suchen, Beeren pflücken und Kräuter sammeln für den Tee, von dem sie jeden Tag eine große Kanne aufbrühte. Zum Pilzesuchen und Holzmachen für den Winter kam auch der Mann manchmal mit.

Man sprach miteinander auf der Dorfstraße, wenn man sich zufällig traf, kurz und belanglos ernst die Männer (denn um länger zu reden, laut zu werden und sich auf die Schultern zu klopfen, brauchten sie die Kneipe), wortreich und nur scheinbar über Umwege aufs Ziel los sprachen die Frauen. Hatten sie erfahren, was sie wissen wollten, fiel ihnen wieder ein, man habe doch keine Zeit.

Alles war an seinem rechten Platz hier, wie es zu sein hatte in dem Paradies des Kindes.

Aber war es je das Paradies des Mannes gewesen? Und wie viel will ich eigentlich wissen von ihm? Und müsste ich dann nicht auch wieder die Geschichten davor und dahinter und daneben noch kennen? Wie bei dieser hölzernen, bunten, lackbemalten Matrjoschkapuppe: Öffnet man ihren Bauch, steckt in ihm die nächste Figur, etwas kleiner nur, aber ebenso bunt, und auch sie lässt sich öffnen und eine weitere Puppe kommt hervor, und wieder und wieder und noch einmal, bis eine nicht mehr teilbare, winzige übrigbleibt, die aber noch immer der ersten, größten Puppe gleichsieht, die sie alle in sich trug. So müssten eigentlich Geschichten sein. Aber immer nimmt man sich die eine große Puppe her und erzählt von ihr und ich staune, warum man genau diese Geschichte schreibt, nicht etwa eine ganz andere.

Einmal habe ich ein Buch gelesen, das mich zum Weinen berührt hat. Es erzählt von einer Vaterfamilie, die Geschichte der Mutterfamilie bleibt immer am Rande liegen, denn die Vatergroßmutter meint, die Mutterfamilie sei unwichtig, nichts Besonderes, was hätten die schon erlebt und auszuhalten gehabt. Und dann liest man in einem Satz, dass die zwei Partisanensöhne der immer gebeugt und stumm in der Ecke sitzenden alten Muttergroßmutter erschossen worden sind. Aber das war nicht der Rede wert. Immer sind es die gleichen Geschichten, die in einer Familie erzählt werden und sich nach vorn drängeln, jeder kennt sie längst und doch werden sie wieder und wieder erzählt, und immer sind es die gleichen Geschichten, über die man schweigt. Aber sie flüstern und raunen sich dann doch hervor.

Der Mann erzählte dem Kind niemals Geschichten aus seiner Kinderzeit. Er erzählte nicht, dass er im Armenhaus des Dorfes aufgewachsen ist, ein Zimmer und eine Küche zu ebener Erde, oben ein unbeheizbarer Raum vollgestellt mit Betten zum Schlafen für die Familie mit den sieben Kindern. Haben sie sich hier angstvoll verkrochen unter der Bettdecke, um das Verröcheln des sterbenden Vaters nicht mehr hören zu müssen, seine Lungen nur noch ein Klumpen aus Steinstaub? Nur die älteren Brüder erinnerten sich manchmal, wie schön es war, wenn sie durch die Felder und Wiesen zum Steinbruch hinter dem Dorf rannten, in der Hand das Kochgeschirr mit dem noch warmen Essen für den Vater, und wie sie dort mit ihm gesessen haben inmitten der gesprengten und von schweren Meißelschlägen gespalteten Felsbrocken und den derben Sprüchen der Männer zugehört und mit ihnen darüber gelacht haben, obwohl sie doch manches gar nicht verstanden. Und einmal nur erzählte er ihnen hier von seinem großen Traum, in die Eisenbahn zu steigen, die in ihrem Dorf hielt, und weit weg zu fahren. Schon als Junge habe er sich das vorgestellt, wenn er seinem Vater, dem Großvater des Mannes, der Kofferträger bei der ersten sächsischen Eisenbahn war, half, das Gepäck der anderen Leute in den Wagen zu schleppen. Aber immer musste er wieder aussteigen, immer fuhr der Zug ohne ihn los in eine unbekannte, alles versprechende Ferne. Nun waren sie dem Vater im Steinbruch sehr nahe, denn sie wussten ja, wie hoffnungslos verloren man sich da fühlt.

Die Mutter zog ihre Kinder nach dem Tod des Vaters allein groß, man weiß schon, wie das zuging, es ist alles vorstellbar, ich muss da keine Geschichte draus machen mit Figuren und Konflikten, die ich erfinde und an der Strippe meiner Worte halte. Nie genug zu essen, die Sachen zu groß oder zu klein, abgenutzt schon von den

Geschwistern, nach der Schule immer arbeiten müssen, denn die Bewohner des Armenhauses hatten im Sommer die Wassergräben der Gemeinde frei zu halten und zu reinigen und im Winter Schnee zu schippen auf den Straßen, und wenn dann noch Zeit blieb, halfen sie den Bauern auf dem Feld oder im Stall für ein paar Eier oder Kartoffeln oder ein Brot. Und dankbar sein für alles. Und immer höflich und nett sein zu den alten Weibern im Dorf, die sich, während er den Platz vor dem Gemeindeamt fegte, laut darüber unterhielten, wie schrecklich das alles sein muss für die armen Kinder und die arme Mutter, so ganz allein, und dem Jungen übers Haar streichen wollten, und er musste den Kopf dafür hinhalten und durfte ihn nicht wegdrehen. Und immer folgsam sein, weil die Mutter es so brauchte, sie hatte genug Sorgen schon, da mussten die Kinder nicht auch noch Ärger machen, vor allem nicht in der Schule. Aber er war ein guter Schüler, denn, so sagte der Lehrer der Mutter, er sei ein kluger Kopf und folgsam auch, aus ihm könnte mal was werden.

Und wie soll man gar erzählen, was ich viele Jahre nach dem Tod des Mannes entdecke, als die Kiste mit den alten Familienurkunden zu mir ins Haus kommt und mir das Herz fast stillsteht, weil ich sehe, die Mutter des Mannes, meine Großmutter, war geboren im Herrenhaus des Nachbardorfes. Der Grundbesitzer hatte 1880 im Gemeindeamt angezeigt, dass seine Frau ein Mädchen geboren habe, der Vater aber sei er nicht. Erst Jahre später findet sich ein Vermerk, dass ein armer Häusler aus einem anderen Dorf die Vaterschaft für die Tochter der Frau Grundbesitzerin anerkennt.

Es interessiert mich nicht, ob es eine schöne und tragische Liebe war zwischen der reichen Frau und dem armen Bauern oder einfach nur eine Lust des Fleisches. Ich will mir keine Geschichte darum bauen, warum der Grundbesitzer seine Frau mit diesem Kind nicht gleich aus dem Haus warf und das kleine Mädchen hier aufwachsen durfte, wohl ohne die Not kennenlernen zu müssen, aber gewiss schon früh wissend, ein Kind der Schande zu sein. Als die Grundbesitzersfrau einige Jahre später starb, konnte der betrogene Mann das halbwüchsige Mädchen endlich weggeben, dorthin, wohin es gehörte, in die Kate ihres leiblichen Vaters, dem sie diente, bis er sie bald schon mit dem geringsten Steinbrucharbeiter verheiratete, der nichts besaß, kein Haus, keinen Hof, kein Feld, kein Vieh.

Was für eine unglaubliche Geschichte, die es doch, so meint man, im wirklichen Leben gar nicht geben konnte. Meine Großmutter war die Figur in einem bösen, trostlosen Märchen ohne glückseliges Ende. Einen Roman könnte man daraus machen, würden die Leute sagen. Ja, dann sollen sie ihn sich doch daraus machen. Ich kann hier jetzt nicht jeder Geschichte hinterherrennen. Ich bin zu alt dafür und säe ja nicht im Frühjahr und habe dann Zeit und sehe alles wachsen und ernte die Früchte, bevor es Winter ist. Es muss schön sein, im Herbst eines Lebens die Ernte einfahren zu können. Ich aber lege meine Worte in eine sonnenmüde, hartgedörrte Erde, die Tage schon kalt und kurz und zählbar bis zum ersten Frost, bald liegt der Winterschnee darüber, der Frühling fern und meine Sache dann nicht mehr.

Eigentlich will ich nur meinen Kindern erzählen, wie es gewesen ist. Aber was soll ihnen mein zurechtgeschriebenes Leben. Es wird so sein wie mit den vielen Büchern, die wir im Haus angesammelt haben und die jede freie Wand füllen. Sie wollen sie nicht haben und sehen sie unmutig an, eines Tages werden sie alle mühsam aus dem Haus räumen müssen, denn wer später hier wohnt, will sein eigenes Bücherleben haben, da müssen die Regale leer sein, ein paar vielleicht, die bleiben. Und so ist es recht.

Ich sehe nur den Mann vor mir, der mein Vater wurde. Jetzt, in diesem Augenblick, kann ich ihn Vater nennen und ich leide mit ihm, dem Jungen im Armenhaus, der von den anderen Kindern auch noch verlacht wird für seine Mutter, die so tief hinunter musste in ein Elend und der Junge und seine Geschwister mit ihr. Seine Mutter, die von den Dorfbewohnern doch nur scheinheilige Häme erfuhr und gar nicht demütig genug sein konnte, beschloss schließlich, stolz zu sein und nicht vom Hass zerfressen und bitter zu werden, also nicht Opfer zu sein. Man muss sehr stark und gar nicht stumpf sein, um, wie sie, anzunehmen, was unabänderlich ist, und sich darin so frei wie möglich zu bewegen. Sie konnte immer noch lachen und sich freuen und den Dingen das Beste abgewinnen. Wenigstens musste sie nun nicht jedes Jahr wieder schwanger werden und ein Kind gebären, nachdem ihr Mann krank wurde und gestorben war.

Aber der kleine Junge, der der Mann in dieser Geschichte werden wird, hatte diese Freiheit nicht, er konnte nicht stolz sein, er litt und quälte sich, wenn die anderen ihn verhöhnten und verprügelten, Bettelprinz, Herrchenscheißer, Armleuchter, willst wohl was Besseres sein.

Wie wächst man heran, so gedemütigt, gequält, das Herz übervoll von Scham und Pein?

Nur die Geschwister hielten einander, aber selbst in ihrer Rangordnung war er, der Jüngste, immer der Niederste. Musste nachts einer von ihnen auf das Bretterklo an der anderen Seite des Hofes und wollte nicht allein gehen, weckten sie ihn. Er stand dann, die nackten Beine in den Holzpantinen und in seinem dünnen Nachthemd, zitternd und müde draußen vor der stinkenden Hütte und hielt die Laterne für sie, dass sie sich in der undurchdringlichen Finsternis nicht fürchteten. Er glaubte nicht an einen Gott, wie auch seine Mutter nicht an ihn glaubte, weil er sie dann ja nicht hätte so strafen dürfen. Aber wenn der Junge vor den Brüdern stand, die hochrot die Scheiße aus sich pressten und ihn mit in ihren Gestank hüllten, dann betete er still vor sich hin. Lieber Gott, lass sie schnell fertig werden und lass sie nicht Durchfall haben. Er wusste, er ist ganz tief unten, der Letzte, der Geringste, ein Nichts, aber er schwor sich, es nicht zu bleiben. Er würde hier rauskommen. Wenn er dann, durchfroren bis ans Herz, wieder im Bett lag und nicht einschlafen konnte, weil er sich von einem Bruder erst noch seinen Platz und ein Stück der gemeinsamen Decke abtrotzen musste, träumte er davon, ein Herr zu sein. Es war ihm nicht wichtig, reich zu sein, aber mächtig wollte er sein, fürchten sollten ihn alle, die ihn heute noch demütigten. Wie genau das gehen sollte, wusste er noch nicht.

Wie alle seine Geschwister schickte die Mutter auch ihn, den Jüngsten, noch in eine Lehre, sie wollte dafür sorgen, dass aus ihren Kindern etwas werden kann, und die Bauern im Dorf und mehr noch ihre Frauen, die die Armenhäuslerjungen gerne als Knechte genommen hätten, hechelten, wie kann die sich das denn leisten. Der Mann wurde Schlosser, jeden Morgen lief er den kurzen Weg in die einzige Fabrik des Dorfes, und nach seiner Schicht legte er ein Stück Metall aus den Händen, zersägt, befeilt, abgeschliffen, genau mit den nötigen Bohrungen versehen, wie es eine Zeichnung vorbestimmt hatte, passend eben. Es war ihm recht so, denn so wollte er seine Arbeit haben.

Eigentlich hätte er den Fängern in den braunen Uniformen ins Netz gehen können, die versprachen, die kleinen Leute mächtig zu machen. Aber die älteren Brüder, Sozis wie einst der Vater, gaben auf ihn acht und erklärten ihm, dass er nicht dort hingehört. Und wirklich waren da schon wieder alle obenauf, die ihn als Kind verlacht hatten, gaben die Söhne aus den ordentlichen Familien des

Fleischers, der Landarbeiter und der Hofbauern, des Pfarrers und natürlich der Gutsbesitzer den herrischen Ton an, den er so gut kannte. Und er wusste, wieder wäre er der Geringste, sie über ihm, er unter ihnen. Als Sohn einer Mutter, die nicht einmal genau nachweisen konnte, wer ihr Vater war, von Ahnen ganz zu schweigen. Nie hat er den Makel seiner Herkunft deutlicher gespürt. Er hasste die Nazis dafür, was sonst.

Auch den Vater des Mädchens, das er liebte, hasste und verachtete er. Sie war die Tochter eines Steuerprüfers, für den die Brüder ein neues, großes Haus im Dorf bauten, er half ihnen und wusste gleich, dass er das Mädchen haben wollte. Aber natürlich suchte der Steuerbeamte etwas Besseres für seine Tochter. Er war ein kleiner Mann mit rundem Kopf, den er, ohnehin nahezu halslos, beim Reden noch tiefer in seinen Körper zu ziehen und zu schützen suchte wie eine Schildkröte, denn er stotterte. Immer wenn er zu sprechen anfangen wollte, rang er verzweifelt um den ersten Laut. Und auch mitten im Satz überfiel ihn oft diese Sperre, die er mit hochrotem Kopf erst beiseitekämpfen musste, ehe die Worte wieder hindurchkkamen. Er kannte es gar nicht anders, denn, so schien ihm, er hatte nie anders zu sprechen gelernt.

Er war das späte und einzige Kind eines Christenpaares, das in einem fernen Land Eingeborene missioniert hatte, damit sie zum einzig wahren Glauben fänden. Bevor er geboren wurde, kamen sie, anders als die meisten, zurück nach Hause in ihre Gemeinde. In der Schule saß er in einer Klasse mit den Missionarskindern, die von ihren Eltern mit einem großen Schiff in die Heimat zurückgeschickt worden waren, als sie sechs Jahre alt waren, damit sie im Heim ihrer Gemeinschaft aufwachsen konnten, streng nach ihren Geboten und vor allem ihren Glauben liebend. Vielleicht meinten seine Eltern, sich dafür rechtfertigen zu müssen, nicht wie die anderen auf ihrem Posten geblieben zu sein. Jedenfalls erzogen sie ihren Sohn wohl noch unerbittlicher als die alten Missionare im Heim. Ihr kleiner, stotternder Sohn war immer gefasst darauf, für irgendetwas bestraft werden zu müssen, und dieses Erwarten der Strafe war das Schlimmste.

Noch als alte Frau zog die Tochter des Steuerbeamten den Kopf ein und flüsterte, wenn sie von diesen Großeltern erzählte, bei denen sie die Ferien verbringen musste und die sie bei jedem Vergehen züchtigten. Aber sie stotterte nicht wie ihr Vater, sie verabscheute nur künftig alles, was ihr in der Kirche heilig kommen wollte.

Natürlich wusste die Frau, dass der Mann, den sie liebte, aus dem Armenhaus kam, aber sie versprach ihm, nie davon zu reden. Und wirklich entfuhr ihr später in einem Streit mit ihm vor dem Kind nur ein einziges Mal das Wort Armenhäusler, aber schrill und scharf genug, dass es sich dem Kind für immer in den Kopf schnitt und dort liegenblieb als unerklärliches Rätsel.

Armenhäusler. Sie kannte das Wort aus den Märchen, die sie las. Da sitzt eine kleine, abgehärmte Frau mit ihren vielen Kindern um einen großen Tisch mit einer einzigen, nackten Glühbirne darüber, in der Mitte liegt ein Hering, jedes Kind bekommt von ihr eine dünne Scheibe Brot in die Hand und die kleineren weinen schrecklich vor Hunger. Einer von ihnen also war ihr Vater. Er tut ihr leid.

Hätte das Kind ihn anders sehen, ihn sogar lieben können, hätte sie von seiner Geschichte gewusst? Aber nie mehr in seinem Leben hat der Mann darüber geredet, wo er herkam, wie verzweifelt er war, wütend, wie erbärmlich er sich gefühlt hat, nichts wert, ausgeliefert diesem Dasein und völlig machtlos, etwas dagegen zu tun. Sooft das

Kind den Mann auch nach irgendwelchen Geschichten aus seiner Kindheit fragte, nichts gab es, was der Rede wert gewesen wäre. Blieb er ihr deshalb so beängstigend fremd? Gab es deshalb keinen Weg für sie und andere, auf dem sie ihm hätten näherkommen und ihn schließlich sehen können? Wer war er eigentlich? Die Frau hatte dem Kind einmal alte Fotos von ihm gezeigt, darauf ein großer, hagerer Mann mit einem durch die lange und spitze Nase strengen Gesicht, aber freundlichen Augen und schönen schwarzen Locken. Seine Haare habe sie geliebt, sagte die Frau, aber die hat er dann im Lazarett verloren. Als sie ihn dort besuchte, lagen sie alle auf seinem weißen Kopfkissen, ganze Büschel, und sie kämmte dem Kind weiter die Haare und drückte ihm, halt still, die verhasste Welle ins Haar und klemmte sie mit einer Metallspange fest.

Die Locken hast du von deinem Vater, sagte die Frau und seufzte.

Muss das Kind ihm nicht sogar dankbar sein dafür, dass er nichts von sich erzählte, weil er es sonst doch vielleicht unentrinnbar in sein Leben gezogen hätte?

Der Mann und die Frau, beide endlich befreit aus der Enge ihrer Kinderjahre, gierten nach Liebe und fanden sie miteinander. Heiraten aber konnten sie erst, als die Frau ein Kind erwartete und der Mann die Uniform der Soldaten trug, längst nicht mehr die niederste Charge, und der Widerstand des Steuerberaters gegen ihn plötzlich auch gefährlich politisch war. Aber stotternd warnte der seine Tochter noch immer, der Mann aus dem Armenhaus wird dich unglücklich machen, der ist nicht der rechte für dich, du wirst noch an meine Worte denken. Dann aber beschaffte er für den Mann doch einen passenden Ahnennachweis, damit der seine schwangere Tochter heiraten durfte, noch bevor ihrer beider Sohn geboren wurde.

Da war der Mann schon im Krieg, viele Züge hatten ihn endlich weit hinausgebracht aus dem Dorf in fremde Länder und er hatte nicht wieder aussteigen müssen, bevor sie losfuhren, wie sein Vater, der Kofferträgerjunge. Und schon durfte er zum ersten Mal anderen befehlen, was sie zu tun und was sie zu lassen hatten, und konnte bestrafen, wer ihm nicht gehorchte. Er kommandierte und staunte über seine laute, mächtige, ja bedrohliche Stimme, er sah die Angst in den Augen der Menschen vor ihm, die sich seiner Stimme, seinen Worten unterwarfen, und ein Gefühl großen Glücks durchströmte ihn dabei, so also war das, hatte man Macht über andere. Er marschierte und marschierte und wollte noch weit kommen so. Doch dann wurden ihm irgendwo an der Front im Osten beinahe beide Beine abgeschossen, gerade rechtzeitig, um, wie es schien, noch unbelastet genug zu bleiben für die neue Zeit, die nach dem Krieg beginnen würde. Bis dahin musste er, leicht hinkend noch immer, nur noch hinter der Front Hilfsdienste erledigen, wie er später in seinem Lebenslauf schrieb.

Schon in den ersten Friedenswochen war er zurück im Dorf. Er brachte seine laute, machtvolle Stimme mit und lernte schnell, schuldlos in den Krieg getrieben worden zu sein von den Mächtigen, zu denen er nie gehört hatte, und die deshalb nie wieder nach oben kommen durften, dafür wolle er sorgen, nein, kämpfen, wie er dröhnte. Er war, so wusste er bald, ein neuer Mensch, ein Antifaschist und Sieger der Geschichte, mit ihm würde eine gerechte und bessere Welt kommen, niemand sollte mehr wert sein als der andere, der Boden würde den Bauern gehören, die Fabriken dem Volk. Und nie wieder Krieg.

Der Mann führte in seinem Dorf nun das neue, machtvolle Wort. Gab er den Ton an, als er zusammen mit ein paar Tagelöhnern das jahrhundertealte Herrenhaus in Brand zu stecken versuchte, das neben der Kirche auf dem Felssporn über dem Fluss thronte und, noch unversehrt, von Malern immer wieder gezeichnet oder in Holz geschnitten worden war? Und machte man ihn deshalb zum Bürgermeister?

Also schritt er über die Felder des Grundbesitzers, der seine Mutter einst aus dem Haus geworfen hatte, in der Hand das große hölzerne Zirkelmaß, und teilte dessen Boden den kleinen Bauern zu, den Tagelöhnern und Umsiedlern, auch die Leute aus dem Armenhaus bekamen ein gutes Stück, dazu noch Wald aus dem herrschaftlichen Forst. Nie hatte er sich glücklicher gefühlt, nie war etwas, das er tat, so gut und richtig.

Lief er jetzt die lange Dorfstraße entlang an den nun zuwachsenden Gräben, die er einst als Junge in glühender Hitze vom Kräutig befreit hatte, nahm er wie selbstverständlich die Grüße der Leute entgegen. Es grüßten die Bauern, die Lehrer, Schmied, Bäcker und Fleischer, selbst der Pfarrer noch. Jedes Guten Tag, begleitet von dankbaren oder auch unsicheren, manchmal aber auch nur scheinheiligen und hassvollen Blicken, fraß er in seinen nach Anerkennung und Respekt gierenden Körper, das hungrige Kind, das er noch immer war und lebenslang blieb. Er wusste, endlich hatte er seinen Weg gefunden, auf dem nie wieder jemand wagen würde, ihn zu verhöhnen. Also konnte und musste doch dieser Weg gut, richtig, vernünftig und gerecht sein. Und was ihn glücklich machte, musste auch das Glück für alle anderen sein, man müsste sie nur zum richtigen fortschrittlichen Denken zwingen, das Menschheitsglück, er würde es in die Welt bringen.

Vielleicht war es hier beim Gehen auf dieser Dorfstraße, als er sich schwor, seinen neuen Genossen dafür immer dankbar und ewig treu zu sein, sie zu lieben und zu ehren, in guten wie in schlechten

Tagen, bis der Tod sie scheiden würde. Zweifellos, bedingungslos, kritiklos, man sagt auch überzeugt, wollte er zu ihnen gehören.

Nur die Frau, die Tochter des Steuerbeamten, passte nicht mehr zu ihm. Waren sie sich fremd geworden, weil er so viele Jahre wie ein Soldat gelebt hatte? Oder wollte er nun, auf dem Weg nach oben, niemanden mehr neben sich haben, der ihn noch kannte, verzweifelt, ängstlich, gedemütigt? Die Frau hatte gemeint, sich seine Liebe auf alle Zeit verdient zu haben, als sie ihn, den Jungen aus dem Armenhaus, heiratete, für ihn ihre Familie verließ, ohne zu wissen, wo es mit ihm hingehen würde. Nun, wo sie ihrem stotternden Vater stolz vorhalten konnte, dass es der Mann zu etwas bringen würde, sei er ihr, meinte sie, schuldig, bei ihr zu bleiben.

Sie wollte aber nicht mitkommen in seine Versammlungen, dieses ewige und heftige Gerede und Geschrei, der Mann immer der lauteste, forscheste, unerbittlichste. Was ging sie seine Politik an, diese ganze neue Zeit. Sie wollte ihn lieben, ihn für sich haben, und sie verstand nicht, warum ihm seine Genossen wichtiger waren als sie und ihrer beider Sohn.

Aber der Mann ließ sich dann doch von ihr scheiden, er wollte frei sein für sein neues Leben mit den richtigen Frauen.

Ja, liebte sie ihn noch – oder demütigte es sie nur, eine verlassene Frau zu sein? Eine Geschiedene, das gab es bisher im Dorf doch nicht.

Wollte sie nur ihrem Vater nicht zugestehen, dass er recht gehabt hatte, als er ihr prophezeite, der Mann tauge nichts für sie?

Sie begann einen Kampf um ihn, belauerte ihn, schickte immer wieder den kleinen Sohn zum Vater, der Sohn lockte ihn zurück an den Essenstisch der Frau, die sich nicht sehr anstrengen musste, ihn zum Nachtisch in ihr Bett zu holen. Als sie endlich wieder schwanger war, sagte die Partei dem Mann, er müsse seinen unmoralischen Lebenswandel ordnen, man habe noch viel mit ihm vor.

Der Mann als Bürgermeister brachte also eines Tages der Frau eine neue Heiratsurkunde mit, seine Standesbeamtin hatte sie ihm einfach unterschrieben und fortan taten beide so, als habe es nie eine Scheidung gegeben.

Die Frau stellte einen Antrag, in diese Partei aufgenommen zu werden. Weil die Frau die rechten Worte nicht kannte, diktierte der Mann ihr, was sie schreiben solle. Aber die Frau wollte nun auch selbst da mitmachen und fortschrittlich werden, sie hatte begriffen, dass sie die Genossen und ihre Moral gut brauchen konnte im Kampf um den Mann.

Aber die Politik blieb ihr immer lästig und gleichgültig, und als der Mann ein Leben später gestorben war, trat sie wieder aus.

Der Mann wurde bald schon, wie viele andere Arbeiter und Bauern, von der Partei zum Studium geschickt, denn neue Menschen wurden nun überall gebraucht, die doch gerade noch die alten gewesen waren. Er sollte lernen. Die Partei, die Partei, die hat immer recht, Genossen, es bleibe dabei. Er sollte Staatsanwalt werden, Recht für sie sprechen, er war die Partei, er war das Recht, er war die Waffe, seine Worte die Munition. Der Mann aus dem Armenhaus, ein Staatsanwalt, ein Volksstaatsanwalt, ein Anwalt der Macht, der er für den Rest seines Lebens dankbar und zweifelsfrei dienen wollte. Er wollte lernen, anzuklagen, Menschen zur Ordnung zu rufen, das Maß des rechten Lebens zu sein. Immer im Recht, der Gerechte selbst, der Selbst-Gerechte.

Selten kam er nach Hause in das Dorf, in dem auch seine Familie geblieben war. Fand er sich noch nicht zurecht in seinem fremden

Beruf, ging das niemanden etwas an. Er hatte zu einem Ergebnis zu kommen. Da wusste er schon, Fragen, auf die er keine Antwort geben konnte, durfte es nicht mehr geben.

Leben musste sich von ihm anklagen und verurteilen lassen, war es gut oder böse, richtig oder falsch, recht oder schuldig. Er begriff, dass nun Worte seine Arbeit waren, er der Schraubstock, in dem er sie sägen, feilen, abschleifen, hämmern, schlichten, entgraten, bohren konnte. Eines Tages hatte er sein Wortmateriallager fertig eingerichtet, ordentlich sortiert und in Regalen, Kisten, Fächern, jederzeit verfügbar, es gab nun nichts mehr, was ihm die Sprache verschlagen konnte oder sich nicht hätte bearbeiten lassen, bis es passte in die vorgezeichnete Norm. Er sprach nicht mehr, er verkündete, offenbarte, enthüllte, entlarvte, sendete Botschaften, kontrollierte, erzog, belehrte, argumentierte, beschimpfte, betonte, argwöhnte, kämpfte, erfüllte also die Aufgabe, die man für ihn ausgewählt. Mit ganzem Herzen. Fortschrittlich denken. Parteilich und leidenschaftlich. Die Sache des Sozialismus vertreten. Wachsam. Immer auf der richtigen Seite.

Da hatte er den hellen Mantel, den die Frau ihm genäht hatte, als er zum Studieren fuhr, schon gegen den schweren dunklen Ledermantel getauscht, den trug, wer als künftiger Volksrichter oder Volksstaatsanwalt auf sich hielt, dazu einen großen, schwarzen Hut, der sein Gesicht hart machte. Sollte, wer ihm gegenüberstand, unter der breiten, steifen Krempe hindurch in seine Augen sehen, musste der Mann sie freigeben und seinen Kopf etwas nach oben recken. Bald war ihm auch der heimatliche Dialekt spurlos und unwiederbringlich verloren gegangen, und das Kind und die Frau konnten nicht mehr so tun, als hörten sie die beklemmende Fremdheit seiner Sprache nicht. Der Mann kam nun wieder häufiger zu seiner Familie und führte seine neu gewonnene Wortsicherheit auf der Dorfstraße spazieren.

Mensch, du. Alter Schwede. Jaja. Das Leben noch frisch. Lange nicht gesehen. Na ja. Das waren noch Zeiten. Wir waren schon Kerle. Ganz der Alte. Nichts für ungut. Schon richtig. Weißt ja gar nicht, wie gut ihr es jetzt habt. Sag bloß, dir gehts nicht gut. Na also. Besuch mich mal. In alter Frische.

Und ein ihm selbst noch unbekanntes, doch umso lauteres Lachen schepperte aus ihm heraus und seine Hand schlug es dem anderen auf die Schulter. Glatt und schmutzlos geworden, alle Arbeit in Haus und Garten tat die Frau, hatten seine Hände seither fremd und beinahe beschäftigungslos an seinem Körper gehangen. Der andere auf der Straße zuckte zusammen und spannte seine Haut, um dieses schulterklopfende Lachen abzuschütteln, denn es betraf ihn nicht. Er müsse nun weiter, Heu machen für die Viecher, sagte er. Und das Kind spürte, dass etwas falsch war an dem Mann, und wurde verlegen und schämte sich, aber der merkte es nicht.

Er hatte nichts mehr zu tun in diesem Dorf. Fremd geworden ging er nach Hause, holte die Frau aus der Küche (dieses blöde Eingewecke, wenn wir in der Stadt sind, kaufen wir den ganzen Mist sowieso im Laden), das Kind von seinen Spielen (dreckig und laut, wasch dich ja, hast du nichts Anständiges anzuziehen) und spazierte mit der Familie in den Wald. Niemand sonst im Dorf ging einfach so in den Wald, ohne dort etwas zu tun zu haben. Der Mann lief schnell und immer ein paar Schritte vor der Frau und dem Kind her, die miteinander leise redeten, um von ihm nicht gestört zu werden. Aber der Mann wusste gar nichts zu sagen zu ihnen, denn eine Abteilung fehlte in seinem Wortmateriallager, von der er nicht geglaubt hatte, dass er auch sie neu einrichten musste. Das Dorf. Die gute Luft. Die Berge. Und – mit der Familie in die Natur.

Nur seine Mutter, die Frau aus dem Armenhaus, schüttelte den Kopf, wenn ihr Sohn, der Staatsanwalt, seine neue Sprache vorführte, und lachte ihn aus. Wie redest du denn, rede vernünftig mit mir.

Es interessiert mich nicht, was aus dem Kind, dem Mann, der Frau geworden wäre, hätten sie dieses Dorf nicht verlassen müssen, es lebt das Paradies ja nur in der Vertreibung daraus.

Ich weiß auch nicht, ob der Mann froh war, als sie endlich wegziehen konnten. Und sollten es ihrer aller Wurzeln sein, die sie nun kappten?

Schon wartete man auf ihn in einer weit entfernten Kreisstadt, in der er der oberste Anwalt des Staates sein sollte.

Ein Möbelwagen kam, und was zuvor das Haus gefüllt hatte, wurde aufgeladen. Zäh und still rang die Frau mit dem Mann um jedes Möbelstück, das bisher gut für sie gewesen war, nun aber zurückgelassen und in der Stadt durch Moderneres ersetzt werden sollte. Manchmal gab sie auf, nur bei den Hunderten Gläsern mit Eingewecktem blieb sie fest. Kein einziges ließ sie zurück, und zum Schluss stellte sie endlich auch noch den großen, schweren Holzwagen, auf dem sie bisher Gras, Gemüse, Obst, Futter vom Feld in das Haus gekarrt hatte, mit hinein. (Mit dem Wagen voll Knüllpapier, alten Säcken, schmutzigen Flaschen und Gläsern und den paar Lumpen, die die Frau schließlich doch nicht mehr für verwertbar hielt, ratterte das Kind später, den Leinenriemen über die Schulter gelegt, die Hand am eisenkalten Deichselgriff, durch abgelegene Gassen zur weit entfernten Altstoffannahmestelle und schämte sich. Die Spielkameraden würden spotten: Ziege, Ziege meckmeckmeck!) Die Frau ließ nicht ab davon, ihr Dorf mit in diese Stadt zu nehmen.

Sie hatte beschlossen, dem Mann in seinen neuen Arbeitsort weit weg zu folgen, als er immer seltener nach Hause zu ihr kam und sie in seinen schmutzigen Unterhosen, die er zum Waschen an den Wochenenden mitbrachte, untrügliche, befleckte Zeichen fand, die sie zur Eile trieben. Eine Wohnung war ihnen zugesprochen, aber noch hatten die alten Bewohner keine neue Bleibe gefunden. Es war ihr egal, würden sie eben zunächst in einem Zimmer auf Matratzen bei ihnen schlafen, und wenn sie erst mal da wären, würde sich alles andere finden.

Schon längst saß der Mann neben dem Fahrer, die Frau stieg mit dem Kind zum Hausrat in den dunklen Wagenkasten. Sie konnten nicht mit dem Zug in die Stadt fahren, weil sie dabei sein mussten, wenn alles ausgeladen wurde. Die Frau kannte keinen Menschen dort, und der Mann hatte es abgelehnt, seine ihm untergeordneten Mitarbeiter um Hilfe zu bitten. Er war für klare Verhältnisse, und von allein hatte ihm niemand Hilfe angeboten. Der ältere Sohn würde mit seinem neuen Rennrad hinterherfahren, das er bekommen hatte, damit er sich nicht länger weigerte, sein Dorf zu verlassen. Ohnmächtig gegen die Macht des Vaters und den Zwang der Mutter, fuhr er heulend weg aus seiner Kindheit.

Als der Fahrer die Tür des Möbelwagens zuknallte, fing das Kind heftig zu weinen an, es wusste da schon, unwiederbringlich verloren war, was diese Tür vor ihm verschloss. Es stieg über die Möbel und verkroch sich auf ein Sofa in die hinterste Ecke des Wagens. Sein Weinen legte sich, die schaukelnde Finsternis hatte es einsichtig gemacht und mit ihrer Undurchdringlichkeit hoffnungslos beruhigt. Es suchte vergebens, aber gründlich, noch irgendeinen Lichtpunkt zu finden. Doch nichts gab es mehr, kein Oben und also kein Unten, kein Draußen und also kein Drinnen. Bald würde es auch das Kind nicht mehr geben: Quietschend, rädernd, klirrend, kratzend, ächzend, krachend fing die Dunkelheit schon an, in seinen Körper zu kriechen. Das Kind ließ sie ein, und als es voll davon war, brach es sie wieder aus. Rechtzeitig hielt die Frau dem Kind einen Topf vor das Gesicht. Das Kind wunderte es, wie schnell sich danach sein Körper wieder auffüllte. Dann dachte es nichts mehr, es war beschäftigt. Kotzen, spucken, pullen, kacken, kotzen. Es fühlte, hörte, roch seinen Körper wieder, war also noch vorhanden. Die Frau ließ es schließlich sein, auf das Kind einzureden, und reichte ihm nur noch einen neuen Topf, wenn der alte gefüllt war. Auch fand sie eine Möglichkeit, sich nützlich zu machen, irgendwo drohten immer Stühle, Regale, Gläser und Flaschen umzufallen, die musste sie festhalten und aufrichten.

Dann öffnete sich die Tür und die Stimme des Mannes verkündete der Frau und dem Kind, die beide vom plötzlich wiedergegebenen Licht ganz blind waren: Da wären wir. Der Mann und die Frau trugen schon die ersten Möbel fort, als auch das Kind vom Wagen sprang, endlich.

Es stand vor einem sehr hohen alten Haus, das war so lang wie die Straße, und in regelmäßigen Abständen waren Fenster und Türen drin, auf denen die Farbe abblätterte. Auf den nächstliegenden Eingang lief das Kind zu, es erreichte, wenn es sich anstrengte, mit seiner Hand gerade die Klinke, dann musste es noch die Schulter zu Hilfe nehmen, um die schwere Eichentür weit genug zu öffnen, in den Hausflur zu kommen. Kalt war er und dumpf und dunkel, und nur durch die sich schon wieder schließende Tür kam ein immer schmaler werdender Lichtstrahl herein. Das Kind ging langsam und staunend und sehr vorsichtig ein paar Schritte, da fiel in seinem Rücken schon die Tür schwer ins Schloss, und nun rannte es los, einen Arm ausgestreckt, um nur schnell jene Klinke zu erreichen, die es am anderen Ende des langen Flures wahrgenommen hatte, bevor es dunkel wurde. Endlich riss das Kind sie auf und stand auf einem engen Hof, eine lange Reihe Mülltonnen neben sich, die stanken. Der Hof ringsum umstellt von hohen, unverputzten, dreckigen Häuserwänden, viele Fenster in ihnen vergittert mit dicken Eisenstäben, hinter einem von ihnen, so wusste es schon, stand der Dienstschreibtisch des Mannes. Einen alten Schuppen gab es noch, Stein- und Schutthaufen und ölige Fässer und Behälter für Teer. Dazwischen wuchsen Goldrute, wilder Beifuß, schmutzige Kamille, von Läusen besetzt, und ein großer Birnbaum stand auf dem Hof, seine Zweige erreichten ein Fenster der Hinterhauswohnung, in der sie dann lebten.

Ich gestehe es, nur das Kind tut mir leid. Ich gebe zu, ich möchte mich einmischen. Ich bin auf der Seite des Kindes. Helfen aber kann ich ihm nicht, ich muss es auch nicht, denn: Das Kind entdeckt bald seine Fähigkeit, zu überleben und nicht zum Opfer in dieser Geschichte zu werden.

Das Kind musste aber, sie waren gerade angekommen in dieser Stadt, noch krank werden und auf einem Stuhl sitzen ganz nah vor einem Arzt, der nur ein Auge hatte und das andere war ein heruntergeklappter Spiegel mit einem winzigen Loch darin. Hinter ihr saß ein anderer, wie dem Kind schien, riesiger Mann und klemmte ihre Arme und Beine fest, als der weißbeschürzte Arzt sie aufforderte, den Mund weit aufzumachen, und mit zwei schnellen Bewegungen betäubungslos irgendwelche Gewächse aus ihrem Hals riss, ehe sie schreien konnte. Und sie musste dann gleich danach noch diese ansteckende Krankheit in der Isolationsstation des Krankenhauses hinter sich bringen, ewig, wie dem Kind schien, in einem Zimmer mit alten Frauen, nur die Schwestern und Ärzte durften zu ihr. Das weinende Gesicht der Frau sah sie einmal in der Woche hinter einer kleinen Glasscheibe in einer weit entfernten Tür, dazwischen ein langer Korridor, dem Kind schien sie ein Engel zu sein. Als die Frau das Kind endlich am Weihnachtstag abholen konnte, hatte es verstanden.

Es war in der vorgegebenen Szenerie ein Teil nun, das Kind wusste, es würde sich künftig darin zu bewegen haben. Es verstand, man konnte an diesem Ort geboren werden und aufwachsen, aber man durfte nicht aus einem Paradies hierherkommen und weiterleben wollen. Also gab das Kind ohne zu zögern sein Paradies hin, es vergaß das Dorf, aus dem es gerade erst weggefahren war. Es vergaß gründlich, denn schon kurze Zeit später, die Frau fuhr mit ihm zu Besuch in den alten Ort, war dem Kind alles dort fremd. Nie hatte es in jenem Haus gelebt, nicht die Hände in Gartenerde gesteckt, niemals war es in diesen Kindergarten gegangen, kein einziges Wort fand es in sich für jenen Jungen, seinen angeblich besten Spielkameraden, beängstigend unbekannt waren die umliegenden Wiesen und Wälder, und vergeblich mühte es sich, die weitreichenden Verwandtschaftsbeziehungen der großen Familie zu überschauen. Das Kind sah sich rückhaltlos fremd in diesem Dorf, in dem es nicht gelebt haben konnte, hatte es sich doch gerade erst auf jenem Hinterhof geboren. Und es war sprachlos.

Es blieb dem Kind, die neue Sprache des Mannes zu lernen, jenes Wörtersystem, das einen offenbar, beherrschte man es so wie er, mit zweifelsfreier Sicherheit belohnte und in eine beständige Geborgenheit aufnahm. Arglos vertrauend gab sich das Kind in die Worte des Mannes. Es wollte ihm gut zuhören.

Die Frau suchte für das Kind einen Kindergarten, sie hatte eine einfache Arbeit in einem Büro gefunden, denn zu einer fortschrittlichen Frau gehörte es, arbeiten zu gehen, nicht so wie die Frau ihres Bruders im Dorf, die sie verachtete, weil die zufrieden war mit ihrem Leben zu Hause mit ihren Kindern. Ein Kindergarten war gleich um die Ecke, über der Eingangstür ein Kreuz, beide fanden es schön dort und das Kind wollte gleich bleiben und verstand nicht, warum die Frau noch zögerte, ehe sie es schließlich doch anmeldete. Der Mann schrie die Frau am Abend dafür an, sie wisse wohl noch immer nicht, was sie ihm schuldig sei. Das Kind schrie er aus dem Zimmer, in dem der Mann noch lange auf die schweigende Frau herabbrüllte, und es verstand nicht, warum es wenig später, nun an der Hand des Mannes, in einen ganz anderen Kindergarten gehen musste. Er lag weit weg, beinahe außerhalb der Stadt, und es gefiel dem Kind dort nicht, auch musste es über die alte hölzerne Brücke laufen, unter deren morschen, schon lückenhaften und wackligen Bohlen man das Wasser schäumen und toben sah, denn ein Mühlenwehr hatte es aufgestaut. Und immer schwamm ein bunter Ball unter der Brücke, war gefangen in einem Strudel, kreiste darin, tagelang, wochenlang, bis ihm irgendwann die Luft ausging. Aber dann gab es gleich einen neuen, der war rot mit weißen Punkten. Anfangs brachte der Mann das Kind über die Brücke, dafür liebte das Kind den Mann und gab ihm auf der anderen Seite dankbar einen Kuss. Doch nach wenigen Tagen war es ja schon groß und vernünftig, und man konnte sich auf das Kind verlassen, und schon musste es den Weg allein gehen, auch im Winter, wenn es dunkel war und die Laterne vor der Brücke noch immer kaputt.

Bald lief das Kind an der Hand des Mannes und der Frau zum ersten Mal zur Schule, die Mutter hatte ihr dafür ein wirklich schönes, neues, rotes Kleid mit einem weißen Kragen genäht. Trotzdem war das Kind unglücklich. Alle anderen Mütter oder Väter hatten eine große Zuckertüte im Arm, die sie gleich nach der Feier ihren Kindern geben würden. Nur der Mann und die Frau trugen keine, immer wieder schaute das Kind ängstlich zu ihnen hin. Kriege ich denn keine Zuckertüte, fragte das Kind sie mit verzweifelter Stimme. Aber die Frau lachte nur. Der Mann, der es hörte, sagte vorwurfsvoll zu der Frau, du immer mit deinem Gewese. Die Frau hatte das bunte Ding schon am Tag zuvor zu einer Arbeitskollegin gebracht, die gleich neben der Schule wohnte. Nun würde sie, während die Kinder bei der Feier in der Aula saßen, schnell zu ihr hinlaufen und sie holen und dann, wenn sie alle herauskamen, dastehen mit der wunderbaren Zuckertüte. Und das Kind würde sich freuen wie keines sonst über das Geschenk. Und über die Frau.

Noch tanzten und sangen die etwas älteren Schulkinder auf der Bühne, eine Frau sprach etwas zu ihnen, aber das Kind sah und hörte nichts davon. Es saß da und würgte seine Tränen hinunter in den Bauch, und immer wieder von vorn dachte sein Kopf die Worte, ich werde als Einzige dastehen und keine Zuckertüte bekommen, ganz allein, ich kriege nichts, nichts. Das Kind wunderte sich nicht einmal richtig darüber, so vieles war anders in dieser Stadt als in dem Dorf, das sie verlassen hatten, auch der Mann und die Frau waren dem Kind in dieser Fremde noch fremder geworden, wahrscheinlich bekam jemand wie sie an diesem Ort in dieser Familie auch selbstverständlich keine Zuckertüte, weil das ein Brauch war, der dem Mann verdächtig war wie der Glaube an den Weihnachtsmann oder gar das Christkind. Als Letzte schließlich und nun doch weinend kam das Kind aus dem Schulhaus heraus in den Hof, wo die Eltern alle mit ihren Zuckertüten schon stehen und warten würden, nur ihre nicht. Und dann war da doch die strahlende Frau mit diesem bunten Papierkegel im Arm, die zarte weiße Tüllhaube zusammengebunden von einer großen roten Schleife, und rief lachend und froh: Überraschung!

Nun freute sich das Kind auch, aber es war keine Freude, die leicht und glücklich macht, die einen fliegen lässt und alles herum verzaubert, bei der man stark wird und sicher. Wie kann etwas schön werden, das aus einer Verzweiflung, einer Angst hochwächst. Das Kind war aber sehr erleichtert, dass es nicht so schlimm gekommen war, wie es erwarten musste. Und darüber freute es sich, auch weil die Frau sich so freute. Und dankbar war es natürlich auch. Das hatte das Kind schon verstanden, es ging bei der Freude nicht nur darum, selbst froh zu werden, sondern dankbar, damit der andere sich freuen konnte und es einem dann auch gut geht. Das Kind musste also jetzt dafür sorgen, dass die Frau glücklich war, denn wenn es der Frau seine Freude verweigerte und das Schimpfen des Mannes beförderte, der der Frau lauthals die Tränen des Kindes vorwarf, würde es ein schrecklicher Tag, das wusste das Kind schon, denn die Frau konnte so sehr leiden, dass es selbst kaum noch zu atmen wagte. So wie man im Leben immer für oder gegen etwas sein musste, verstand das Kind, freut man sich für oder gegen etwas, liebte man den einen und hasste den anderen. Nie gibt es das eine und das andere, immer ist es ein Entweder-oder. Und immer hatte das Kind die richtige Seite zu wählen. Das Leben hing davon ab.

Freust du dich denn gar nicht? Ich dachte, du freust dich drüber. Ich hab mir solche Mühe gegeben.

Aber ich freu mich doch. Ich freu mich sehr. Danke, du bist so lieb. So eine Freude.

Das Kind lernte lesen, und endlich konnte es auch das Schild buchstabieren, das an der Hauswand angeschraubt war, gleich neben dem Eingang vorn an der Straße, unübersehbar, nie konnte der Blick des Kindes diese Großbuchstaben verfehlen, wenn es das Tor öffnete und in seinen Hinterhof ging. DER STAATSANWALT DES KREISES F. Das war der Mann. Lange suchte das Kind an den Häusern der Stadt, konnte bald schon jede Tafel, jedes Schild entziffern, aber nichts fand es, was nur annähernd so geheimnisvoll und respektgebietend, ja beängstigend war wie diese blaue Glastafel mit der weißen Schrift. Alle anderen Leute waren nur irgendein Bäcker, Arzt, Schuster, keiner sonst DER Staatsanwalt. Was tat DER? Was konnte DER?

Sehr schnell begriff das Kind, der Mann wusste alles, sah alles, hörte alles, er hatte immer recht. Irrte er, war das nötig gewesen für einen höheren, dem Kind nur noch verborgenen Zweck. Und der Mann ließ sich nicht täuschen. Noch bevor das Kind von der ihm streng verbotenen Religionsstunde nach Hause gekommen war, wusste er – wie nur? – davon und wartete schon, den Mund voller Worte, vor die sich das Kind, ganz nah, stellen musste. Habe ich dir das nicht verboten. Kannst du nicht folgen. Ich erwarte, dass du folgst. Denk ja nicht. Bild dir bloß nicht ein. Was ich sage, wird gemacht. Folgsam sein. Zur Strafe. Wehe. Widersprich nicht noch. Es nur gut meinen mit dem Kind.

Das Kind leugnete nichts, versuchte es nicht einmal, sondern lieferte ihm, nun unaufgefordert und ängstlich wiedergutmachend, auch das gerade erhaltene und tief im Ranzen versteckte wundersame bunte Bild aus, auf dem Jesus über das Wasser in die Sonne hinein ging, ganz sicher einem Paradies entgegen, das das Kind doch gerade verloren hatte und nun so verzweifelt wiedersuchte. Ja, das Kind wusste, es gab keinen Herrn, aber es gibt den Mann. Ja, es würde folgsam sein. Ja, es wollte an die Worte des Mannes glauben, denn es fürchtete sie. Es fürchtete seine Wörtermacht, seine Fragen, die immer schon die einzig richtige Antwort wussten und das Urteil bereit hatten, die Gefahr in seinen alltäglichen Wörtern, in denen das Kind die versteckte Anklage sofort fand. Jede Verteidigung schien vergeblich, eine rätselhafte Schuld bereits erwiesen, Widerspruch verboten und machte alles nur noch schlimmer, die Strafe ausgesetzt lediglich zur lebenslänglichen Bewährung vor dem Mann. Der hatte dem Kind sein Vertrauen vorgegeben, das musste es nun rechtfertigen und immer wieder neu verdienen. Unermüdlich lief es diesem merkwürdigen, undurchschaubaren Wort Vertrauen nach. Manchmal schien es fast erreicht und die Aussicht nah, es bald loszuwerden. Aber da stellte der Mann es schon neu fordernd vor das Kind hin, das doch nicht wissen konnte, dass es damit eine alte Schuld des Mannes beglich.

Viel später fand sie den Schuhkarton in der hintersten Ecke des alten Kellerschrankes. Es war Sonntag und sie sollte ein Glas Eingewecktes heraufholen. Ein Stadtplan von Paris lag in dem Karton, Ausgabe 1939, Fotos, alte Ansichtskarten, ein abgegriffenes kleines Heft, passend für die Jackentasche: Wir sprechen französisch, 2000 Wörter für jede Art Geschäfte und Einkaufsbedarf und für jede Gelegenheit, sich in französischer Sprache zu unterhalten, alles mit deutscher Aussprache. Luft, Luftdicht, Luftkampf. Krieg, Kriegen, Kriegsgericht. Hinein, Hingang, Hinrichtung. Erdbeere, Erde, Erdolchen. Geduld, Gefahr, Gefallen. Es ist schön heute (Il fä bo oschurdüi). Wo gehen Sie hin? (U alle wu?) Haben Sie einen Passierschein? (Awe wu än Lässe-passe?) Folgen Sie mir! (Süawe moa!) Gehen Sie voran! (Passe döwan moa!)

Das Kind erkannte den Mann auf den Fotos sofort, auch hatte er die Rückseiten ordentlich beschriftet. Der Mann nur in Uniformhose und Stiefeln beim Fußballspielen auf einer Bergwiese in den Vogesen. Der Mann mit seinem Kompaniechef vor der Kommandantur in Celles sur Plaine. Der Mann mit einem Freund und zwei französischen Mädchen bei einem Ausflug nach Dijon. Der Mann beim Waffenreinigen in Lunéville. Der Mann auf einer Bahnstation, deren Name unleserlich gemacht.

Sind hier die Züge abgefahren mit den französischen Gefangenen oder waren es Juden, die er sicher ins Lager transportiert und geleitet hat?

Der Mann lacht auf allen Fotos sehr ausgelassen und wirklich fröhlich, ja glücklich. Er lacht auch in Lazarettkleidung und gestützt auf zwei Krankenschwestern, die eine von ihnen hat statt des Armes eines neben ihr stehenden ebenfalls lachenden Soldaten dessen kurzen Beinstumpf untergehenkelt.

Nicht beseitigt hatte der Mann diese Fotos wie gerade die endlich vollständige, in rotes Leder gebundene Sammlung aller Stalin-Werke, der war nun ein Verbrecher, sagte er etwas verunsichert, als er die Bücher vom Schreibtisch nahm, dann sprach er nie wieder von ihm.

Konnte er, wollte er seine alte Geschichte nicht vergessen? Nie sprach er zu dem Kind davon, es sah im Sommer beim Baden im Teich die tiefen Löcher in den Beinen des Mannes und erfuhr nur: der Krieg eben. Es lief jeden Tag mit zusammengekniffenen Augen durch die noch immer fast völlig zerstörte Stadt, der Wind trieb den alten Mörtel und die von den Geschossen zermahlenen Steine schneidend durch die Ruinen in die Gesichter. Und doch war es dem Kind nur eine Kulisse aus einem Stück, das es nicht gesehen hatte. Auch die Mitspieler waren nicht mehr auszumachen, nur Opfer gab es und überall die neuen Menschen, der Mann einer von ihnen. Kein Vorwurf durfte die treffen, hatte das Kind schon gelernt, kein Zweifel an ihnen war angebracht, denn inzwischen führte der Mann einen neuen Kampf, um den zuvor vergessen zu machen. Nun also auf der richtigen Seite der Front.

Die Sprache umhaust einen jeden, das Haus, in dem der Mann lebte, war ein Schützengraben. Und schon explodierten überall seine Wortsalven und Sprengsätze und schlug er sich in den Redegefechten siegreich, rief er die Klassenkampfeslosungen und gab die Marschparolen aus, Wortkanonaden vernichteten den Feind, Schlachtrufe kannten keine Grenzen, immer ein Ziel vor den Augen, gegen die auf der anderen Seite. Der Mann kämpfte für den Frieden und so lernte das Kind den Krieg kennen in der Sprache des Mannes. Alles für die gute, richtige Sache, und dieser Zweck heiligte die Mittel, und wenn zwei dasselbe tun, meinte er, ist es noch lange nicht dasselbe.

Aber es ist dasselbe, denke ich, immer ist es dasselbe und nichts heiligt die Mittel, und so beginnt das Lied wieder von vorn, zögerlich erst und es klingt noch wohl, bis die falschen Töne in den neuen Worten immer lauter und schriller werden, und irgendwann steht man still und lauscht und staunt und erschrickt und begreift, man kennt das schon, und es ist wieder das alte Lied, selbst die Melodie ähnlich. Und die Besserwisserin in mir sagt: Geschichte wiederholt sich nicht, aber die Menschen bleiben sich wohl gleich.

Und so prügelte der Mann den großen Bruder, wie es dem Kind schien, fast zu Tode. Der hatte schon lange still mit dem Mann gerungen, hatte die falschen Freunde, bat feindliche Sportler oder Sänger um Autogrammkarten, die er über sein Bett hängte, bis der Mann der Briefträgerin befahl, ihm alle Briefe aus dem Land des Feindes auszuhändigen und nicht mehr in den Briefschlitz der Wohnungstür zu stecken, hinter dem der Junge auf seine Post wartete. Da stellte der Bruder den alten Radioapparat ins Fenster der Küche, den feindlichen Sender mit der feindlichen Musik laut aufgedreht, und beschallte über den schmalen Hof hinweg das vergitterte Fenster gegenüber, hinter dem aufgescheucht der Mann saß mit seinen vorwurfsvoll blickenden Genossen und ihnen erklärte, dass das nicht mehr vorkommen würde, diese Westmusik würde er nicht dulden bei seinem Sohn. Unten im Hof putzte der, die Lieder laut mitsingend, sein Rennrad.

Am Abend drosch der Mann den Widerstand aus dem Sohn, hemmungslos vor Wut, verzweifelt wohl auch.

Du Scheißkerl. Du Verbrecher. Du Faschist. Der eigene Sohn. Mein Feind. Du machst mir mein Leben nicht kaputt. Du wirst mir das hier nicht versauen. Du wirst mich nicht aufhalten, Du nicht. Typen wie dich schicke ich irgendwann in den Knast. Ich kann dich auch gleich in eine Erziehungsanstalt stecken. Das geht ganz schnell.

Die Frau stand heulend neben ihm, der Bruder wehrte sich nicht gegen die Schläge, kaum hielt er die Arme schützend vors Gesicht.

Wehr dich doch, rief das kleine Kind, wehr dich, schlag ihn, du bist doch stark, schlag ihn auch, und warf sich mit seinen schmächtigen Armen gegen den Mann und zerrte an ihm und schlug auf ihn ein, er solle endlich aufhören, bis der es mit einer Armbewegung einfach durch die Luft beiseite schleuderte. Aber der Bruder wehrte sich nicht. Am Abend, als sie in dem Zimmer, das sie miteinander teilten, in ihren Betten lagen, erklärte er der kleinen Schwester, dass er ihn nicht hatte schlagen können, weil er ihn fürchtete und ja sonst auch alles noch schlimmer würde. Und alles würde er von nun an tun, um dem Mann zu beweisen, dass er zu ihm gehörte, auch wenn er nicht sein wollte wie er. Kann man frei werden, immer einen anderen als Gegenüber, in dem man sich spiegelt, Lob sucht und auf die Worte von ihm wartet, dass der stolz sei auf ihn? Er würde ihm folgen von nun an.

Der Bruder trug dann noch lange einen Arm in der Binde, weil der Mann ihm die Schulter ausgekugelt hatte. An der gesunden Hand hielt er die Schwester, als sie zusammen auf den Weihnachtsmarkt gingen zu seinen Freunden. Aber er sagte nicht, wie er sich die Schulter verletzt hatte, er sei eben gestürzt. Und das Kind sagte auch nichts.

Der Mann. Die Frau. Das Kind. – Das ist die Geschichte. Die des älteren Bruders, der bald schon das Haus verließ, ist eine andere.

Das Kind hatte gesehen, der Mann war böse und bedrohlich. Und es begriff, sicher in dem tödlichen Kampf des Mannes war es nur, wenn es nicht zum Feind wurde, zum Gegner, oder etwa zwischen die Fronten geriet und in die Schusslinie des Mannes kam. Das Kind hatte nichts zu befürchten, solange es sich an der Seite des Mannes hielt. Und es durfte ihn, um sich zu retten, belügen, hintergehen, täuschen, schlagen, das taten die Helden in ihren Märchenbüchern mit den Bösen schließlich auch.

Das Kind stahl dem Mann von nun an regelmäßig Münzen aus den Taschen des schwarzen Ledermantels und kaufte rote Lutscher davon und verteilte sie an die anderen Kinder im Hof, die schon darauf warteten und sie endlich mochten, wenn sie mit einer Handvoll dieser süßen Köstlichkeit ankam. Mit dem letzten, gerade noch am Holzstiel klebenden Rest malte es sich die Lippen rot und noch lange schmeckten sie, wie es glaubte, nach Himbeeren, die in den Wäldern hinter dem Dorf wuchsen, an die es sich doch auch schon nicht mehr hatte erinnern können, die aber gerade in den Ferien bei den Großeltern von ihm neu entdeckt worden waren. In der Küche irgendwann zur Rede gestellt vor den hinter einem Tisch sitzenden Mann, der sich den Verlust der Münzen erklären wollte, war das

Kind empört. Wie konnte der Mann annehmen, es würde stehlen. Niemals. Und wirklich stahl das Kind ja nicht, es strafte den Mann nur. Der entschuldigte sich bei ihm wegen des Verdachts. Und das Kind verzog beleidigt den Mund, die Lippen noch süß und klebrig und himbeerrot. Es hatte einen kleinen Weg gefunden, sich dem Mann nicht zu ergeben.

Der Mann schwieg nun nur unüberhörbarer noch als zuvor schon, wenn er aus seinem Amt zurück zu dieser Familie kam, die er am Halse hatte wie einen Klotz. Da war die Frau, nachdem sie vier Tage lang still, aber zunehmend vorwurfsvoller vor sich hin geweint hatte, wieder beim Parteisekretär gewesen und hatte den aufgefordert, doch mehr über die sozialistische Moral ihres an Hals und Hose befleckten Mannes zu wachen.

War die Schule aus, ging das Kind in den Hort nicht weit von der Wohnung, der teilte sich die Mauer mit dem Gericht und dem Gefängnis neben ihm. Die steinerne, rote Mauer war hoch und lang und glatt und eignete sich sehr gut zur Zehnerrolle. Dabei musste man einen großen, aber möglichst weichen, bunten Gummiball auf ganz verschiedene Weise gegen die Wand spielen und wieder auffangen. Erst mit einer Hand, dann der anderen, dann prallte der Ball von beiden Händen zurück. Zum Schluss wurde es immer schwieriger, und wenn man den Ball rückwärts über den Kopf werfen, sich schnell umdrehen und ihn wieder auffangen musste, galt es, sehr aufzupassen, dass er nicht zu hoch stieg, oben im Stacheldraht hängenblieb und dann die Luft auszischte oder gar über die Mauer in den Gefängnishof fiel. Dann war er unweigerlich verloren. Denn niemand warf den Kindern die Bälle zurück. Meist war es unheimlich still auf der anderen Seite. Nur manchmal hörten sie von dort Geräusche, wenn Schritte von harten Sohlen auf Steine krachten, zwischen denen kein Gras wächst, mild und besänftigend, Pfiffe schrillten und Worte wurden gerufen, die den Kindern rätselhaft blieben, denn sie waren auf eine unverständliche Lautfolge reduziert, vielleicht hingen ja die fehlenden Laute in der Mauer oder am Stacheldraht. Meist holten die Erzieherinnen die Kinder aber gleich ins Haus, wenn das, was man hörte von da, nicht aufhörte. Dort waren die unrechten Menschen, wusste das Kind, der Mann hatte sie angeklagt, und dann waren sie hinter die Mauer gekommen.

War auch der Alte dahin verschwunden?

Der saß den ganzen Sommer über auf der Bank im Park und wartete, bis die Kinder nach der Schule auf dem Weg zum Hort bei ihm vorbeikamen. Er musste sie schon von Weitem hören, denn waren sie schließlich heran, hatte er schon die Hosen heruntergelassen und sein welkes Glied lag in der Sonne. Er sagte nichts zu den Kindern, berührte niemanden, nicht einmal sich selbst, saß einfach so da und kicherte nur zu den Kindern hin, die sich gegenseitig vorwärtsschubsten, wer traut sich am weitesten an den Alten ran. Sie fürchteten sich nicht vor ihm, es war ein sehr interessantes Spiel.

Ich weiß nicht, warum das Kind den Alten schließlich an den Mann verriet. Hatten es die anderen dazu aufgefordert? Wollte das Kind den Mann und seine Macht auf die Probe stellen, begann es vielleicht, den Glauben daran zu verlieren, die Angst vor ihm, den Geschmack der Himbeerlutscher noch auf den Lippen? Oder war es doch schon sein eigener, ahnungsvoller Versuch, sich der Gewalt des Mannes zu bedienen, sie den anderen vorzuführen, um dafür deren ängstliche, widerspruchsvolle Anerkennung zu ernten?

Der Ausgang des Spiels machte die Kinder stumm, wenn sie dann Tag für Tag an der Bank vorbeigingen, auf der der Alte nie mehr saß. Vermutlich vergaßen die anderen ihn irgendwann, das Kind vergaß ihn nie. Es wusste nun, an der Allmacht des Mannes war nicht zu zweifeln. Auch würde das Kind die manchmal bei Streitigkeiten mit den Spielkameraden unschuldig hingeworfenen Worte, das dem Mann zu erzählen, nicht mehr sagen können. Niemals mehr würde es jemandem mit der Gewalt des Mannes drohen. Denn es kannte sie ja nun.

Da reiften auch die Birnen am alten Baum im Hof, seine Zweige reichten bis ans Fenster des Kindes. Ehe es die Früchte ernten konnte, bewohnte es das Zimmer schon nicht mehr, stand sein Bett und das des Bruders im Korridor. Denn der Mann hatte einen Platz gebraucht für die Sonntage, nun, da es draußen kälter wurde. Leer und fast sprachlos war er, wenn er an den Wochenenden oder Feiertagen sein Wortmateriallager abschloss. Dann saß er mit dieser wortlosen, beklemmenden Stille dösend und allein im Wohnzimmer oder lief mit ihr zwischen den Wänden umher, die Hände versteckt in den Taschen der ausgebeulten Trainingshose, zehn Schritte hin, zehn Schritte zurück, zehn Schritte, zehn …

Das Kind hatte gelernt, mit der Sprache des Mannes zu leben, nie aber verlor es seine Angst vor diesem einsamen, unheimlichen Schweigen. Nur nicht bemerkt werden von ihm in so einem Augenblick, bloß an ihm vorbeikommen, ohne angesprochen zu werden, oh, wenn er doch nur nichts wollte von dem Kind. Denn meist rettete die Frau sich am Wochenende in eine besonders laute und vorwurfsvolle Nützlichkeit, und dann konnte es passieren, dass auch er einer Handarbeit verfiel. Ein Schrank sollte endlich an der Wand befestigt werden, ein Brett war anzuschrauben, eine Lampe schon lange defekt. Das Kind hatte dem Mann zur Hand zu gehen, mit ängstlich gesenktem Kopf und klopfendem Herzen hielt es die Leiter, auf der er unsicher stand, reichte es das Werkzeug hinauf und flehte stumm, dass dem Mann die fremd gewordene Arbeit gelingen möge. Sonst nämlich wurde es von oben herunter beschimpft und überschüttet mit Vorwürfen, weil es unfähig war, etwas richtig zu machen und schuld, dass er nicht fertig wurde.

Nun heul nicht auch noch rum.

War am Sonntag schönes Wetter, gingen der Mann und die Frau und das Kind in den Rosengarten, denn sie kamen ja vom Land und brauchten die Natur. Man lief schweigend durch die Straßen oder den etwas längeren Weg am Fluss entlang, an dem die schönen alten Kastanien standen, unter denen das Kind so gern ging seit seinem ersten Osterfest in dieser Stadt. Es war wie so oft ein beklemmender Tag gewesen in dieser finsteren Wohnung, den Hals wie zugeschnürt voll verhohlener Tränen hatte das Kind sich in eine Ecke verkrochen, nachdem der Mann die Frau angeschrien hatte, bis die Frau weinte und der große Bruder entschied, sie beide hätten sich endlich zu freuen. Er war vorausgerannt zu den Kastanien und hatte in ihren Astlöchern und Höhlen im Stamm die Ostereier versteckt und dann das Kind nachgeholt. Gemeinsam jubelten sie sich an den Bäumen entlang und über die Wiesen am Fluss, in dem das Kind dann auch noch den mit Süßigkeiten gefüllten Hasen aus Pappmaché entdeckte nicht weit von der in den letzten Kriegstagen gesprengten Brücke, auf der noch immer Trümmer lagen, ihre gusseisernen Lichtmasten standen geknickt und die zerfetzten Kabel bewegte der Wind. Das war die Grenze, wusste das Kind: Zwei ausgestreckte, abgehackte Arme, die auf der anderen, nun fremden, polnischen Seite auch so im Leeren endeten oder begannen.

Kam man dem Rosengarten näher, lief der Mann immer schneller, das Kind aber noch langsamer, die Frau war dazwischen.

Kommst du nun endlich, verdammte Trödelei, kannst doch sonst den ganzen Tag rennen.

War der Mann am Eingangstor, zog er den einmal gekauften und immer wieder benutzten Parkführer aus der Sonntagsjackentasche und schritt der Frau und dem Kind voraus.

Die Gangart in diesem Garten ähnelte der Bewegung des in seinem Arbeitszimmer eingesperrten Mannes. Gerade entlang an einem Beet, ein paar Schritte nach oben, dann Schwenk nach links und zurück an einem ebenso langen Beet vorbei, ein paar Schritte nach oben, Schwenk nach rechts, das Ganze zurück, Schwenk nach links, Schwenk nach rechts … Vor jeder neuen Sorte ein Schild mit dem Namen der Rose, und der Mann blieb stehen und las ihn vor.

Hurrikan, Sonne der Freundschaft, ist natürlich aus der Gärtnerei Roter Oktober, Salzaperle, aha, Chicago Peace, was soll das denn sein, Kalinka, na sicher, Kordes Sondermeldung, ja, heißt wirklich so, Revolution, das passt wenigstens, Lilli Marleen, wieso denn, wusst ichs doch, kommt aus dem Westen, Mädi, na ja, Oberbürgermeister Boock, kenn ich nich, Geschwister Scholl, das ist gut, Schweizer Gruß, riecht ja nich mal, Vatertag, aha, Fanal, ganz schön, Sarabande, Baby Baccara, Piturett, Pilurett, Florett, prächtig.

Der Mann war längst mit großen Schritten weiter, da schnupperte die Frau immer noch an den Blumen herum, nur mühsam verkniff sie sich eine Bemerkung über das viele Unkraut zwischen ihnen, denn der Mann würde ihr sonst, wenn nicht hier, dann doch hinter den Wänden der Wohnung, einen lauten Vortrag halten, ihr Gemecker über die sicher ihr Bestes gebenden Gartenarbeiter zu lassen und endlich zu lernen, die Dinge in den richtigen, positiven Zusammenhängen zu sehen. Das Kind in seinem keinesfalls zu beschmutzenden Sonntagskleid, das die Frau schon auf Zuwachs selbst genäht hatte, trödelte gelangweilt hinterher. Wie lange dauert denn das wieder.

Der Mann war schon auf der Suche nach der grünen und der schwarzen Rose, der Sensation dieses Gartens, wie der Bürgermeister im Prospekt schrieb. Doch entweder sie blühten noch nicht oder nicht mehr oder nur sonntags nie, vielleicht waren sie auch längst eingegangen oder nur eine Erfindung dieser namenschöpfenden Rosenzüchter, jedenfalls fanden der Mann, die Frau und das Kind sie nicht. Das aber durfte der Mann keinesfalls zulassen, zu sein hatte, was geschrieben stand, zumal vom Bürgermeister. So bestimmte er also, und weder die Frau noch das Kind wagten zu widersprechen, diese dunkelrote Rose sei eine schwarze und jene Knospe da war die grüne. Hatte der Mann die Frage entschieden, ging alles schneller, man durfte nicht zu spät in das Gartenlokal kommen, um nach langem Warten noch einen Kaffee zu kriegen, auch war die Buttercremetorte, die das Kind nie aß, ja sonst alle. Auf dem Rückweg absolvierte man noch alle liegen gebliebenen Beete, links waren wir schon, müssen wir also noch nach rechts und dann ab durch die Mitte.

Meist schon beim nächsten Besuch enthüllten die Rosen dem Mann ihre wahren Farben. Die schwarze zeigte sich in einem strahlenden Rot und die grüne öffnete gerade ihre gelben Blütenblätter. Wortlos und ohne zu zögern oder sie auch nur zu bemerken, ging der Mann an ihnen vorüber, um der Frau und dem Kind irgendwo eine neue schwarze und grüne Rose vorzuführen. Das Kind verbarg mühsam sein Gesicht, in dem der Mann nicht lesen durfte, was es nun ahnte, der Mann log, der Mann log um der Worte anderer willen, der Mann log anderer Leute Worte wahr.

Der Herbst mit den ersten Nachtfrösten befreite das Kind von diesen Gängen, auch hatte der Mann endlich eine andere Möglichkeit gefunden, der Sonntagsruhe zu entkommen. Er kaufte sich einen großen, schwarzen Schreibtisch und stellte ihn in das von den Kindern geräumte Zimmer, stapelte die verschiedensten Zeitungen der Woche darauf und las an seinen amtslosen Tagen die Reden anderer, suchte und fand darin Formulierungen, mit einem Lineal und einem roten Kopierstift säuberlich unterstrichen, die er in seine Wortschränke einsortieren konnte.

Das Kind wehrte sich nicht dagegen, in den Korridor umzuziehen. Es war ihm egal, wo es sich in die Worte der Bücher verkroch, die es sich jeden Tag aus der Kinderbibliothek nebenan holte. Und abends lag es in seinem Bett an der Wand, bohrte mit seiner dünnen Haarklemme Löcher in den Putz und träumte sich hinaus. Wenn es den roten Ziegel erreicht hatte und der feinpulvrige Stein das Bettzeug färbte, gipste der Mann die Löcher schimpfend zu. Die Wand über dem Bett war schon ganz fleckig davon. Und die Frau las die verknoteten, herausgerissenen Haare des Kindes aus dem Bett, die es sich vor dem Einschlafen um die Finger gewickelt hatte. Es genoss den Schmerz beim Herausreißen. Manchmal fand man es früh am Morgen mit blau angelaufenen, beinahe abgestorbenen Fingerkuppen, weil das Kind es nicht rechtzeitig geschafft hatte, sie zu entknoten, bevor der Schlaf es wegholte. Der Mann, oder war es die Frau, prophezeiten dem Kind, dass man eines Tages die Fingerkuppen würde abschneiden müssen, um es aus seinen Haaren zu befreien. Da war die Kopfhaut des Kindes längst empfindungslos geworden gegen jeglichen Schmerz.

Dich kann man ja wohl inzwischen an den Haaren durch die Wohnung tragen, ohne dass du was merkst, scherzte der Mann.

In dem Korridor gab es kein Fenster, das sich öffnen ließ. Nur eine kleine, grifflose Glasscheibe war in der Außenwand des Korridors eingemauert, dicht unter der Zimmerdecke. Niemand hatte diese Scheibe von außen reinigen können, seit es sie gab, und so war sie im Sommer, wenn es lange nicht geregnet hatte, dick verklebt mit Dreck und Ruß, der aus dem Schornstein der Schwarzen Jule in dunklen, stinkenden Schwaden gegen das Glas gepresst wurde, einer großen Dampflok, die Waggons aus den Tuchfabriken mitten durch die Stadt am Haus vorbei zum Bahnhof zog. Manchmal stellte sich das Kind, wenn es aus der Schule kam, einen Stuhl auf sein Bett, drückte das Gesicht an die reingewaschene Innenseite des Glases und starrte hinaus. Es war das einzige Fenster in der Wohnung, bei dem der Ausblick nicht am Rücken des Mannes im gegenüberliegenden Haus und an dessen vergitterten Fenstern endete.

Warum war sie, wer sie war, grübelte sie, warum hier, nicht ein Kind anderswo, warum der Mann ihr Vater, die Frau die Mutter? Wer hatte sie hierhergeschickt?

Das Kind sah auf den packpapiernen Himmel, der wolkenlos, vogellos, rauchlos über dem schwarzfarbenen, geteerten Pappdachfeld der benachbarten Garagen stand. Ab und zu trieb der Wind ein Stück Papier oder Blätter über den Teer, aber sonst bewegte sich nichts in diesem vom Dreck gemalten Bild, das nun Tag für Tag im Korridor des Kindes hing.

Nur im Winter, wenn es gerade frisch geschneit hatte, ahnte das Kind einen kurzen Moment, wie schön die weiße Schneehaut hinter der Scheibe war, aber es dauerte nicht lange, bis der Ruß aus den Schornsteinen der Häuser und der großen Dampflok sich schwarz in die Schneeporen setzte und dem Kind schien, als würde der Schmutz sich auch in seine Haut fressen und es müsste ersticken, je länger es hinausstarrte. Es hatte dabei herausgefunden, wie man sich in eine Ohnmacht flüchten konnte. Sie musste nur die Luft anhalten und in ihren Körper zurückpressen, die Augen unbeweglich und ohne einen Lidschlag auf den Schnee richten, bis sie nichts mehr wahrnahmen, und dann musste sie noch ihre Arme um den mageren Leib schlingen und fest zudrücken, bis sie in einem wohligen Schwindel versank und vom Stuhl auf ihr Bett fiel, das immer noch leicht schaukelte mit ihr, wenn sie wieder aufwachte. Das war schön.

Nun war es auch in der Schule nicht mehr so folgsam. Das Kind bekam sein Zeugnis dafür und verkroch sich damit in die Holunderbüsche seines Heimwegs. Es holte den Radiergummi aus der Tasche, legte ein Buch unter das amtliche Blatt und tilgte vorsichtig jene Zensuren, von denen es wusste, dass sie die Wortmaschine des Mannes in Gang setzen würden. Es nahm seinen Füllfederhalter, schickte die Angst aus seiner zitternden rechten Hand in den Rest des Körpers und kritzelte, mühsam die abgerundete Schrift der Lehrerin nachvollziehend, neue Noten in Betragen, Ordnung, Fleiß, Mitarbeit und Gesamtverhalten auf das Papier, denn es wusste, dass sich der Mann sein Kind verträglich, ordentlich, fleißig, mitarbeitend und also gesamtverhaltend vorstellte. Wortlos gab das Kind dem Mann das Papier zur Unterschrift.

Kann denn eine Lehrerin nicht mal ein Zeugnis ausfüllen, ohne zu korrigieren, sagte der Mann und lobte das Kind mit Worten, die es nicht hörte, und einem Geldschein.

Der Zeugnislohn des Mannes für das Kind war der zweite Schein, den es in die Hand bekam. Der erste hatte auf seinem Schulweg gelegen, und das Kind war jubelnd mit seinem Schatz nach Hause gelaufen. Doch der Mann bestand darauf, dass es ihn zum Fundbüro bringe, es sollte lernen, offen und ehrlich zu sein. Heulend ging es mit dem Zehnmarkschein neben der Frau her, die Fundbürobeamtin lobte das weinende Kind, die begleitende Frau und den rechtsbewussten Mann. Sie verschloss den Schatz des Kindes in einem Panzerschrank. Nach Monaten kam eine Karte von ihr, der rechtmäßige Besitzer habe sich nicht gemeldet und der Fund sei somit Eigentum des Kindes. Das wollte das Geld jetzt nicht mehr haben, und die Frau holte den Schein ab und steckte ihn in ihre Haushaltskasse.

Nun also hatte das Kind wieder zehn Mark. Es kaufte sich Bonbons und Himbeerlutscher dafür und verfraß mit ihnen seine Angst vor dem ersten Schultag. Am Ende der Ferien kroch es noch einmal in die Holunderbüsche, an denen nun schon die Beeren reiften, radierte und schrieb wieder auf dem schon ganz dünn gewordenen Papier und brachte alles in die alte Ordnung. Die Lehrerin ging durch die Bankreihen und kontrollierte die Unterschriften auf den Zeugnissen. Auf die Zensuren sah sie nicht, nur auf die Unterschriften, und so war es jedes Jahr. Jeder Sommer ein atemstockendes Warten darauf, entdeckt zu werden und angeklagt und lebenslang verurteilt, kein Tag in den langen Ferien in dem Dorf, an dem sie die Gedanken daran nicht beiseitedrängen musste, sieh mal, die Schmetterlinge auf den Blumen in der duftenden Wiese hinter dem Großelternhaus, komm mit, wir gehen in den Wald Himbeeren pflücken, die Großmutter kocht Marmelade daraus.

Befragte das Kind den Mann, wie es in dem Gefängnis aussieht, in das er die unrechten Menschen schickte, gab er keine Antwort und verbot die dummen Fragen. Da träumte sie sich ihre Gefängniszelle, in die sie nun ja auch gehörte, und als sie genauer hinsah, war es der Korridor, in dem sie schlief, der Mann hatte hinter ihr eine schwere Tür zugeworfen und krachend einen Riegel ins Schloss geschoben.

Strafe muss sein, rief er durch die Zellentür, ich will nur dein Bestes.

Aber sie sah sich dort ruhig und furchtlos in ihrem Bett liegen. Wo war ihre Angst geblieben?

Dann fand das Kind den Keller. Mit einem Buch in der Hand, wie so oft, war es in die Ecke des Hofes gekommen, in der die öligen Holzfässer standen, das Kind saß auf ihnen und las, wenn es die Wohnung nicht mehr ertrug. Da sah es auf dem einen die große weiße Schneeflocke liegen, es musste die letzte des vergehenden Winters sein, und nur in dieser Ecke des Hofes, die nie ein Sonnenstrahl traf, konnte es sie noch geben, glaubte das Kind. Es glaubte fest daran, dass nur zu seiner Freude diese letzte prächtige Schneeflocke gefallen sein musste, und es schloss die Augen, und seine Finger berührten die letzte große, sehr weiße Schneeflocke. Die Aule aus Rotz.

Das Kind ließ das Buch fallen, zitterte und fror doch nicht, ganz heiß war ihm nur geworden, es sah ekelgeschüttelt auf seine Hand, was sollte es machen? Da riss die Hand schon an dem Griff der schweren Eisentür, die gleich neben dem Kind den Zugang zu dem alten Betonbunker unter der Erde versperrte. Sinnlos war das und eigentlich ohne Hoffnung, sie auch öffnen zu können, denn immer war sie verschlossen gewesen. Nun aber konnte das Kind sie plötzlich weit genug anheben, und ohne zu überlegen, was es tat, zwängte es sich durch die schmale Öffnung, ließ sich in den Bunker fallen, und die Eisentür krachte gleich über seinem Kopf zurück ins Schloss. Das Kind lag weich in der Finsternis, es war umhüllt von raschelndem Papier, Beschlüssen, Berichten, Akten, Durchschlägen, alten Rechnungen, Blaupapier, Formularen, Heftern aus den umliegenden Ämtern, sicher waren auch die abgelegten Worte und Schriften des Mannes darunter. Verzweifelt wühlte es sich tief hinein in den Berg, tauchte wieder auf, kroch in die eine Ecke, dann in die anderen, kam mittendrin nicht mehr weiter, blieb einfach liegen und häufte mit der Hand nur noch das Papier über sich. Irgendwann war die Hand trocken geworden, es fühlte sie nicht mehr, und erschöpft, aber ruhig schlief das Kind wohl für kurze Zeit ein.

Erst als es erwachte und die Augen öffnete, ohne das Licht dabei zu finden, erschrak es. Es wollte raus, es musste hier wieder raus. Das Kind tastete sich an der Decke des Bunkers entlang, endlich berührten seine Hände das kalte Eisen der Tür. Es stemmte sich dagegen, aber so kräftig die Arme des Kindes auch drückten, gaben die Blätter unter seinen Füßen doch nur nach, grub sich der Körper tiefer in das Papier, versank es darin wieder nur bis zum Hals in den Wort-Abfällen des Mannes.

Seht Genossen, ich sage euch offen und ehrlich, das Anliegen meiner heutigen Rede besteht darin, wie es uns bisher gelungen ist, im Sinne der 12. Tagung des Zentralkomitees der SED, der 7. Tagung des Bundesvorstandes des FDGB sowie des Beschlusses des Politbüros vom 13. September den sozialistischen Wettbewerb in Vorbereitung des Jahrestages der Befreiung unseres Volkes vom Hitlerfaschismus zu organisieren, um im letzten Jahr des Fünfjahrplanes alle Beschlüsse des Parteitages der SED vollständig zu erfüllen und die Errungenschaften unseres Volkes gegen Saboteure, Kriegstreiber und Klassenfeinde zu schützen. Warum so milde, Genossen?

Das Kind wischte das Blatt Papier von seinem Kopf. Wie sollte es herauskommen, aus dem Keller? Niemand würde es hören und finden hier. Und was eigentlich hatte es in den Keller hineingetrieben? Wie kam es denn dazu, seinen Traum von der Schneeflocke plötzlich anfassen zu wollen? Denn wissen hatte es müssen, es gab keine Schneeflocke mehr, Ende April, die Sonne schon heiß, der letzte Schnee vor Wochen gefallen und längst schmutzig getaut. Aber das Kind wollte, musste an die Schneeflocke glauben, nicht an den Rotz, wie sollte es sonst groß werden. Nun also würde es dafür hier mit dem Leben bezahlen, und das Kind begann zu schreien und zu weinen und gegen die Tür zu trommeln, zu jammern und zu flehen und zu versprechen, so etwas nie wieder zu tun.

Egal, wer das Kind schließlich irgendwann hörte und die Tür draußen hob. Ohnehin erkannte es niemanden, als es endlich aus dem Papierkeller stieg, vollkommen geblendet von dem herrlichen Licht des Hinterhofes. Niemals stand ein glücklicheres Kind auf einem schöneren Hof.

Immer wieder einmal, wenn die Tür offen war, sprang es in diesen Keller, draußen ein Spielkamerad, der, wenn es ihm Zeit schien, die Tür wieder hob. Das Mädchen hatte nur einen Freund hier, obwohl in den Häusern ringsum viele Kinder wohnten. Aber niemand wollte mit ihr spielen, die Eltern hatten ihren Kindern beigebracht, vorsichtig mit dem Kind zu sein, man konnte nie wissen, bei dem Mann, der oben hinter den vergitterten Fernstern im Hof saß, für alle erkennbar der Staatsanwalt des Kreises F. Nur ein Junge, der mit dem Kind in die Klasse ging und im Nebenhaus wohnte, spielte mit ihr, weil sie manchmal mit ihm auf dem Weg von der Schule zum Hort in die Holunderbüsche kroch, in denen sie schon ihre Zeugnisse verändert hatte, und miteinander Doktor spielten. Selten durfte sie auch Doktor sein. Als der Junge, von allen Kindern darum beneidet, ein Fahrrad bekommen hatte, ließ er nur sie auch damit im Hof fahren. Aber sie hatte noch nie auf einem Fahrrad gesessen und fuhr gegen die Hauswand, gerade als die Mutter des Jungen in den Hof kam. Das Kind sprang beidbeinig vom Rad, blickte, als hätte es sowieso an die Hauswand fahren wollen, nach oben zur Dachrinne, und sagte, die tropft.

Von wegen, die tropft, zischte die Frau und riss dem Kind das Rad aus den Händen, auch noch lügen, das Staatsanwaltstöchterlein. Soll dein Vater dir doch selber eins kaufen, verdient doch genug Geld.

Wenig später fand die Mutter bei ihrem Jungen dann ihr gemeinsames Doktorbuch, einen großen, alten Kalender aus dem Papierkeller, in dem nur ganz wenig Amtliches drinstand, das sie nicht lesen konnten, und in dem sie nun immer genau aufschrieben, wie viele Spritzen mit Holunderstöckchen in den Po sie einander gegeben hatten und ob irgendetwas kaputt war an ihnen, nachdem sie sich von Kopf bis Fuß untersucht hatten. Die Frau verbot dem Jungen, jemals wieder mit dem Kind zu spielen. Das wartete ängstlich darauf, dass der Mann es vor seine Rede stellen würde, aber nichts geschah. Offenbar hatte die Mutter des Freundes dem Mann nichts gesagt. Warum? Hatte sie etwa auch Angst vor dem Mann und schützte der das Kind, einfach nur weil es ihn gab und er da oben hinter den vergitterten Fenstern saß?

Da verlor der Mann nach der Demonstration zum 1. Mai seine Brieftasche, war es am Schießstand, natürlich immer ins Schwarze getroffen, gelernt war gelernt, oder war es im Bierzelt oder auf dem Weg nach Hause, volltrunken glücklich schon. Viel Geld darin, Ausweise, Papiere, was sonst noch? Der Mann war nicht ansprechbar am Tag danach. Am Abend fiel ein Zettel durch den Briefschlitz der Wohnungstür, jemand hatte die Brieftasche gefunden und teilte dem Mann das mit. Der schrie vor Wut. Denn der Brief war von einem, den er vor Jahren ins Gefängnis gebracht hatte, und gerade erst musste er da herausgekommen sein, um die Brieftasche des Mannes zu finden und ihn nun zu sich in die Wohnung zu fordern. Der Angeklagte, feindlich, heimtückisch, tarnen, ideologisches Gift, Bonner Revisionisten und Militaristen, Verräter, Sache der Arbeiterklasse, unterminiert, Agent des Kapitalismus, Angeklagter, geben Sie endlich zu.

Der Mann wollte nicht allein zu dem Verbrecher gehen, das Kind solle sein Sonntagskleid anziehen, sagte er der Frau, sich vergeblich wehrend bekam es auch noch zwei weiße Schleifen ins dafür eigentlich viel zu kurze Haar gebunden, und der Mann nahm es bei der Hand und lief mit ihm durch die Stadt. Keiner sprach ein Wort. Das Kind war ein wenig ängstlich, aber mehr noch neugierig, wie sieht einer aus, der gerade aus dem Gefängnis kommt?

Der Verbrecher öffnete die Tür, den Mann erkannte er sofort. Er begrüßte ihn nicht, bat ihn auch nicht herein, er drehte sich nur um, ging in die Wohnung zurück und sie folgten, nicht einen Augenblick fürchtete sich das Kind vor ihm. Aber die Frau in dem Zimmer machte dem Kind Angst. Ganz grundlos offenbar stand sie unbeweglich vor dem Schrank herum und starrte den an, sie drehte ihnen den Rücken zu, auch noch als der Mann gleich nach seinem Eintreten zu sprechen begonnen hatte, laut und verbrüdernd und gerührt von der eigenen Güte. Seine Stimme hatte diese weihevolle Pathetik, die das Kind so gut kannte und deshalb fürchtete, wusste es doch, mitten im Satz konnte sie umschlagen und zur Bedrohung werden, wollte man dieser Stimme nicht folgen. Und der aus dem Gefängnis gekommen war, folgte ihr nicht, er schwieg, sein Gesicht war ohne Angst. Auch sah er den Mann gar nicht an, der unaufhörlich weiterredete (nichts für ungut, irregeleitet, faschistische Provokateure, Feinde des Sozialismus, alle Tore wieder offen, sich verwenden wollen, nun beweisen können, gelernt haben, jetzt auf der richtigen Seite stehen, in unserer Gesellschaft). Das Kind sah er an, und er lächelte so seltsam dabei, dass es schließlich den Blick senkte, denn sonst hätte es weinen müssen, ohne zu wissen, warum.

Schon früh, in ihrem Dorf, hatte es zu lernen begonnen, Menschen an ihrem Lachen zu erkennen. Das Kind verstand nicht, wann Worte sich verstellten, aber es sah und hörte, wie jemand wann und worüber lachte oder nicht lachte und wie er dabei aussah, und ob das Lachen wahr war und froh, wie es sein sollte. Das Lachen taugte nicht zum Lügen. Zu Hause lachte die Frau zum Beispiel immer dann besonders viel, wenn sie traurig war. Immer wieder fielen dann so perlende Lachkugeln aus ihr heraus und rollten vor den Kummerworten her oder zwischen ihnen herum. Aber sie lachte gar nicht, ihre Augen waren ganz traurig, sie tarnte sich nur mit ihrem Lachen. Dem Kind tat es weh und es wollte nur, dass sie aufhörte damit und endlich weinte oder wenigstens wieder schwieg.

Der Mann lachte zu Hause fast nie. Deshalb wunderte sich das Kind, als es ihn nach einem Sonntagsfrühschoppen aus der Kneipe zum Mittagessen heimholen sollte, in der er, nachdem sie gerade in den Heidewäldern siegreich den Ernstfall geprobt hatten, inmitten seiner Leute in der Uniform der Kampfgruppen saß. Laut ballerte sein Lachen aus der Kneipe und übertönte alles, niemand lachte lauter und machtvoller als er, denn er war der Kommandeur. Die anderen in der Runde wussten genau, wie sie ihr Lachen unterordneten. Später, als er schon nicht mehr der Staatsanwalt war, veränderte sich auch sein Lachen, aber die Worte blieben gleich. Das Lachen war nun unterwürfig mit seinen Vorgesetzten, es fügte sich ein und zeigte ihnen, ich gehöre zu euch, ich bin für euch, ich bewundere euch, ich stimme zu, ich bin ungefährlich für euch, es gab, begriff das Kind, ein parteiliches Lachen. Manchmal lachte er auch geil, eine Hand fingerte den Oberschenkel der Frau hinauf oder tätschelte ihre Wange. Niemals war es unkontrolliert einfach nur fröhlich und frei, immer diente es zu etwas. Dem Kind gruselte vor diesem Lachen, denn nie gehörte es ihm und kam einfach so aus ihm heraus. Nur wenn er lachte, hasste das Kind ihn wirklich.

Der Mann indessen sprach zu dem, den er verurteilt hatte, vom Finderlohn, warum konnte er nicht endlich still sein, dachte das Kind verzweifelt, merkte er denn nicht, dass er endlich still sein musste. Aber unaufhörlich weiterredend suchte er schon in der Jackentasche nach den Geldscheinen. Da ging der, der im Gefängnis gewesen war, schnell zum Schrank, den die Frau noch immer unbeweglich anstarrte, nahm die Brieftasche heraus, und dann gab er sie dem Kind in die Hand zusammen mit den Scheinen, die der Mann gerade auf den Tisch gelegt hatte. Er sagte auch dabei kein Wort, aber das Kind blickte ihn nun wieder an. Er lächelte noch immer, und jetzt sah das Kind, sein Lächeln war böse und traurig, anklagend und mitleidig, verletzt und schonungslos, noch nie hatte jemand das Kind so angesehen und so gelächelt. Und noch nie auch in seinem Leben hatte es sich so geschämt wie in diesem Augenblick, festgehalten an der Hand des Mannes, gehörte es zu ihm, war es ein Teil von ihm, war es nicht anders als der Mann. Oh, wenn nur die Frau sich nicht noch umdrehen wollte, jetzt. Da riss die Hand des Mannes das Kind schon hinter sich zur Tür, der aus dem Gefängnis folgte schweigend, grußlos schloss er die Tür hinter ihnen.

Erst auf der Straße ließ der Mann das Kind los, nahm ihm die Geldscheine und auch die Brieftasche ab, prüfte ihren Inhalt. Nein, offenbar fehlte nichts. Stumm und mit großen Schritten lief der Mann nach Hause, das Kind, nun nicht mehr an seiner Hand, hatte Mühe, ihm zu folgen. Und in den Rücken des Mannes hinein fragte es, wer der andere gewesen sei, was der denn getan habe, weshalb der Mann ihn eigentlich ins Gefängnis geschickt hatte. Der blieb sofort stehen, drehte sich um und hatte das Kind nun vor sich. Seine Stimme war scharf. Wozu es das wissen wolle, zweifle es etwa an ihm, er wisse schon, was gut und richtig sei für das Kind, wer Freund und Feind und vor welchen Leuten er es schützen müsse, denn alles geschehe zum Wohl des Kindes und dankbar solle es dafür sein und weder einen Grund noch ein Recht habe es zu Kritik, Misstrauen, Vorbehalten. Es könne dem Mann und den Urteilen des Mannes getrost glauben, ihm vertrauen, vertrau mir, oder vertraute das Kind ihm etwa nicht? Vertrauen, unerschütterlich, Politik von Partei und Regierung, Genossen.

Nein, das Kind vertraute dem Mann nicht. Aber es antwortete ihm nicht, was hätte es ihm auch sagen können, also schwieg es und erschrak. War es nicht das gleiche Schweigen, dem das Kind gerade in der fremden Wohnung begegnet war. Und hatte vielleicht dieses Schweigen, die Weigerung, in der Sprache des Mannes zu leben, jenen anderen schließlich ins Gefängnis gebracht? Was würde mit dem Kind passieren, das dem Mann nicht mehr antwortete, das den Worten des Mannes nicht mehr folgte, stumm ihn nur beobachtete und schmerzhaft spürte, wie der Mann den Worten Gewalt mitgab?

Schweigend auch stand das Kind vor dem Mann, als es ihm zum ersten Mal sein unverändertes Zeugnis brachte und der es mit seiner Rede bestrafte.

Was bildest du dir ein. Ich erwarte von dir. Das will ich nicht noch einmal lesen. Dankbarkeit beweisen. Fang ja nicht erst so an. Andere Kinder. Hier bei uns. Wie gut es dir geht. Und du. Vorbild sein. Sieh mich gefälligst an. Und mach den Mund auf, wenn ich mit dir rede.

Das Kind aber beobachtete nur stumm, wie die Worte des Mannes drohend losmarschierten, in seinen Körper eindrangen, um ihn festzuklemmen und reglos zu machen. Steh still, wenn einer sägen, feilen und bohren will. Doch war die alte, schon verloren geglaubte Angst vor dem Mann plötzlich wieder da, und beinahe froh überließ sich das zitternde Kind seiner Angst, denn es wusste nun, dass es die brauchte, um nicht mehr in der Hand des Mannes zu sein.

Nie wieder ist es dann noch in den Keller gesprungen, und es nahm auch kein Geld mehr von ihm aus der Jacke und kaufte keine Himbeerlutscher mehr, die Schulfreunde waren enttäuscht und interessierten sich kaum noch für sie. Der Mann beobachtete die Veränderung des Kindes argwöhnisch, schließlich warnend, drohend.

Bild dir ja nicht ein, dass du was Besonderes bist. Du hast zu folgen. Wehe, wenn du nicht folgst. Lüg mich nicht an. Offen und ehrlich.

Ein Mitarbeiter, der sich besonders bei ihm andienen wollte, hatte ihm einmal ein Foto geschenkt. Der Mann, als Einziger stehend inmitten einer vor einer Bühne sitzenden Menge, er allein groß, aufrecht, alles beherrschend, aufgestanden offenbar, um sich zum Pinkeln durch die Reihe zu zwängen. Und auf die Rückseite hatte der Mitarbeiter geschrieben: Und einer beginnt aus der Masse herauszuragen. Der Mann überließ sich nicht der Schmeichelei, sondern wies den Mitarbeiter, der dann bald nicht mehr da war, scharf zurecht, niemals würde er auch nur daran denken, sich hervorzutun, sich aus der Mitte der Genossen zu entfernen, aus der Masse unserer Gesellschaft, und das riet er auch dem Mitarbeiter.

Auch über die Frau ärgerte er sich, denn wollte oder konnte sie die unüberhörbar andere Sprache ihres Dorfes nicht vergessen? Ein paarmal hatte der Mann sie zu seinen Staatsanwaltsfesten mitgenommen, doch fremd saß sie inmitten der bedrohlich dröhnenden Fröhlichkeit seiner amtlichen Freunde, und wenn die Frau etwas sagte zu ihnen, schämte der Mann sich dafür und gebot ihr, still zu sein. Bis er sie schließlich zu Hause ließ und sich allein vergnügte. Argwöhnisch und weinend sah die Frau am Morgen die Flecken an Hals und Gesicht und den zerbissenen Mund des noch schlafenden, nach Alkohol riechenden Mannes.

Oft nahm die Frau dann das Kind und flüchtete sich mit ihm in den Wald. Sie mussten weit laufen oder mit dem Fahrrad fahren, ehe sie die kahlen, trockenen Kiefernwälder erreichten. Sie waren hell und licht und es roch, so schien es dem Kind, immer etwas süßlich nach menschlichen Exkrementen in ihnen. Das Kind vermisste die dunklen, geheimnisvollen Fichten, Felsen und Blumenwiesen seines Dorfwaldes, den es nur noch manchmal in den Ferien bei den Großeltern sah. Schließlich gewöhnte es sich daran, dass es all das hier wohl nicht gab, und fand sich damit ab, in Sandgruben zu springen und trockene Heidesträuße zu pflücken. Die Frau sammelte Pilze, auf denen Sand und Kiefernnadeln klebten, sammelte Tee und Beeren. Aber sie musste sich stumm und allein über ihre Ausbeute freuen, denn anders als in ihrem Dorf kannte sie hier niemanden, der beim Anblick eines vollen Pilzkorbes in bewunderndes, freudiges Schwatzen verfallen wäre. Sie überließ dem Kind den Jubel des Findens, wenn sie, längst hatte sie ihn schon entdeckt, sagte, oh, hier riechts aber nach Pilzen. Nie waren die Frau und das Kind einander so nah und lieb wie hier, sitzend auf dem sandigen, weichen und duftenden Boden des Waldes, die Pilze putzend, der Wind rauschte hoch oben über ihren Köpfen leicht durch die Kronen der Kiefern, anders als in den nur schwer zu durchdringenden Fichtenwäldern, die rauschten wie das Meer, wenn der Wind sich in ihnen fing. Die Stadt und der Mann waren weit weg.

Wen hast du lieber, fragte die Frau dann manchmal, mich oder den Vati. Dem Kind war die Frage etwas unheimlich, es spürte, dass es irgendwie nicht richtig war, das zu fragen, dass die Antwort ihm nicht half, aber es sagte, sich an die Frau schmiegend, natürlich dich, und das war nicht gelogen.

Sollte die Frau, so voll mit unerfüllter Liebe, das Kind auch gebrauchen in ihrem stillen Kampf mit dem Mann? Sollte sie, unrettbar gefangen in der Rolle der Sich-Aufopfernden, also des Opfers, ihre Last auch dem Kind mit aufbürden wollen? Jahrzehnte später noch wird sie darauf bestehen wollen, die Tochter, die Ärmste, erleide in ihrer Ehe das Gleiche wie sie. Aber das ist eine andere Geschichte.

Bevor sie nach Hause liefen, gab sie dem Kind frische Hosen zum Anziehen, sie selbst schlüpfte in saubere Schuhe, mit ihrer alten Schürze versteckte sie, was sie gefunden hatten, und sorgfältig polkten sie einander die Nadeln und Spinnweben aus den Haaren. Der Mann mochte es nicht, wenn sie wie Dorfweiber aus dem Wald kamen.

Die Frau war, hinter dem Rücken des Mannes, immer auf der Seite des Kindes. Sie hatten beide Angst vor den Worten des Mannes und trösteten einander, wenn er es nicht sah. Das Kind wurde dick von dem guten und reichlichen Essen, das die Frau kochte und das Kind, längst satt, in sich hinein stopfte, nach der ängstlichen oder vorwurfsvollen Frage der Frau, dir schmeckt wohl nicht, was ich gekocht habe. Stundenlang stand sie, meist nur in Unterrock und Kittelschürze, in der Küche, schwitzte vor dampfenden Töpfen. Das Fleisch dafür holte sie billig und in großen Stücken beim Freibankfleischer, bis der Mann durch die Frau eines Kollegen davon erfuhr und es ihr energisch verbot. Das hätte man ja wohl nicht nötig. Man müsse sich ja schämen.

Die Frau kochte, buk oder weckte ein, sie wusch Wäsche, sie bügelte an langen Abenden und Nächten, denn tagsüber arbeitete sie in einem Büro, nähte und strickte Sachen für das Kind, die dem oft nicht gefielen und die nie richtig passten, weil die Frau das Wachsen des Kindes für Jahre mit einplante. Nur selten bekam das Kind in ihnen dieses stolze Glücksgefühl, das die anderen Mädchen in der Schule vorführten, wenn sie, von allen heimlich beneidet, ein neues Kleid trugen. Ihre Sachen aber hatten vor allem praktisch zu sein und sehnlichst wünschte sich das Kind einen einzigen, nicht von der Frau selbstgestrickten Pullover oder eine nicht von ihr genähte Hose. Aber natürlich beschenkte das Kind die Frau mit überschwänglicher, längst in solchen Augenblicken eingeübter Freude, was sollte sonst werden aus der Frau. Sogar den Badeanzug hatte die Frau gehäkelt und er hing, wenn sie nass aus dem Wasser kam, schwer wie ein Sack unförmig an ihr herunter. Nur die Pionierkleidung, eine weiße Uniformbluse mit blauem Faltenrock, durfte die Frau nicht selbst nähen, entschied der Mann. Die wurde gekauft.

Das Kind war damals noch eine der wenigen an der Schule, die so eine perfekte Pionieruniform hatten. Es zog sie gern und so oft wie möglich an. Montags, wenn Fahnenappell war, manchmal zu Gruppennachmittagen, bei Aufmärschen sowieso. Die meisten anderen Kinder hatten nur zusammengestoppeltes Zeug, irgendeine helle Bluse mit Puffärmeln oder Rüschen gar, in deren Kragen das Halstuch nicht saß, und einen dunklen Rock, wenn überhaupt. Das Kind durfte auch wegen seiner perfekten Kleidung oft beim Fahnenappell ein Gedicht oder den Fahnenspruch vortragen oder die Fahne an dem Mast hochziehen. Und einmal, bei einem großen Pioniertreffen, holte man es deshalb sogar in den besonderen Fahnenblock vor den Demonstrationszug, um mit den anderen, einander fremden Kindern mit makelloser Pionierkleidung und einer Fahne in der Hand voranzumarschieren. Die anderen aus ihrer Schule waren alle irgendwo weit hinten in der Masse zusammen und hatten ihren Spaß miteinander. Sie kannte um sich herum kein einziges Kind und wusste nicht einmal mehr, ob sie gern die Fahne tragen wollte, und stolz drauf war sie auch nicht mehr, als sie später in der Menge verloren ganz allein unter dem dunklen Himmel stand, dem bunte Feuerwerkssterne ein funkelndes Dach schenkten und sie sich zum Weinen einsam fühlte. Aber sie war etwas Besonderes.

Erst auf dem Bahnhof, von dem sie in Güterwagen heimfahren sollten, traf sie die anderen wieder, die lachten und alberten miteinander, aber sie war ausgeschlossen, und wie so oft spürte sie, dass sie den anderen nicht nahekommen konnte. Das Kind setzte sich in die offene Tür des Waggons auf den mit Stroh bedeckten Holzboden, vor sich ein halbhohes Eisengitter, an das man im Sitzen auch den Kopf lehnen konnte, die Beine steckte sie durch die Eisenstäbe und ließ sie im Fahrtwind baumeln, langsam und immer wieder zum Halten gezwungen fuhr der Zug durch die warme Nacht. Die anderen ließen sie an der Tür sitzen, niemand machte ihr den Platz streitig, sie tobten im dunklen Waggon miteinander herum. Das Kind ließ sich nach hinten fallen, noch im Liegen auf dem schaukelnden Boden konnte es den Sternenhimmel draußen sehen, der auch beim Fahren immer derselbe blieb, das Stroh unter ihr duftete noch etwas und erinnerte fern an das Dorf, in das sie in den Ferien fuhr, bis der Geruch von Kohle, ranzigem Fett, irgendwelchen Chemikalien und der Pisse von Schlachtvieh aus den Holzbohlen stieg und von dem wenigen alten Heu nicht mehr zu unterdrücken war.

Warum, dachte sie verzweifelt, konnte sie nicht sein wie die anderen. Warum gehörte sie nicht richtig dazu, sie wünschte sich doch nichts anderes, als dazuzugehören. Irgendwo dazugehören, sicher sein.

Aber sie war auch nicht ungern allein mit sich. Sie war nie einsam, wenn sie mit sich allein war. Sie konnte sich unterhalten mit sich selbst, sie spann sich Geschichten aus, in denen sie klug, mutig, schön war, immer in dieser Reihenfolge, und der beste Ort dafür war ihr Bett. Oh, sie wusste lange schon, weshalb die Reise des kleinen Häwelmann in seinem Bett ihr völlig selbstverständlich vorgekommen war. Womit sonst sollte man so eine gefährliche Reise antreten als mit seinem Bett. Warm und eng in das dicke Federbett gehüllt. Es war der einzig sichere und vollkommen freie Ort für sie, schien ihr.

Das Kind hatte keine Feinde, aber auch keine Freunde, war halt für die anderen irgendwie vorhanden, mehr nicht, niemand vermisste oder besuchte es, wenn es mit einer Lungenentzündung wochenlang in der Küche auf dem Sofa lag, nur die Frau, die inzwischen auch im Amt des Mannes hinter den vergitterten Fenstern im Haus gegenüber arbeitete, kam schnell mal über den Hof an sein Bett gelaufen, streichelte es und versuchte, es zum Lachen zu bringen. Warum, grübelte das Kind und weinte auch ein bisschen, war es so allein. Lag es an dem Mann, von dem alle in der kleinen Stadt wussten, was er tat, und den sie deshalb fürchteten? Abends an ihren Küchentischen sprachen die Leute davon, wen er gerade wieder angeklagt und hat bestrafen lassen, ungerecht natürlich, verboten aber ihren Kindern streng, irgendjemandem und auf keinen Fall der Tochter des Kreisstaatsanwaltes zu erzählen, was sie sagten. Konnte man denn wissen, sogar seine Genossen sperrt der ja inzwischen weg. Also sagt ja nichts zu der, und wehe ihr erzählt was von uns.

Und das Kind, wie hätte es sich den anderen denn nähern können, es hatte gar keine Worte gegen dieses Fremdsein, was hätte es denn viel erzählen sollen, immer hatte alles doch wieder irgendwie mit dem Mann zu tun, und ängstlich und verloren schwieg es schnell. Da boten die Worte des Mannes wenigstens einen sicheren Ort, damit konnte man bester Pionier in der Klasse werden, laut und klar mit seiner ungebrochenen Kinderstimme Gedichte aufsagen von einer besseren Welt, für die das Kind kämpfen würde und gegen den Atomkrieg, und abends konnte es mit ehrlichem Herzen an die armen unterdrückten Kinder in Algerien denken. Es konnte auch gute Taten vollbringen wie Timur und sein Trupp, gerade erst hatte es, wieder einmal mit sich allein auf dem großen Hof zwischen den Hinterhäusern, einem Arbeiter geholfen, seinen Lkw abzuladen, und sein Lob bescheiden abgelehnt, weil Pioniere eben hilfsbereit sind. Es konnte Altstoffe sammeln für den Frieden und Steine für den Rostocker Hafen, denn den brauchte die Republik im Kampf gegen die Ausbeuter.

Die Frau, die sah, dass das Kind litt, wollte ihm helfen und nähte ihm sogar einen Petticoat aus weißem Leinen, weil alle anderen Mädchen längst einen aus dünnem, schmiegsamem Schaumgummi aus dem Westen geschickt bekommen hatten, nur sie trug Röcke, die an ihrem Körper klatschten und niemals so weit schwangen. Der Leinenrock wurde mit Kartoffelstärke bretthart gemacht, er fiel nicht weich, sondern kastig, und schon nach kurzem Sitzen war er einfach nur noch ein kratziger, lästiger Unterrock. Aber das Kind beklagte sich nicht bei der Frau, die es doch gut gemeint hatte, da konnte das Kind sie ja nicht enttäuschen, sowieso trug sie viel lieber Hosen.

Die Frau hatte noch immer dieses Hoffen in den Augen, dieses Warten darauf, dass der Mann sie lobt und liebt und würdigt für ihre Tüchtigkeit und dankbar ist. Das Kind hat ihr deshalb immer gesagt, wie dankbar es ist, ohne richtig zu wissen, was man tun muss als Kind, wenn man dankbar ist. Irgendwann hat die Frau es aufgegeben, auf die Dankbarkeit, gar Liebe des Mannes zu warten, und dann war nur noch ein wortloser Vorwurf in ihrem Blick, so eine Verzweiflung, sich nicht unterkriegen zu lassen, eben das Beste draus zu machen, wie sie immer sagte, wenn man sie fragte, wie es ihr ginge.

Nur an den Sonnabenden floh das Kind vor ihr, wenn die Frau stöhnend und ächzend durch die Wohnung wischte und, auf dem Boden kniend, vorwurfsvoll und laut genug, dass es das Kind hörte, ihr elendes Leben beklagte, die Hilfe des Kindes aber zuvor wie immer abgelehnt hatte. Das versuchte in seinem Korridor vergeblich, ein Buch zu lesen, weil das Stöhnen der Frau zwischen die Worte fuhr und dem Kind den Atem nahm, und ängstlich und mit wehem Herzen floh es aus der Wohnung, denn es fühlte sich plötzlich mitschuldig am Opfer der Frau, die sich in ihrer Rolle nun eingerichtet hatte. Draußen auf dem Hinterhof verkroch sich das Kind mit einem Buch in der Höhlung einer der Kabeltrommeln, die dort seit einiger Zeit schon lagerten. Es saß in ihnen eingerollt wie im Mutterleib, Kopf und Füße in der gleichen Höhe, dazwischen auf dem Bauch das Buch. Jeden Tag holte sich das Kind Bücher aus der kleinen Bibliothek in der Straße nebenan, sie hatte schon alle mindestens zweimal gelesen, schaffte es aber noch immer, sich mit ihnen weit weg zu träumen. Doch ein erstes Ahnen überkam das Kind, dass der Mann und die Frau es brauchten in ihren Kämpfen, die gar nichts mit ihm selbst zu tun hatten.

Konnte es da schon beschlossen haben, niemals jemandes Opfer zu werden, nicht das des Mannes, nicht das der Frau? Aber was wusste denn das Kind schon davon.

Der Mann hatte sich bewährt und wurde in die größere Stadt mit dem größeren Gericht und dem größeren Gefängnis versetzt. Nie aber hätte er seine Position benutzt, um sich Vorteile einzufordern, etwa eine schöne, helle, warme Wohnung. Und so war die neue Wohnung, sehr zum Leid der Frau, die nicht verstand, wie er sich so abspeisen lassen konnte, dunkel und hässlich wie die alte, selbst Kabeltrommeln lagerten wieder auf einer ehemaligen Wiese neben dem Nachbarhaus zwischen dürrem Gras und Brennnesseln. Die Kinder spielten gern dort, versteckten und suchten sich zwischen den riesigen Rollen oder sprangen von einer zur anderen und fingen sich dabei. Das war gefährlich, manchmal, vor allem wenn die Kabel darauf nass vom Regen waren, rutschte man aus, fiel zwischen die Holzrahmen und brach sich ein Bein oder einen Arm. Aber das Kind war geschickt und gelenkig, ihm passierte das nie, höchstens, dass es sich mal einen Schiefer in die Haut trieb oder die Knie aufschürfte. Noch spannender war es, zwischen den Waggons auf dem Güterbahnhof gegenüber dem Haus zu spielen. Die schweren Wagen kamen, von einer Lok irgendwo weit weg angestoßen, fast lautlos angerauscht, bis sie laut krachend gegen den Rammbock sprangen oder gegen die anderen Wagen, die schon standen. Im letzten Moment musste man schnell von dem Gleis springen. Das Kind hatte nur einmal mitgespielt, es hatte Angst vor den geisterhaft auftauchenden Waggons. Aber die Jungen aus ihrem Haus und der Nachbarschaft konnten sich diesen Mutproben kaum entziehen, ohne als Feigling zu gelten.

Einmal, in den Sommerferien, das Kind war gerade in einem Ferienlager, wurde der Junge aus der Wohnung über ihnen von einem Waggon überrollt. Er war schon begraben, als sie zurückkam. Der Junge war der Liebling des Vaters gewesen, weil er ein richtiger Kerl zu werden versprach. Sie hatten noch einen Sohn, aber der war still und kam kaum zum Spielen raus und hing sehr an seiner Mutter, die eine schöne Frau war, das feine Gesicht mit zarter, fast weißer Haut, umwallt von langen, lockigen, strahlend roten Haaren. Der Vater stritt sich oft mit seiner Frau und dem einen Sohn, der ihr Liebstes war, das hörte man dann im ganzen Haus. Im nächsten Sommer, das Kind war in einem Trainingslager, ertrank die schöne Frau in einem See, als das Boot kenterte, mit dem sie mit einigen Leuten über das Wasser gerudert war. Sie konnte nicht schwimmen und die anderen im Boot waren zu betrunken, um ihr helfen zu können. Das Kind stellte sich vor, wie ihre schönen, langen, roten Haare um ihr ebenmäßig weißes Gesicht im Wasser trieben und schließlich versanken. Gruselig und schrecklich konnte das Leben sein, viel schlimmer als alles, was sie quälte, wusste das Kind. Der Vater mit dem Sohn, die einander hassten, blieb zurück. Die Leute im Haus und der Nachbarschaft trauten sich kaum, mit ihnen zu reden, zu unheimlich war es, wie die das Unglück anzogen. Der Vater ist mit dem Sohn dann auch bald weggezogen.

In der neuen, größeren Stadt waren die vergitterten Amtsstuben des Mannes weit weg von ihren Spielen, nur für das Kind waren sie immer da. Jeden Morgen auf dem Weg zu ihrer Sportschule, in die sie inzwischen gehen durfte, musste es an der langen Wand von dem großen Gefängnis entlangfahren, manchmal sah sie Sträflinge in ihren grauen, unförmigen Anzügen mit den großen, breiten, gelben Streifen auf Armen und Beinen, am schlimmsten fand sie den farbigen Balken auf dem Käppi der Uniform, der den Kopf der Gefangenen teilte. Offenbar gab es in jeder Stadt, in der sie lebten, ein Gefängnis des Mannes. Die Häftlinge kehrten vor der Mauer stumm die Straße oder pflasterten den Gehweg davor, den Blick immer auf den Boden gerichtet, neben ihnen standen rauchend zwei Wärter mit Gewehren vor der Brust. Das Mädchen wollte nicht in diese Gesichter sehen, grau und müde die der am Boden hockenden Männer, aber auch die Soldaten blickten gleichgültig und gar nicht wachsam. Schon von Weitem, wenn sie sah, dass das Gefängnistor sich wieder geöffnet hatte für einen Arbeitstrupp, spürte das Mädchen seinen Atem stocken und die Beine traten schneller in die Pedale des Fahrrades, nur schnell vorbei hier. Nie wusste sie, wie sie ihr Gesicht einrichten konnte, wenn sie an der Gruppe vorbeifuhren, damit die Freundin nicht sah, was sie dachte, dass der Mann die Männer hierhin verurteilt hatte und sie es immer wieder sehen und nicht vergessen sollte. Sie wäre gern einen anderen Weg zur Schule gefahren, aber der war sehr viel weiter und die Freundin, die sie endlich gefunden hatte, wäre nie mit ihr so einen Umweg gefahren, warum denn bloß, sie fand das alles nur spannend und lustig.

Wieso willst du denn hier nicht lang, ist doch nichts dabei, und sie genoss auch schon die Pfiffe der Wärter hinter ihnen her.

Die Kinder in der neuen Stadt wussten nichts von der Arbeit des Mannes, es interessierte sie auch nicht, und das Mädchen tat alles, damit es so bleibt. Endlich hatte sie Freunde.

Es gab dort auch die anderen Freunde, jedenfalls nannte der Mann sie so, er meinte damit die russischen Soldaten, die gleich neben ihren Häusern auf einem großen Areal, eingeschlossen hinter einer Mauer, in der Kaserne lebten. Die Kinder mochten sie nicht, weil sie immer, wenn sie ohne einen Blick für sie mit ihren Panzern und Lkws ausrückten, alle Straßen blockierten, was den Räubern beim Versteckspielen im Viertel einen für die Gendarmen uneinholbaren und ungerechten Vorsprung verschaffte und so das ganze Spiel zerstörte. Noch lange hing dann der beißende Gestank des Benzins aus den Panzern und Lastwagen in den Straßen und mischte sich mit dem widerlich süßlichen Geruch von Desinfektionsmitteln, der aus den Uniformen der Soldaten stieg. In der Schule riss die Lehrerin verstohlen die Fenster auf, wenn die Soldaten gegangen waren, die sie in ihre Klasse hatten einladen sollen. Wie sollten Freunde sein, die man nicht riechen konnte.

In der Schule lernten sie deren Sprache. Dem Kind gefiel sie, weil sie Buchstaben hatte, die der Mann nicht lesen konnte. Vielleicht würde sie so eine eigene Sprache bekommen, die er nicht verstand? Aber bald sollten sie mit den fremden Worten doch nur wieder in den alten Kampf des Mannes ziehen, nur noch gewaltsamer, wie dem Kind schien. Unverbrüchlich, ewig, Sieger der Geschichte, heldenmütig, Opfer bringen, Wohl der Menschheit, deutsch-sowjetische Freundschaft.

Man konnte auch etwas Besonderes werden, wenn man die Sprache dieser Freunde gut beherrschte. Es gab Wettbewerbe dafür und alle mussten erst einmal mitmachen, aber kaum jemand strengte sich an, denn niemand hatte Lust, gut zu sein und etwa zu gewinnen und weitermachen zu müssen und dann in der Schule, der Stadt, dem Kreis, dem Bezirk und schließlich im Land über den Ruhm der Sowjetunion zu reden oder darüber, was es heißt, von der Sowjetunion lernen heißt siegen lernen. Meist waren es Mädchen, die sich eifrig mühten, diese Sprache zu beherrschen, in der es offenbar nicht einmal richtige Musik zum Tanzen gab, nur Volkslieder oder Kampfeshymnen. Die Beste in ihrer Klasse war in den Russischlehrer verliebt, sie hing an seinen Lippen und jede richtige Antwort von ihr galt ihm. Immerhin schaffte sie es bis zum Wettkampf im Bezirk, aber dann kam sie nicht mehr weiter, und sie weinte verzweifelt, weil sie dem geliebten Russischlehrer doch so gern geholfen hätte.

Der hatte erwartet, dass sie, Kind eines Busfahrers, besser sein würde als das Mädchen aus der Parallelklasse, eine Pastorentochter.

Die gewann aber schließlich sogar im ganzen Land, nur war der Russischlehrer nicht richtig froh darüber und gab dem Busfahrermädchen zusätzlichen Unterricht.

Wir trösteten sie und verachteten die Pastorentochter, die sich in ihrer Pionierbluse oder später dem blauen Hemd vor die Wettbewerbsrichter setzte und von der ewigen, unverbrüchlichen Freundschaft heuchelte, in perfektem Russisch zwar, aber das war ja auch nichts anderes. Später durfte die Pastorentochter sogar in Kiew studieren. Einmal, auf einer Studentenreise, traf das Mädchen sie dort und beneidete sie darum, so weit weg zu sein von allem. Ach, sagte die Pastorentochter, die sich gefreut hatte, jemanden von daheim zu sehen, so ist das auch nicht, wir sind doch hier Botschafter unseres Landes, und wirklich kontrollierte man sie ständig, ob sie noch würdig waren, unser Land zu vertreten. Sie sollten ja einmal seine Elite werden und bekamen das beste Studium hier. In Kiew gingen sie zusammen ins Kino, es lief ein Indianerfilm aus ihrem Land und alle warteten auf die Stelle, als der federngeschmückte Häuptling, gespielt von einem beliebten Schauspieler ihres Landes, vor dem Kreis seiner Indianerbrüder die Arme ausbreitete und theatralisch mit vibrierender russisch synchronisierter Stimme ausrief: Towarischtschi. Genossen. Da johlten die deutschen Studenten laut los und wurden hinausgeworfen, und die Pastorentochter hatte etwas Angst, dass sie noch Ärger bekommen würde. Sie gab dem Mädchen für die Heimreise heimlich eine große, schwere Tüte mit grünen Kaffeebohnen mit, die waren dort billig und zu Hause war der Kaffee rar. Sie sollte ihn ihren Eltern bringen, die wüssten schon, wie man den rösten muss. Sie schleppte den schweren Sack durch die Grenzkontrollen und schmiss ihn zu Hause in ihrem Zimmer in den Schrank mit den Sachen. Immer wenn sie den öffnete, sah sie ihn auf dem Boden liegen und ärgerte sich. Sie hatte keine Lust, zum Pfarrer zu gehen, und sie mochte auch die Pastorentochter nicht, die offenbar so gut im Leben zurechtkam, sie ließ ihn liegen, bis die Bohnen irgendwann schimmelten und sie sie in den Müll warf. Seitdem wartete sie darauf, dass die Pastorentochter sie dafür zur Rede stellte, aber noch ist das nicht passiert.

Das Kind jedenfalls musste sich nicht hervortun in diesem Russischwettbewerb, es hatte ja schon den Sport gefunden. Es war jetzt beliebt, weil nicht einzuholen beim Rennen um die Häuser, und oft noch vor manchen Jungs wurde es als eine der Ersten in die Spielmannschaften gewählt. Und auch über ihre Sachen spotteten die anderen nicht mehr, seitdem es in der besonderen Schule für Sport war und einen Trainingsanzug hatte, den es nur für die Schüler dort gab, mit einem eingestickten farbigen Emblem drauf. Sogar in der Straßenbahn schauten die Leute das Kind an, wenn es ihn trug. Oder es kam von einem Sportfest zurück, gekleidet wie alle, die in dem riesigen Stadion mitgemacht hatten, mit einer eng anliegenden, hellen Hose und einem lachsfarbenen Pullover. Es waren, nach der Pionierkleidung, ihre ersten nicht von der Frau genähten oder gestrickten Sachen. Alle waren neidisch, aber das Kind wollte nicht angeben und tat so, als bemerke es das nicht. Und bei den Wettkämpfen schallte ihr Name aus dem Lautsprecher durch das Stadion, wenn sie, wie so oft, als Sieger in die Mitte des Platzes aufs Podest gerufen wurde. So war es doch manchmal etwas Besonderes.

Das Kind hatte auf der Flucht vor dem Mann den Sport entdeckt. Es war nur noch selten zu Hause, beinahe jeden Tag bis zum Abend konnte es laufen, springen, werfen. Am Wochenende und in den Ferien fuhr es zu Wettkämpfen oder in Trainingslager oder zu großen Sportfesten. Meist kam es im Sommer aus einem Lager zurück, wenn die Eltern schon in den Urlaub gefahren waren. Dann ging es zu einem Arbeitskollegen des Mannes und dessen spindeldürrer Frau, die sich freute, wenn sie kam, denn sie hatten keine Kinder, ihr einziger Sohn war nicht aus dem Krieg zurückgekommen. Die Frau zeigte ihr dann stolz, wie beweglich sie noch war in ihrem Alter und verknotete ihre langen Arme und Beine um ihren Körper herum zu seltsamen Gebilden. Sie war dem Kind etwas unheimlich. Aber es musste meist nur wenige Tage bleiben, bis es in das nächste Lager aufbrach. Es schlief auf dem Sofa, auf dem irgendwann im Winter der Mann der langen, dünnen Frau starb, er hatte ein Geschwür im Kopf, wusste das Kind aus einer Unterhaltung der Eltern, die sie belauscht hatte. Und auf dieses Sofa sollte es sich nun selbst zum Schlafen legen, schaudernd sah sie es an und fürchtete, die blutigen Reste des Geschwürs, die sicher irgendwo in der Polsterlehne stecken mussten, würden nun in ihren Kopf wandern.

Aber sie hatte schon gelernt, mit jeder Situation zurechtzukommen und, wie sie zu Hause von der Frau immer hörte, das Beste draus zu machen. Scheinheilig mitfühlend fragte sie die Spinnenfrau, wie ihr Mann denn auf dem Sofa gelegen habe. Dann schlief sie mit dem Kopf auf der anderen Seite, den Füßen würde das Geschwür ja wohl nichts anhaben können, hoffte sie. Jedes Mal hatte die Frau, bevor sie mit dem Mann weggefahren war, schon einen Koffer mit sauberer Wäsche für das Kind bei der Spinnenfrau gelassen, den nahm sie dann mit und ließ den Koffer mit den schmutzigen Sachen bei ihr stehen.

Der Mann hatte den Sport und die Ferienlager zur nützlichen, weil den Gemeinschaftssinn fördernden Sache erklärt. Das Kind hätte auch gesungen oder musiziert oder gemalt, wenn es ihr geholfen hätte, der Gegenwart des Mannes zu entkommen. Aber sie begriff schnell, dass nichts sich dafür so gut eignete wie der Sport. Nur dem gemeinsamen Abendbrot entging sie selten, wenn der Mann stumm und die Frau mit vorwurfsvollem, gequältem Blick am Tisch saßen und der Mann darauf verfiel, das Kind in diese unheimliche, den Atem stocken lassende Stille zu schieben und ihm Fragen zu stellen, die es zu beantworten hatte.

Nun lass sie doch wenigstens in Ruhe essen, half ihr die Frau.

Manchmal, wenn sie den ganzen Sommer in den verschiedenen Lagern war und auch noch die Großeltern im Dorf besuchte, bekam sie Heimweh, vor allem, wenn die Eltern ihr eine dieser nichtssagenden Ansichtskarten aus ihrem Urlaub schrieben, in den sie immer ohne das Kind fuhren, das in der Gemeinschaft, meinte der Mann, besser aufgehoben wäre. Sie kannte dieses schmerzliche Gefühl schon aus den Abenden in ihrem Bett in der Wohnung in der Stadt, wenn sie in etwas Bodenloses hineinfiel und sich sehnsuchtsvoll an einen anderen Ort wünschte, irgendwohin, zu irgendwem. Aber nun, in den Ferien, wirklich allein, konnte sie glauben, dass es ihr Zuhause war, nach dem sie sich sehnte, nach der von Liebe übervollen Frau, sogar nach dem Mann. Zurückgekommen, gelang es ihr meist noch eine Weile, dieses Glück zu bewahren, aber irgendwann lag sie wieder in ihrem Bett, bis zur Kehle eingeschnürt von ihrem Verlorensein, einsam und trostlos, und sehnte sich danach, kein Kind mehr sein zu müssen. Dann würde alles besser werden, dachte sie.

Nie gehörte sie richtig dazu, nicht in der Schule, nicht beim Sport und auch bei den Freunden auf der Straße nicht. Längst unterhielten die anderen Kinder sich am liebsten über Fernsehsendungen, die sie nie sah, über Hitparaden, die sie nie hörte, über Comics, in denen das Kind nur heimlich zwischen den Kabeltrommeln mal schnell blättern durfte, bis die Freunde sie wieder mit zu sich nach Hause nahmen. Immer stand sie stumm dabei, wenn die anderen darüber redeten, nie konnte sie etwas dazu sagen. Denn es waren die verbotenen Bilder, Töne und Worte, hatte das Kind gelernt, sie kamen von dort, wo, ein unbegreifliches Wort, der Klassenfeind herrschte, die Ewiggestrigen und Ausbeuter und Kriegstreiber an der Macht waren, die den Mann und die Frau und das Kind vernichten wollten. Niemals ließ der Mann auch nur ein Stück davon in ihre Wohnung hinein, die ihm gehörende Antenne war als einzige auf dem Dach des Hauses in die richtige, die gute Richtung gedreht, damit das Kind auch nach der Schule, allein in der Wohnung, nicht in Versuchung geriet, die unrechten Sender zu suchen. Alle konnten sehen, der Feind kam dem Mann nicht in die Stube. Am Sonntagabend saßen der Mann und die Frau auf dem Sofa und schauten eine bunte Sendung mit Sängern, die auf der richtigen Seite standen, oder über Nachbarn, die eine sozialistische Menschengemeinschaft waren und deshalb einander halfen und nun von einem Fernsehmann überrascht wurden, und alle waren zu Tränen gerührt, und aus dem Radio gab es beim Mittagessen tschechische Blasmusik, die das Kind hasste, oder, schlimmer noch, die schöne deutsche Volksmusik. Worüber sollte es also reden mit den Freunden, alle lachten nur, wenn sie davon anfangen wollte. Da wappnete sich das Kind mit Hochmut und beschloss, was von dort kam, aus dem Westen, sei nicht der Rede wert.

Der Mann hatte um das Kind herum einen Kreis geschlagen, er selbst die Mitte, die Spitze des Zirkels also, gab er das Maß vor, in dem das Kind sich zu bewegen hatte. Nie hörte oder las das Kind ein Wort aus jenem anderen Land, das nicht zuvor in der Sprache des

Mannes bearbeitet und bewertet worden war. Der einzige Mensch, den das Kind kannte und der von dort kam, war die alte Hauswirtin aus Schwaben, die war aber eigentlich auch schon vor dem Krieg hierhergezogen zu ihrem Mann und in dessen Haus. Der Mann war inzwischen tot, das Haus gehörte längst dem ganzen Volke, aber sie blieb hier und sprach immer nur von den guten alten Zeiten und klagte gegen das Volk, das sich nun nicht um ihr Haus mehr kümmerte und es verfallen ließ, provozierend in diesem schwäbischen Singsang, den sie nie ablegen konnte oder wollte. Die Kinder mochten sie nicht, denn immer keifte sie hinter ihnen her, wenn sie durch den Hausflur tobten. Niemand hörte auf sie, selbst das Kind fürchtete sie nicht, denn die Schwäbin war der einzige erwachsene Mensch, gegen den der Mann es verteidigte und einfach abwinkte, wenn die sich bei ihm beschwerte. Ein Klassengegner aus dem Westen halt, der grundsätzlich meckert, dem musste man nicht mal zuhören, den weist man in seine Schranken.

Das Kind strengte sich an, ein guter Pionier zu sein. Es träumte davon, nur ein einziges Mal in die Pionierrepublik in die Hauptstadt oder gar auf die Krim nach Artek fahren zu dürfen. Wie verheißungsvoll das schon klang, Republik der Pioniere, alles durften die dort selber bestimmen, wusste das Kind, nachdem es einmal im Kino vor dem Kinderfilm am Sonntagnachmittag in der Wochenschau, die nun Augenzeuge hieß, Bilder davon gesehen hatte. Ein rotblonder russischer Junge mit weißem Hemd und rotem Halstuch stand auf einem Hügel in einer Blumenwiese, unter sich das Schwarze Meer, auf seinem Rücken trug er einen im Wind flatternden roten Wimpel, und er blickte strahlend, mit hoch erhobenem Kopf in die ferne Zukunft, das war der Vorsitzende der Pionierrepublik Artek. Dann kamen seine Freunde, und eng umschlungen gingen sie, ein

Lied singend, die rote Fahne über ihnen wehend, zurück ins Lager. Das Kind bekam eine Gänsehaut und würgte an seinen Tränen.

Auch sie selbst sangen in ihrer Pioniergruppe immerzu Lieder, zum Beispiel wenn sie wanderten, was aber forschen hieß und einen höheren Sinn bekam, weil sie unterwegs einen alten Kämpfer besuchten, der ihnen etwas erzählte aus seinem Leben. Aber er sprach dabei auch nur mit den Worten des Mannes, und alle alten Kämpfer erzählten immer das Gleiche, man kannte das schon.

Damit sie endlich ein größeres Repertoire von Liedern beherrschten, hatte die Klassenlehrerin, die auch die Pionierleiterin war, eine von allen gehasste Tradition eingeführt. Wer Geburtstag hatte, durfte sich am Morgen vor der ersten Stunde ein Lied wünschen, das alle zusammen singen mussten. Alle mussten aufstehen, nur das Geburtstagskind blieb sitzen. Meist hatten sie zuvor miteinander schon besprochen, welches Lied man sich zu wünschen hatte, damit auch alle den Text kannten. Aber als das Kind dran war, klappte das nicht, weil nur die Lehrerin wusste, dass sie Geburtstag hat, sie selbst hatte es niemandem sonst erzählt und feierte auch nie bei sich zu Hause, weil solche Feste unweigerlich den Moment brachten, wo das Kind sich für die Frau und den Mann schämte. Das musste sie ja nicht noch den anderen vorführen. Sie hätte auch nicht gewusst, was sie mit den Schulfreunden in dieser Wohnung hätte reden oder spielen sollen. Nichts hasste das Kind so sehr wie die erzwungene Nähe oder gar Harmonie zu Geburtstagen oder Festen, wenn die Frau ihre ganze Liebe in die Kochtöpfe oder den Kuchenteig steckte und das Gelingen solcher Tage daran maß, ob es genug zu essen gab und alle sie lobten. Wenn dann der Mann sich mit dem Kind unterhalten wollte, über die Schule, den Sport, die Pionierarbeit, klopfte ihm das Herz dabei, nur kein falsches Wort sagen, das die Wortmaschine des

Mannes anwarf, mit stockendem Atem wartete es sehnlichst darauf, dass die Frau es befreite, wenn sie neues Essen brachte. Mit der Zeit wusste sie dann, was sie sagen musste, damit es schnell und ohne eine Rede des Mannes vorüberging.

Zu den Festen der Familie in dem Dorf, in dem noch immer alle Verwandten lebten, fuhr das Kind gern. Alle aßen und tranken viel, die Kinder tobten durch das Haus und den Garten. Aber immer, wenn einer der Brüder des Mannes etwas aus ihrer gemeinsamen Kindheit erzählen wollte, unterbrach er sie, ach lass doch diese blöden alten Geschichten, das interessiert doch jetzt keinen mehr. Manchmal holte er dann seine silberglänzende Mundharmonika aus der Jackentasche und begann, darauf zu spielen. Das Kind staunte, denn er konnte ihr diese zarten, vibrierenden Töne entlocken, die so wehmütig klangen. Einmal sagte er zu dem Kind, dass er gern etwas mit Musik in seinem Leben gemacht hätte, aber das wurde dann ja nichts. Irgendwann fingen sie an zu singen. Volkslieder, mehrstimmig und wohlklingend, denn alle waren mal im Dorfchor, auch die Frau und der Mann kannten die Lieder noch aus der Zeit, als sie hier gelebt hatten, und sangen mit. Der Mann hatte eine sehr schöne Stimme, wunderte sich das Kind, natürlich dirigierte er und gab vor, wie lange die Töne zu halten waren. Meist waren sie schon betrunken, wenn einer, manchmal der Mann, dann das Lied von dem schönen Mädchen in einem Polenstädtchen anstimmte und Schwarzbraun ist die Haselnuss und Heidi heidojada, es klang sehr mächtig und jeder hielt seine Stimme und die Fäuste marschierten krachend zackig im Takt auf den Tischen. Aber das war auch der Moment, vor dem die Frau und das Kind sich fürchteten, denn wenn der Mann genug getrunken hatte, fing er an zu diskutieren und zu streiten mit seinen Brüdern und der Schwester und deren Mann über das rechte Leben. Aber keiner hatte Angst vor ihm und seinen Worten. Der Mann konnte ja auch schlecht seine Geschwister anklagen, tat es dann aber doch.

Immer dieser schreckliche Alkohol, jammerte die Frau.

Sie sind nur noch einmal zu einem Fest in das Dorf gefahren, aber da war es genauso. Der Mann und die Frau sind dann erst viele Jahre später wieder in dem Dorf gewesen, zumeist war jemand gestorben, da wurde auch nicht gesungen und inzwischen hatten die Geschwister auch gelernt, wie man mit dem Mann reden musste. Nie aber besuchte sie jemand aus dem Dorf in dieser Stadt, nie konnte das Kind also mit ihnen Feste feiern in dieser Wohnung. Nur die Eltern der Frau waren ein einziges Mal zu Besuch, aber die kamen auch nie wieder.

Als die Lehrerin sie nach einem Geburtstagslied fragte, das alle für das Kind singen sollten, wählte sie sich eines, von dem ihr Text und Melodie sehr gefielen. In der Klasse stöhnten einige auf, aber die Lehrerin strahlte und stimmte gleich an.

Du hast ja ein Ziel vor den Augen, damit du in der Welt dich nicht irrst, damit du weißt, was du machen sollst, damit du einmal besser leben wirst. Denn die Welt braucht dich genau wie du sie, denn die Welt kann ohne dich nicht sein, das Leben ist eine schöne Melodie, Kamerad, Kamerad stimm ein.

Der Gesang der anderen war müde und stockend, aber wenigstens den Refrain kannten auch die anderen, und so schmetterte es durch die Klasse.

Allen die Welt und jedem die Sonne, fröhliche Herzen, strahlender Blick. Fassen die Hände Hammer und Spaten, wir sind Kameraden, kämpfen fürs Glück.

Hatte sich jemand aus der Klasse ein Volkslied gewünscht, brach die Lehrerin den Gesang schon nach der ersten Strophe ab, aber nun wollte sie auch die zweite Strophe hören, denn sie liebte dieses Lied, das sie, als sie jung war, selbst begeistert gesungen hatte. Die anderen schauten wütend auf das Kind, das in seiner Bank saß und den Blick gesenkt hatte.

Und hast du dich einmal entschlossen, dann darfst du nicht mehr rückwärts gehn, dann musst du deinen Genossen als Fahne vor dem Herzen stehn. Denn sie brauchen dich genau wie du sie, du bist Quelle und sie schöpfen aus dir Kraft. Drum geh voran und erquicke sie, Kamerad, dann wird's geschafft.

Der Gesang der Klasse war in einem Murmeln versunken, zum Schluss hatte die Lehrerin ganz allein gesungen. Bis zum nächsten Tag hätten alle den Text zu lernen, verkündete sie ärgerlich, und das Kind in der Bank zog den Kopf ein unter dem wütenden Gezischel der anderen und bereute längst, dass es sich nicht, wie die meisten, Hoch auf dem gelben Wagen gewünscht hatte.

Obwohl das Kind der eifrigste Pionier in der Klasse war, wählten die Mitschüler es niemals zu ihrer Anführerin. Die aber musste man wenigstens sein, um jemals nach Artek zu kommen. Sie wählten jedes Jahr wieder ein sehr stilles Mädchen, sie war die Klassenbeste, ließ jeden in Ruhe und die Pioniernachmittage, die sie organisierte, waren selten und kurz. Das Kind wurde immer wieder nur Schriftführerin, die bei allen unbeliebteste Aufgabe, denn man brauchte viel Zeit dafür, um im Gruppenbuch aufzuschreiben, was sie taten. Leicht war es, über einen Besuch bei einem alten Antifaschisten die rechten Worte zu schreiben, das konnten inzwischen die meisten. Aber nur das Kind verstand es, auch für einen gemeinsamen Kinobesuch oder einen Ausflug ins Grüne die erwarteten, bedeutungsschweren Sätze zu finden, die allem einen höheren Sinn gaben. Sie konnte das inzwischen gut, und sie schrieb deshalb auch die besten

Aufsätze, die sie manchmal vor der Klasse vorlesen durfte. Sie weigerte sich nur, auch noch etwas zu malen zu ihren Texten im Gruppenbuch, damit es schöner aussah, ihre Worte sollten doch reichen, meinte sie. So verzierte dann ein anderes Kind die Seiten noch mit roten Sternen oder einem blauen Pioniertuch oder bunten Luftballons oder Blumen und Tieren auf einer grünen Wiese, je nachdem.

Auch für die mit rotem Fahnentuch bespannte Wandzeitung in der Klasse musste sie in jedem Monat etwas schreiben, zum Krieg und zum Frieden und zur Arbeiterklasse und den Opfern des Faschismus oder über die Kriegstreiber und den antifaschistischen Schutzwall. Die Losung, die schon in großen, goldenen Buchstaben darüber stand, konnte meist bleiben, die passte immer, gut dafür war zum Beispiel Proletarier aller Länder vereinigt euch. Zu ihrem Text klebte sie dann noch ein paar Fotos, die das Kind aus der Zeitung des Mannes ausschneiden durfte, die hatten die meisten anderen Kinder nicht bei sich zu Hause. Alle in der Klasse waren froh, dass das Kind das so gut und regelmäßig machte, sonst hätten sie sich dauernd die Vorwürfe und Ermahnungen der Klassenlehrerin anhören müssen. Und natürlich wählten sie das Kind immer wieder zur Schriftführerin, so hieß diese Arbeit, und die Lehrerin meinte, aus dem Kind werde später bestimmt mal eine Schriftstellerin. Das gefiel dem Kind und es wehrte sich nicht mehr dagegen, nur die Schriftführerin zu sein. Mit Worten führen, den Ton angeben und bestimmen, unwidersprochen bleiben, die rechte Sprache konnte, das ahnte sie allmählich, ein sicherer Ort sein.

Bloß der Mann fragte das Kind in jedem Jahr wieder, ob es denn nun endlich eine höhere Aufgabe erhalten hätte und argwöhnte, dass das Kind etwas falsch machte, weil es niemals zur Vorsitzenden gewählt wird, wieso sei es so unbeliebt. Da sollte es mal drüber nachdenken.

Aber das Kind war nicht unbeliebt, alle mochten sie auf eine etwas mitleidige Art, denn nie verriet sie jemanden, nie zerstritt sie sich auf ewig mit jemandem, den meisten war sie einfach nur gleichgültig, aber niemand hasste sie. Alle wunderten sich nur darüber, dass sie völlig ehrlich meinte, was sie schrieb, und nicht heuchelte, wie die meisten es längst gelernt hatten.

Nur selten gaben ihr die Mädchen deshalb auch ihr Poesiealbum, denn sie schrieb da niemals irgendwelche albernen Sprüche hinein von Rosen Tulpen Nelken, die zwar welken würden, aber ihre Freundschaft nicht. Ihr Lieblingsspruch war Edel sei der Mensch hilfreich und gut denn das allein unterscheidet ihn von allen Wesen, die wir kennen. Das war von Goethe und sie hatte es mal in einem anderen Poesiealbum gelesen, da hatten es irgendwelche Großeltern hineingeschrieben, nun tat sie es. Der Spruch hatte auch den Vorteil, dass dazu überhaupt keine bunten Bildchen passten, die das Kind nie besaß, weil die Frau und der Mann selbstverständlich niemals in die nur knapp zwei Stunden entfernte Stadt des Bösen fuhren, um zum Beispiel diese herrlichen glänzenden, grellbunten Bilderblätter zum Einkleben in die Poesiealben zu kaufen mit einem Rehkitz im Wald oder einem plüschigem Teddybär oder einer Fee mit wallendem, goldflitterndem Haar oder einem nie gesehenen schnittigen Auto, mit denen die anderen Kinder ihre Sprüche verzierten. Deshalb waren die Einträge des Kindes nicht sehr beliebt, denn natürlich wollte jedes Mädchen so viele Feen und Prinzessinnen wie möglich in seinem Poesiealbum haben.

Aber das änderte sich bald, als man nicht einfach mehr dorthin fahren konnte, weil auf dem Zirkelkreis, den der Mann um das Kind herum schon geschlagen hatte, eine richtige Mauer gebaut worden war.

In dem Sommer, als das geschah, war das Kind in einem Ferienlager in jenen Wäldern vor der Hauptstadt, durch die die letzte große Schlacht vor dem Ende des Krieges gezogen war. Gleich am ersten Tag kam ein Polizist zu ihnen und erzählte von den Soldaten, die in diesem Wald gestorben waren, die meisten nicht viel älter als sie jetzt sind, und er verbot ihnen, allein hineinzugehen. Trotzdem mussten sie mit ihm lernen, wie man, ohne sich zu gefährden, um ein Nest von Patronen gut sichtbar Stöckchen steckt oder den Wimpel oder das blaue Halstuch, oder was man so gerade in den Hosentaschen hat, an einem Ast festmacht, damit später die Polizisten die Sachen wiederfinden und wegschaffen konnten. Wirklich fanden sie im Waldboden gleich neben dem Weg in den Blaubeerbüschen noch Patronen, sogar Handgranaten lagen theatralisch auf grün bemoosten Baumstümpfen herum, und die Betreuer hatten große Angst um die Kinder und schrien hysterisch, wenn jemand aus der Gruppe zurückblieb. Und die Mädchen, ohnehin immer verunsichert beim Pinkeln so nah der Erde ohne den freien Blick ins Weite, hockten sich ängstlich im engen Kreis rund um die Erzieherin und nässten ihr fast die Füße.

Neben den Zelteingang hatten die Kinder mit schwarzen Kiefernzapfen und gelben Blumen und roten Beeren links das Pionierabzeichen, rechts eine wehende rote Fahne, oder war es eine Flamme, in den hellen Sand ausgelegt. Für das Rot nahmen sie die Beeren der Ebereschen, die gerade im Wald reiften, und sie brauchten sehr viel Rot, vor allem für die Fahne. Aber schon bald wurden sie trocken und schrumpelten die rote Farbe aus sich heraus. Ständig hatten die Kinder zu tun, neue rote Beeren für die Fahne zu pflücken und auszulegen, sonst gab es Abzüge im Wettbewerb um die beste Gruppe im Ferienlager. Aber bald schon war das egal, denn die Kinder sollten nicht allein in den Wald zu den Ebereschen gehen, und es dauerte nicht lange, da lag die Beerenfahne braun und verdorrt im Sand neben dem Zelteingang und die Erzieherin sagte ihnen irgendwann, sie sollen sie wegmachen.

Nie war das Kind in einem schrecklicheren Wald. Gleich hinter dem Zaun des Lagers hatte es mit einigen Jungs den rostigen Helm aus Stahl gefunden, vorn, wo die Stirn war, ein Loch, und die Jungs hatten gesucht, ob noch irgendwo drinnen Blut klebte, aber enttäuscht nichts gefunden. Abends im Zelt hörte das Kind im Bett schaudernd die Kiefern im Wind ächzen und stöhnen und stellte sich vor, hier im Erdloch eingegraben zu liegen und zu warten, dass die Panzer kommen oder der Schuss in den Kopf trifft.

Als in der Nacht dann von fern durch das feine Rauschen der Kiefern im Wald ein noch nie gehörtes Dröhnen zu ihnen drang, tief und unaufhörlich heulten schwere Motoren, metallisch klirrten Ketten, rasselte Eisen, saßen die Kinder in ihren Betten und fürchteten sich und weinten, die bleichen Betreuer konnten sie nicht beruhigen, denn in ihren Gesichtern war ein noch größeres Erschrecken. Das Kind dachte, das muss der Krieg sein, der durch den Wald nun zu ihnen kommt.

Wie waren sie alle erlöst, als sie am nächsten Morgen hörten, dass unsere Soldaten aus den umliegenden Kasernen ausgerückt waren, um unsere Menschen zu schützen gegen die Kriegstreiber, und unsere Kinder nun sicher waren vor denen. Man brachte sie alle noch am gleichen Tag nach Hause, weg aus diesem Wald, die Frau nahm das Kind weinend in die Arme, der Mann war nicht da, weil er mit den Kampfgruppen der Arbeiterklasse den Frieden am antifaschistischen Schutzwall sicherte. Wie war das Kind dem Mann dankbar dafür. Das hat es dann auch in den Aufsätzen und an der Wandzeitung geschrieben.

Und ohnehin war das Kind froh, früher nach Hause zu kommen. Beim Rutschen auf der defekten Wasserrutsche in den See hatte sich der mürbe Stoff ihres alten Badeanzuges aufgelöst und die nackte Haut des Hinterns blitzte heraus, und unter dem Gespött der anderen lief sie zurück ins Zelt. Die Erzieherin schnitt, sag das aber keinem, einen farblich passenden Wimpel aus der Wimpelkette heraus, die zwischen den Zelten gespannt war, und nähte ihn über das Loch. Aber schon beim nächsten Baden zerriss auch der dünne Fahnenstoff und hing nun in Fetzen herunter, da saß das Kind dann nur noch draußen herum, wenn die anderen baden gingen.

Jedenfalls mussten alle nun auf Pakete von Verwandten hoffen, wenn man Feenbilder für das Poesiealbum haben wollte, aber es gab Wichtigeres zu bestellen als so was, Kaffee und Strumpfhosen und Seife, und das Kind hatte sowieso niemanden drüben, denn alle seine Verwandten waren ja in dem Dorf geblieben. Nun durfte auch das Kind sich mit seinem Spruch in alle Alben der Mitschüler eintragen, da war es dann auch egal. Die Frau hatte ihr sogar auch so ein feines Büchlein gekauft, das in rotes Leder eingebunden war und eine Schlaufe hatte, an der ein kleines, goldenes Schloss hing mit einem zierlichen goldenen Schlüssel. Nachdem die ersten beiden Einträge über Rosen, Tulpen, Nelken und alle Blumen welken drinstanden, riss das Kind die Seiten raus und machte es zu seinem Tagebuch. Es dauerte nicht lange, und der Mann oder die Frau hatten das kleine Schloss aufgebrochen und der Schlüssel war auch weg, da ließ das Kind es wieder bleiben, darin aufzuschreiben, was es dachte.

Das Kind schlief in dieser Wohnung nicht mehr im Korridor, sondern in einem kaum beheizbaren, schmalen Durchgangszimmer. Nie war sie wirklich allein und also sicher in diesem Zimmer, immer konnten die Frau oder der Mann die Tür zu ihm aufreißen und hindurchgehen und nebenan aus dem Schlafzimmerschrank ein

Handtuch holen oder eine Hose oder die Betten dort mussten gemacht werden, und auch nachts, wenn sich das Kind sicher wähnte in seinem Bett, liefen sie an ihm vorbei zur Toilette oder sonst wohin. Immer war das Kind hier unter ihrer Kontrolle. Und immer horchte etwas in dem Kind auf die Geräusche, die sich ihm näherten, um schnell etwas Verbotenes oder nur ihm Gehörendes oder nicht mit der Frau oder dem Mann zu Beredendes verschwinden zu lassen und sein Gesicht zu verschließen, der Blick beliebig und leer und unverdächtig. Was machst du da? Willst du nicht antworten.

Nur die Welt in seinem Kopf hatte das Kind wirklich für sich.

Die Frau fand sich schließlich mit dem Leben in der Stadt und dieser Wohnung ab, weil man aus dem Schlafzimmer heraus auf einen Balkon treten konnte, der auf dem flachen Dach des großen, zu dem Haus gehörenden Müllbunkers gebaut worden war. So konnte sie wenigstens, wann immer sie wollte, an die Luft, an die frische Luft. Im Sommer lebte die Frau auf ihm ihren alten Dorf-Traum vom Frühstück draußen in der Natur, manchmal drehte der Wind und mischte Schluck für Schluck, Bissen für Bissen mit Müllgestank. Das Kind aber saß starr und schaudernd am Tisch. Gerade erst hatte es Ball gespielt an der hohen Wand über dem Balkon, die die Sicht auf die Reste des zerbombten Nachbarhauses versperrte, Zehnerrolle, das konnte man sehr gut auch mit sich allein spielen. Sie war sehr geschickt und gelenkig, aber bei der letzten Übung, wenn man sich blitzschnell umdrehen und den Ball wieder auffangen muss, ist er dann doch einmal über die Mauer geflogen, weil ihr dabei immer etwas schwindelig wurde. Dann hatte sie sich auf die nur halbhohe Brüstung daneben gestützt, weit nach vorn gelehnt, bis sie endlich, die Arme schon zitternd vor Anstrengung, die buntgefleckte Kugel unten zwischen den Trümmersteinen liegen sah.

Ratten krochen darüber, viele Ratten. Ein einziger zäher Brei war das, drunter und drüber zischte und waberte es, hoch sprang es, um glucksend und fett wieder zusammenzufallen. Die Zähne rafften und zerfetzten stinkende Fischabfälle, die ihnen gerade frisch hingeworfen worden waren aus einer benachbarten Baracke, in der neuerdings Fisch verarbeitet wurde. Lange, dünne Schwänze peitschten durch die Luft, dass es aufpfiff. Köpfe spitzten nach oben, als ob die Augen nach dem Gesicht des Kindes gierten. Wenn der Fischgestank nachließ, hatten sie ihre Arbeit getan und zogen sich, fett gefressen, wieder in ihre Höhlen in den Trümmern zurück. Das Kind hat den Ball dort liegen lassen, aber als die Frau davon hörte, ist sie hinübergegangen und hat ihn geholt, das musste ja nicht sein, der hatte ja Geld gekostet. Aber es hat nie wieder mit ihm gespielt.

Seit diesem Blick über die Balkonmauer lag es nachts in seinem Stahlbett an der dünnen Wand, die das Zimmer des Kindes von den Ratten darunter trennte, und wartete, in das Federbett verkrochen, dass die graue Masse der Tiere über seinen Körper kam und ihn zerfraß.

Die Tür sprang leise aus dem Schloss, etwas wälzte sich zu dem Kind, stieß Stühle um, polterte vor sein Bett. Schnapsgeruch schlug dem Kind ins Gesicht, heiße, schwitzende Hände schoben sich unter das Federbett, das das Kind vergeblich eng um seinen Körper zu ziehen suchte, Hände fielen schwer auf seinen Bauch. Sie rissen an der kalten Haut des Kindes und krallten sich in die kleinen Brüste, die dem Kind so neu waren, dass es kaum wagte, sie zu berühren. Ein feuchter, schnapsglasrunder Mund suchte seine Lippen und fiel schnappend und speichelnd in sein Haar. Die Hände glitschten den Körper hinab und die Stimme des Mannes sprach (das Kind wunderte sich doch, dass die Ratten die Stimme des Mannes hatten): Lass mich da ran, lass mich schon da ran, lass mich gefälligst da ran.

Da endlich begann das Kind mit den vielen Händen zu kämpfen und schlug um sich, traf einen Kopf, und etwas fiel schwer vor seinem Bett nieder. Das Kind lag still, schrie nicht, noch konnte es seine Schreie in sich zurückhalten. Das schnarchte vor seinem Bett, schnarchte noch, als die Frau am Morgen das Zimmer des Kindes betrat. Sie weinte und sagte hilflos: Und ich liege da und warte auf ihn. Das verstand das Kind nicht. Die Frau schrie den Körper des Mannes an und schleppte ihn in sein Bett. Dann fragte sie das Kind aus. Ob er mit dem da in ihr drin gewesen war, das sei wichtig, das müsse das Kind ihr sagen. Das Kind wusste nichts, es hatte keine Worte für das, was geschehen war, und schüttelte stumm den Kopf. Es zog sich an und ging zur Schule.

Als es in die Wohnung zurückkam, saß der Mann weinend in der Küche am Tisch und lehnte mit dem Rücken an dem schmutzig beigegelben Ölsockel, der immer fettig war von den Kochdämpfen und doch nur abblätterte, wenn man ihn reinigen wollte, die Frau neben ihm bereitete ein Essen zu. Hinter ihr der bauchige metallene Ausguss mit den ständig verstopften Abflusslöchern stank, die Frau hatte gerade das Wasser hineingegossen, in dem sie die Heringe gewässert und gleich noch ausgenommen hatte. Sie blickte verächtlich und triumphierend auf den Mann, sie wusste schon, nie wieder konnte der jetzt versuchen, von ihr wegzugehen, denn er war nun bis an sein Ende in ihrer Hand. Sie hätte auch das Kind nehmen und mit ihm von dem Mann weggehen können, aber das hätte sie um ihren Sieg über ihn gebracht, den sie nun auskosten würde, jeden Tag.

Das Kind sollte sich vor den Mann hinstellen, denn er wollte sich entschuldigen. Seine noch immer alkoholschwitzenden Hände griffen nach dem Kind, um es stammelnd zu tätscheln, das Kind nickte gleichgültig dazu, denn es hörte nicht hin, und der Mann lachte erleichtert und drückte dem Kind einen Geldschein in die Hand. Nie wieder hat das Kind den Mann noch einmal einfach so weinen sehen.

Da endlich schrie das Kind, schrie den Mann weg von sich, nicht laut, stumm, nur in seinem Kopf. Und auch das Leid der Frau, die dem Kind nicht helfen wollte, ging es nichts mehr an. Das Kind war allein in der Wohnung, in der der Mann immer weiter redete und die Frau vorwurfsvoll litt. Beide taten ihm auch leid, aber das Kind konnte dem Mann nicht helfen. Und nicht der Frau.

II

Ich erschrecke. Was erzähle ich hier von dem Kind, führe es vor, irgendwohin, wo ich es haben will. War so das Leben des Kindes gewesen? War es nicht fröhlich, hatte es nicht viel Spaß mit anderen Kindern, freute es sich nicht, wenn die Frau es umarmte und liebkoste? Konnte es nicht auch lachen mit dem Mann, wenn sie zusammen den langen Korridor bohnerten, das Kind auf der eisengefassten Bürste saß und der Mann es damit über den Boden schleuderte? Hatte sie nicht eines Sonntagmorgens, als sie zu den Eltern ins Bett gekrochen war, voller Liebe und Hingabe mit ihrer eisernen Haarklemme ins lackierte Holz über ihren Kopf eingeritzt, dass sie beide sehr lieb habe, die krakeligen gerade erlernten Buchstaben immer noch lesbar im Bett, bis der Mann irgendwann starb und die Frau ein neues Bett kaufte. War also nicht alles viel schöner gewesen?

Aber findet man sein Leben zurück in den Erinnerungen? Mir scheint, es erfindet sich nur immer wieder neu. Und dann ist die Erinnerung das Leben. Oder eben eine Geschichte, der nicht zu trauen ist.

Und immer verfällt jemand darauf, liest er das dann, sein eigenes kleines Leben, das doch ganz anders war, daran zu prüfen. Also steht garantiert bei einer Lesung irgendein alter Mann auf mit einer rotbraunen, alten Lederaktentasche in der einen Hand und dem Buch, aus dem viele Zettel wichtigtuend aus den Seiten hinausragen, in der anderen Hand, und der sagt sehr laut und empört, so war das aber nicht, ich bin doch dabei gewesen, und ich habe den Mann und die Frau und das Kind auch gekannt, und der Mann, die Frau und das Kind waren ganz anders. Und die Kritik ätzt, wieder keine Geschichte, die erklärt, wie, wann, warum, wo, was geschehen ist, nein, etwas geschehen konnte, wofür sich, die dabei waren, nun zu rechtfertigen hatten. Wieder nichts richtig aufgearbeitet also, sagen sie, das ist eines der wichtigen Worte jetzt, an dem sich Geschichten messen lassen müssen. Aufarbeiten.

Die Frau hat dem Kind manchmal ein Kleid aufgearbeitet, das zuvor sie getragen hatte, aus einem bunten Stoff, an manchen Stellen schon etwas dünn und verblichen, aber wenn sie sich anstrengte, gelang es ihr, für das schmale Mädchen ein neues Kleid daraus zu schneidern und die noch nicht so ausgewaschenen Stoffteile nach vorn zu holen. Am farbigsten war der Stoff in den von der Frau immer reichlich auf Zuwachs bemessenen Nähten, an die das Licht nicht gedrungen war. Nun liefen sie als grellbunte Streifen zum Beispiel quer durch den verblassten Rock und erinnerten an den Stoff, wie er einmal gewesen war. Dann dauerte es einige Zeit, bis die Sonne auch aus den gewendeten Teilen die frischen Farben herausgezogen hatte und sie nicht mehr auffielen und von der alten Farbe kaum mehr zu unterscheiden waren. Das Kind hasste diese Kleider. Sie waren weder neu noch schön, sie hatten etwas Trauriges. Immer sah sie in ihnen die alte Form, die ihre dicke Mutter umhüllt hatte. Später, als sie sich weigerte, die aufgearbeiteten Sachen zu tragen, nähte die Frau lange haltbare Taschen und Beutel in den verschiedensten Größen aus ihnen, da störten die farbigeren Streifen nicht.

Selten und nur, wenn sie beide allein waren, erzählte die Frau etwas Ähnliches wie eine Geschichte aus ihrer Kindheit, dem Dorf oder ihrer Familie, gewöhnlich sprach man bei ihnen nichts Unnützes und teilte sich nur eben das Notwendige mit. Und immer endeten ihre Worte irgendwann mitten im Satz. Dann hängte sie noch ein „Und“ daran, zögernd, nachdenklich, so langsam, wie man diese drei Buchstaben nur aussprechen konnte, hingen sie über ihr herum und fanden kein Wort mehr, das sich ihnen anschloss. Das Kind wurde dann ungeduldig, ja was denn nun, u-n-d, da musste doch etwas folgen. Wie denn nun weiter. Eine Geschichte konnte doch nicht einfach so in diesem uneingelösten Versprechen verschwinden. Aber nie sagte die Frau noch etwas, höchstens fing sie etwas ganz anderes zu erzählen an und endete, wann immer es ihr geraten schien, wieder mit einem „Und". Das Kind machte es wütend, um was betrog sie dieses „Und"? Aber es hielt auch alles offen. Es konnte weitergehen, dahin oder dorthin oder auch nicht und ganz anders.

Heute scheint es mir nur so möglich, etwas zu erzählen.

Also wird, was ich aufschreibe, nur irgendeine Geschichte sein, das Leben nicht, keine Geschichte ist das Leben, kein Leben eine Geschichte. Also Kunst? Was nicht Kunst geworden ist, ist verloren, weil es vergessen wird, hat ein Regisseur gesagt, der heute gestorben ist. Aber so einfach ist das wohl auch nicht. Am Abend habe ich einen gerühmten Autor davon reden hören, er habe jetzt, wenn alles gut geht, ein Zeitfenster von fünf Monaten für sein neues Buch, das von einer Wohnung handelt, in der sich die Fußböden senken und die Zimmerdecken heben oder umgekehrt, dann sei es wieder vergessen. Aber das sei heute mit allen Büchern so, auch mit den sehr berühmten.

Ich stelle ihn mir vor, wie er mit wehendem Haar aus dem Zeitfenster seiner sich verengenden oder weitenden Wohnung schaut und immerzu winkt und zunehmend verzweifelt ruft, hier bin ich, seht mich, ich bin wichtig, vergesst mich bloß nicht. Bis ein anderer, der inzwischen schon neben ihm herausschaut, vielleicht aber auch der Wind, ihm das Fenster vor dem Kopf wieder zuwirft. Dann, sagt er, muss er in eine andere Wohnung ziehen, denn noch nie habe er in einer Wohnung zwei Bücher schreiben können. Aber vielleicht sei das ja nun anders und er könne bleiben, er hoffe das immer wieder.

Er wird sich wohl irren. Ich habe schon gelesen, dass Autoren eine Stadt verlassen wollten, weil die, nachdem sich dort mehrere Schriftsteller angesiedelt und sie zum Schauplatz vielgerühmter Bücher gemacht hatten, nun ausgeschrieben sei und sie sich gegenseitig vorwarfen, einander ihre Geschichten weggenommen zu haben. Wie viel weniger bietet einem da eine Wohnung. Und dann muss er viele Jahre schreiben, bis sich mit einem neuen Buch wieder kurz das Zeitfenster öffnet. Das ist nicht leicht für jemanden, der herausschauen und gesehen werden will.

Bücher sind heute ja nichts Besonderes mehr, weil jeder unaufhörlich von sich reden und seine Worte und Bilder in eine imaginäre Welt hinausschicken kann. Jeder kann schreiben. Und niemand hat noch Angst davor, dass ihm im Grab etwas von sich fehlen könnte, wie vor vielen Jahren jene alten Frauen, deren schöne Sprache junge Wissenschaftler auf Tonbänder aufnehmen wollten, aber sie jagten die entsetzt aus ihrer Stube, weil es sie gruselte bei der Vorstellung, sie lägen unter der Erde und ihre Stimme irre noch hier oben rum. Inzwischen, habe ich gelesen, kann man sich Worttotengärtner kaufen, die, wenn man selbst schon längst begraben ist, seine vielen in der Luft herumschwirrenden Worte und Bilder pflegen, damit immer alles ordentlich aussieht, wenn jemand sie auf diesen imaginären Friedhöfen besucht, vor allem um den Totensonntag herum.

Es fürchten sich die Menschen nur davor zu leben, ohne wahrgenommen zu werden und, schlimmer noch, gleich wieder vergessen.

So viele Worte sind schon in der Welt. Ach, oder auch nicht. Nur was ausgesprochen, besser noch aufgeschrieben ist, gibt es. Rede, rede mit mir, man muss darüber reden. Ich denke manchmal daran, wie genau wir zuhörten und verstanden, als Worte gefährlich sein konnten. Jetzt ersticken wir unter diesen Sprachmüllbergen. Alles ist schon gesagt und liegt da irgendwo rum, was wollt ihr denn, wir haben doch schon geredet darüber.

Wenn alles gesagt ist, ist nichts gesagt.

Was ergäbe sich, blieben wir einen Tag lang stumm. Oder gar zwei oder drei. Keiner dürfte ein Wort sagen oder schreiben und neu auf die Worthaufen drauflegen, die schon da sind. Nur atmen, schweigen, hören, gehen, sehen, lesen und sich selbst genug sein. Vielleicht wäre die Welt besser, wenn wir nicht so viel reden würden. Vielleicht gäbe es Frieden ohne die Gewalt der Worte, immer fängt es mit Worten an. Aber natürlich ist es nicht so schlimm, jemanden mit Worten zu erschlagen wie ihn zu erschießen. Nirgends eine blutende Wunde zu sehen.

Nun also schreibe ich. Was ist anders bei mir? Nichts. Ich hole etwas heran, was der Mann und die Frau sich zu verstecken bemühten, nichts war der Rede wert. Was eigentlich ist der Rede wert?

Leben, sagte die Frau, das ist vergessen können. Nichts Weltbewegendes.

Auch ich kann nicht reden darüber, ob ich davon schreiben kann – vielleicht. Schon habe ich wieder zwei Monate nicht am Schreibtisch gesessen. Immer war etwas anderes wichtig, um das ich mich kümmern musste, der Liebste, die Kinder, der Hund, die Freunde, das Haus, alle waren davon abhängig, dass ich mich kümmerte.

Dabei hatte ich längst begriffen, dass, wer schreibt, nur sich selbst und seine Worte wichtig nehmen kann. Und alles daneben ist gleichgültig, niemand und nichts sonst zählt. Viele Schreiber, schien mir, waren menschliche Krüppel, bestenfalls mitleiderregend. Und ich verstehe nicht, dass so viele meinen, nur weil jemand gute Bücher schreibe, müsse er auch ein bewundernswerter Mensch sein.

Eine moralische Autorität, gar eine moralische Institution. Und tatsächlich melden sie sich, je berühmter sie werden, und sagen, was man wie warum so zu denken oder gar zu machen habe, so und nicht anders, weil das eine gut ist, das andere nicht, weil das eine richtig ist, das andere falsch. Sie sind das Gewissen der Welt, wer, wenn nicht sie.

Wenn sie Glück haben, kommt man erst nach ihrem Tod dahinter, welche Leichen sie unterm fleckigen Teppich, im gut sortierten Aktenkeller oder auf einem alten Schlachtfeld verscharrt hatten. Und dann schreien alle los und sind entsetzt, wie kann man denn jetzt noch seine Bücher lesen oder gar gut finden, wenn er als Mann, als Vater, als Mensch so versagt hat, schon soll sein Werk anders gelesen werden.

Als ob die Worte in den Büchern nicht die gleichen geblieben wären.

Ich übe jetzt, ein Mensch zu sein, der nur mit sich selbst beschäftigt ist, weil es nichts Wichtigeres geben kann. Nein, ich kann dich nicht pflegen, weil du alt bist, nein, ich kann deine Ängste nicht aushalten, nein, ich kann dir jetzt nicht zuhören, nein, du musst selber sehen, ich habe jetzt keine Zeit, ich muss jetzt endlich nur an mich denken. Aber ich stehe, sitze, gehe nur so herum. Nach Wochen, Monaten, Jahren, in denen ich nicht habe schreiben können, denke ich, so ist es also, wenn man ewig drauf wartet, schreiben zu können, und dann, wenn man alt ist und endlich damit anfängt, merkt, dass man es gar nicht kann.

Und dass es doch eine tolle Geschichte sein könnte. Jemand wird zum Egomanen für das Schreiben und dann kommt nichts dabei heraus, nur Mist, nicht der Rede wert, aber vor dem Haufen steht dann halt eine erbärmliche Gestalt.

Also: Das Kind. Der Mann. Die Frau.

Aber ist es nicht endlich Zeit, das Kind wirklich das Mädchen sein zu lassen, von dem Vater zu reden, der Mutter. Kann ich sie nicht ansehen inzwischen, kommen sie mir nicht näher, je älter ich werde und nachsichtiger und unfähiger zu verurteilen?

Gut, das Kind soll das Mädchen nun sein, die Frau die Mutter. Der Mann bleibt der Mann.

Nicht lange nachdem der Mann zu dem Kind gekrochen war, kam das Mädchen aus der Schule nach Hause und hörte ihn schon an der Tür schreien vor Schmerzen. Sie ging in das Elternschlafzimmer, trat an sein Bett und sah ihm mitleidlos zu, wie er um Luft rang und sich herumwarf, wenn die Koliken in seinen Körper einschlugen, und er heulte und flehte sie an, nach einem Arzt zu laufen. Das Mädchen stand da eine Weile und sah ihm zu, der Mann ekelte sie und sie hasste ihn, wollte sie ihn richten und zum Tod verurteilen, wollte sie ihn sterben lassen? Sie musste sich nur umdrehen und gehen.

Sie ging langsam, es war ein Schlendern an diesem schönen, sonnigen Tag. Sie ging zum nahen Güterbahnhof, wo zwischen den Gleisen mit den Waggons, unter denen gerade der Nachbarjunge gestorben war, eine rußgeschwärzte Holzbaracke stand, in der es eine Ärztin für die Bahnarbeiter gab. Die griff sofort zu ihrer Tasche, nachdem das Mädchen erzählt hatte, und lief los, da musste auch das Mädchen ihr den Weg ans Bett des Mannes voranrennen. Die Ärztin organisierte den Krankenwagen und lobte das Mädchen, es habe dem Vater das Leben gerettet. Sanitäter trugen ihn auf einer Liege aus dem Zimmer, der Mann sah das Mädchen mit in Tränen schwimmenden Augen an. Baten sie um Verzeihung oder litt er nur an sich selbst?

Es war ihr gleich.

Dann weigerte sich das Mädchen einfach, schon wieder in eine andere Stadt zu ziehen, als der Mann sich eine neue Arbeit zu suchen hatte, denn irgendwer hatte herausgefunden, dass er, um studieren zu dürfen, in seinem Lebenslauf gelogen und verschwiegen hatte, nach seiner Verwundung als Armeepolizist, man nannte sie auch Kettenhunde, Gefangene, oder waren es Juden, auf ihrer Fahrt in die Lager bewacht und Deserteure aufgespürt zu haben. Und der Mann wusste auch seinen Genossen niemanden zu nennen, der bezeugen konnte, dass er gut zu den Gefangenen gewesen war, ihnen vielleicht mal ein Stück Brot zugesteckt hat oder eine Zigarette oder gar die neusten Nachrichten von Radio Moskau oder ihnen half zu fliehen und was man sonst noch aus Filmen und Büchern kannte von den vielen widerständigen Soldaten, wie die Genossen selbst es ja alle anscheinend gewesen waren oder wären.

Aber der hatte in seinem Lebenslauf, mit dem er sich gleich nach dem Krieg endlich den Weg zum Studium öffnete, ja auch nichts vom Armenhaus geschrieben. Hätten seine Genossen ihn verstanden, wenn er jetzt davon erzählte? Aber der Mann sagte nichts, und wahrscheinlich war es richtig so, dass er nur beteuerte, bereute, litt, weinte, sich selbst anklagte und demütig schwor, wiedergutzumachen, alle Kraft einzusetzen und nie wieder seine Partei anzulügen, nie wieder, und er wolle doch nur der Sache dienen und sein Leben dafür.

Sie stießen ihn nicht ganz und gar zurück in die Machtlosigkeit, denn er hatte der Partei ja treu gedient, er durfte in einen Betrieb gehen, und bald war er dort wieder der Parteisekretär und kommandierte die Kampfgruppe, gelernt ist gelernt, es war also nichts geschehen. Sie blieben auch wohnen, wo sie waren, und der Mann fuhr täglich mit dem Bus zu seiner neuen Arbeit in eine andere Stadt.

Wie soll ich verstehen, dass das Mädchen den Mann verachten, seinen Worten aber weiter folgen konnte? Hatte sie nicht endlich genug von dem Mann gesehen und gehört, damit es ihr seine Sprache verschlug?

Aber was sollte sie denn sagen? Woher sollte das Mädchen andere Worte haben.

Sie hätte ihm wenigstens doch widersprechen müssen. Fürchtete sie ihn und seine Gefängniszelle nicht noch immer?

Und wäre es so gewesen, war es gut. Denn so blieb sie doch, immerhin, verschont vom lähmenden Gift einer Feindschaft, das, ob man will oder nicht, in die Gedanken kriecht, immer mehr Platz fordert im eigenen Kopf, zwanghaft sieht man auf das Gegenüber, was tut der, was denkt der, und was also muss ich dagegen tun und was denken, wie kann ich ihm wehtun, ihn schlagen, niederringen, ihm schaden, nie ist man weniger frei und man selbst, bleibt gefangen in diesem Hexenkreis.

Jetzt wusste sie nur, sie wollte nicht noch einsamer werden, als sie es schon war. Sie wollte, musste doch irgendwo dazugehören.

Was auch sollte schlecht daran sein, für das Menschheitsglück zu kämpfen. Und es war etwas völlig anderes, wenn sie es tat, als wenn der Mann dafür seine Worte wetzte, er, offenbar ein schlechter Mensch, sie dagegen edel, hilfreich und gut. Sie würde ihm vorführen, dass man für die Sache sein kann, nein, unsere Sache, und trotzdem ein guter Mensch. Das Mädchen würde die gute Sache vor dem Mann retten, sie würde sie menschlicher machen. Sie musste nicht gegen ihn sein, sie musste nicht für ihn sein, sie war etwas völlig anderes, das sich dem Urteil des Mannes entzog. Auf jeden kam es an, hatte sie gelernt, auf sie also, sie war wichtig. Der Mann aber war unwichtig.

Oder will ich, muss ich das Mädchen nur beschützen? Warum schmerzt, seit ich davon schreibe, jede Pore meiner Haut, spannt sich so eng, erträgt keine Berührung, nicht einmal den weichen Stoff meiner Bluse, nackt sitz ich da. Denn es war ja wohl falsch, ihr Leben, so jedenfalls würde diese Zeit später heißen.

Es gebe kein richtiges Leben im falschen, hatte ein Philosoph gesagt, und seither beten alle, die meinen, anderswo im richtigen Leben gewesen zu sein, diesen Satz daher und schauen auf solche wie das Mädchen herab.

Schon wieder stand ihr Leben unter Anklage und jetzt erst recht.

Der Satz des Philosophen, er stimmt, wie auch eine mathematische Gleichung stimmt: minus mal minus ergibt plus.

Aber doch nicht im Leben.

Das Mädchen jedenfalls, ein Kind ja noch immer, entdeckte in diesem Augenblick eine Fähigkeit in sich, die ihr zu leben half. Sie zog, wann immer sie dem Mann begegnete, über ihr Gesicht einen Vorhang, der gleichgültig schaute, ja sogar freundlich lächelte. Dahinter blieb sie bei sich.

In einer anderen Familie, einem anderen Land, einer anderen Zeit, immer war das Mädchen schön, mutig, klug, besser als jeder sonst, sprach sicher und ohne Angst, sie konnte tanzen, singen, spielte die große Theaterrolle auf einer Bühne, gewann einen großen Wettkampf, und als man für sie die Nationalhymne spielte, weinte sie auf dem Siegerpodest, alle kannten und liebten sie. Nur manchmal erschrak sie, wenn sie Familienfotos sah, auf denen sie, wie man so sagt, freundlich lachte und sie sich doch genau erinnern konnte, was sie in diesem Moment für hassvolle Gedanken hatte. Sie konnte diesen Vorhang öffnen und schließen, ganz wie sie wollte, ohne dass der Mann es bemerkte. Ihr Leben im Kopf, es war immer schön. Sie hat das nie mehr verlernt, und es hat ihr auch später im Leben oft geholfen. Genauso, wie sie Verletzungen ganz schnell wieder vergessen konnte, sie mussten ja heilen, ehe neue hinzukamen, wie hätte sie sonst leben sollen. Später rühmten alle an ihr, dass sie nicht nachtragend sei, das, fanden sie, sei eine gute Eigenschaft.

Jeden Abend musste der Mann noch immer auf seinem Weg in das Schlafzimmer durch das Zimmer des Mädchens. Sie lag dann noch wach in ihrem Bett, angespannt hatte sie unter der Decke mit der Taschenlampe ein Buch gelesen. Sie durfte die sich nähernden Schritte des Mannes nicht überhören. Dann löschte sie schnell das Licht, zog die Decke über den Kopf und zwang sich, wie schlafend zu atmen, bis der Mann durch das Zimmer an ihr vorbeigegangen war, immer kam die Mutter, das Mädchen beschützen wollend, noch hinterher.

Wann immer sie Zeit hatte, las sie. Sie hatte irgendwann aufgehört, in die beiden Bibliotheken der Stadt zu gehen. In der einen wollte man ihr nur die Bücher geben, die, wie die ältlichen Frauen in der Ausleihe entschieden, Kinder in ihrem Alter schon verstünden und also lesen durften, aber die kannte sie nun. In der anderen verbrachte sie ganze Nachmittage vor den langen Buchregalen, las im Stehen oder an ein Regalbrett gelehnt und vergaß alles umher, bis die Frauen sie riefen, sie wollten schließen, und so war es ihnen gleich, welche Bücher das Mädchen mit nach Hause nahm, nur schnell musste es gehen. Aber bald dann durfte niemand mehr selbst in den Lesesaal gehen, der angeblich einzustürzen drohte unter der Last der Bücher, und die Frauen stellten nur noch die Kästen mit allen Karteikarten hin. Darauf stand der Name des Autors, der Titel, die Seitenzahl und einige Worte, die sagten, worum es in dem Buch ging. Also zum Beispiel: eine tragische Liebesgeschichte zwischen einer Frau und zwei Männern oder vom Kampf um die Entwicklung der sowjetischen Landwirtschaft. Drei Karten konnte man sich heraussuchen und die Frauen brachten dann die Bücher dazu aus den

Regalen. Nur die durfte sie mitnehmen. Aber oft war sie enttäuscht von ihnen.

Das Mädchen hatte angefangen, sich von dem Geld, das sie ab und zu von den Großeltern bekam oder für Altstoffe, selbst Bücher zu kaufen, es gab gute und billige Ausgaben. Auch im Bücherschrank des Mannes war manchmal etwas zu finden. Immer wenn der Mann oder die Mutter oder deren Arbeitskollektive ausgezeichnet wurden, und das geschah regelmäßig, erhielten sie auch ein Buch dazu, „Für ausgezeichnete Leistungen im sozialistischen Wettbewerb" stand dann gleich unter dem Titelblatt, oder „Für treue Dienste in der Kampfgruppe". Außerdem musste das Geld für Bücher, das jedem Kollektiv in den Betrieben für das Jahr zugeteilt war, auch ausgegeben werden. Zumeist erst kurz vor Weihnachten liefen die Buchverantwortlichen los und kauften, was sie gerade bekamen. Die Bücher aus der Staatsanwaltschaft waren oft nur dünn und hatten die Sprache des Mannes, und man schrieb in der Zeitung über sie und urteilte über sie, ob sie taugten als Waffe im Kampf mit dem Klassengegner. Das Mädchen las sie alle, bei den Büchern des Mannes griff immer so ein heroisches Gefühl nach ihr und rührte sie zu Tränen, wenn der Held im Kampf für das Glück der Menschheit gestorben war oder gar umgebracht wurde.

Die Bücher aus der Staatsanwaltschaft taugten am besten für ihre Tagträume, wenn sie sich an die Stelle des Helden dachte und alles ganz großartig machte. Nur sterben wollte sie nicht für irgendjemanden oder irgendetwas oder gegen irgendjemanden oder gegen irgendetwas. Nie hätte sie sich geopfert wie die Sophie Scholl, das war ihr schon lange klar, deshalb gingen ihre Träume immer ruhmreich für sie aus. Manchmal schaffte sie es, zwei solcher Bücher am Tag zu lesen und sofort wieder zu vergessen.

Die Bücher aus der Post, wo die Mutter inzwischen arbeitete, vergaß sie nicht. Nicht nur die Geschichte, auch deren Sprache gefiel ihr, sie war leise und nahm sich Zeit, manchmal verstand sie sie nicht und sie verlor sich etwas darin, aber auch dann machte es sie froh, wie sich die Worte fügten, weil es schön war, niemals drohten und dröhnten sie so wie die des Mannes und die in den Büchern des Mannes. Sie las in diesen Büchern immer wieder, die Mutter selbst warf nie einen Blick hinein, sie hatte gar keine Zeit dafür und es war ja auch irgendwie unnütz.

Aber das Mädchen bekam gar nicht genug davon, und manchmal weinte sie auch, wenn eine Heldin an ihrer unerfüllten Liebe starb. Doch das war so ein wehmütiges, fast wohliges und geborgenes Traurigsein, es forderte nichts von ihr. Häufig waren die Bücher sehr dick und russische Klassiker und boten der Mutter so wenigstens zwei gute Argumente im Streit mit dem Mann, der die Nase darüber rümpfte und den Bucheinkäufer der Post rüffelte, wofür der das gesellschaftliche Geld ausgebe. Wieder so ein alter Schinken, den keiner braucht. Sowieso las der Mann nie Bücher, nur Zeitungen oder Broschüren seiner Partei, meist rotfarben eingebunden, und argwöhnisch sah er, wie sich das Mädchen in die Bücher vor ihm verkroch. Diese sinnlose Schwarterei.

Sie bekam auch selbst manchmal Bücher, in der Schule als ausgezeichneter Pionier, meist aber, wenn sie wieder einmal einen Sportwettkampf gewonnen hatte. Oft handelten die von Kindern, die irgendwie vom rechten Weg abgekommen waren oder sich von den anderen isoliert hatten und dann am Ende aber wieder zurückfanden und bessere Menschen geworden waren und gelernt hatten, dass man im Kollektiv am besten aufgehoben ist. Auch der Mann schenkte dem Mädchen manchmal ein Buch, zum Geburtstag oder zu Weihnachten. Als Widmung schrieb er dann hinein: Damit du es nicht nur liest, sondern recht viel daraus lernst. Oder: Nimm Dir den Helden zum Vorbild. Dein Vater.

In der Schule lernte sie, Bücher danach zu beurteilen, ob sie irgendwie dem Menschheitsglück dienten oder sich, wie die meisten deutschen Klassiker, auf dem Weg dahin verirrten. Vor allem Gedichte machten sich verdächtig, wenn ihre Worte nur so dahinflogen und man sich in ihnen verlor und beseelt tragen ließ, wohin? Hat der Dichter nichts zu sagen? Wo war die Sprache des Mannes in ihnen?

Einmal nahmen sie ein Buch, das der Mann ihr geschenkt hatte, in der Schule durch, und das Mädchen war die Einzige, die es schon kannte und sogar besaß. Da war sie etwas stolz und dem Mann auch dankbar. Die anderen mussten das Buch in völlig zerfledderten, fleckigen Exemplaren aus der Schule lesen, Schüler vor ihnen hatten die Stellen, die die Lehrer besonders wichtig fanden, schon unterstrichen und an den Rand geschrieben, was dazu zu sagen war. Sie hasste das. Aber so fanden die anderen die bedeutsamsten Sätze des Buches sofort, rote Wellenlinie darunter oder akkurat mit sogar doppeltem Strich am ausgefransten Holzlineal entlanggezogen den Worten folgend, und daneben hatte meist schon jemand geschrieben: wichtig! lernen! Manches mussten sie auch auswendig können.

Das Wertvollste, was der Mensch besitzt, ist das Leben. Es ist ihm nur einmal gegeben, und er muss es so nützen, dass ihn sinnlos verbrachte Jahre nicht qualvoll gereuen, die Schande einer kleinlichen, inhaltslosen Vergangenheit ihn nicht bedrückt und dass er sterbend sagen kann: Mein ganzes Leben, meine ganze Kraft habe ich dem Herrlichsten auf der Welt – dem Kampf für die Befreiung der Menschheit – geweiht.

Wochenlang redeten sie im Deutschunterricht nur über die Geschichte und diese Worte des russischen Helden, Pawel Kortschagin, der sich opferte für das Menschheitsglück und bis zu seinem Ende für die Sache kämpfte, weil er nur so selbst glücklich war. Zum Abschluss gingen alle gleichaltrigen Schüler der Stadt, die das Buch wohl zur gleichen Zeit behandelt haben mussten, in den großen Kinosaal und sahen den Film dazu, der Held, mit fester Stimme, blind schon, seinen Tod vor den noch immer siegestrunkenen Augen, rief ihnen diese Worte zu, seine Botschaft, seinen Auftrag an sie. Wie immer in solchen Momenten, ob sie wollte oder nicht, schossen Tränen in ihre Augen und ein Frieren kroch aus ihrem Körper und machte ihr eine Gänsehaut. Ihr ganzes Leben lang würde das Mädchen diese Worte hersagen können wie ein Gebet, ohne nachdenken zu müssen.

Was war dagegen zu sagen, dass das Mädchen die Menschheit retten, sie glücklich machen wollte.

Wenig später, es war wohl in der 9. Klasse, schrieben sie einen Aufsatz, der hatte das Thema: „Wofür lohnt es sich zu leben?“ und als Einzige durfte sie ihn vor der Klasse vorlesen.

Ich sehe das Mädchen vorn neben dem Lehrertisch stehen, sie ist aufgeregt.

Der Mensch, liest sie bemüht beherrscht vor, könne wählen zwischen einem Leben, das im Augenblick bequemer und leichter erscheine, jeder Auseinandersetzung aus dem Weg gehe, immer den geringsten Widerstand suche, heuchelnd und ohne einen Standpunkt immer nur den eigenen Vorteil wolle. Oder aber er denke zuerst an das Gemeinwohl aller Menschen und nehme auch Unannehmlichkeiten für sich selbst in Kauf, weil ihm die Interessen der Gemeinschaft wichtiger seien. Der Mensch könne sich also entscheiden für ein vollkommen bedeutungsloses Leben, oder aber er wähle ein Dasein, das zu führen viel schwieriger sei, ihm aber die Gewissheit gebe, für das Glück der Menschen gelebt zu haben.

Die anderen in der Klasse schauen das Mädchen aufmerksam an, noch wissen sie nicht, ob sie ihr Gesicht zu einem Grinsen verziehen sollen oder den Blick doch lieber schon versteckt auf das alte Holz der Schulbank richten. Das Mädchen sieht es wohl, und genau jetzt liest sie ihnen von Twiggy vor, einem hohlwangigen, untergewichtigen Idol der westdeutschen Jugend, das den geistigen Horizont einer Zehnjährigen habe. Aber das störe die westdeutsche Presse nicht, die sie als Vorbild hinstelle, denn damit erreichten sie ihr Ziel. Die Mädchen beschäftigen sich lieber mit neuen Twiggy-Geschichten, als sich um Politik zu kümmern. Sie kämen gar nicht mehr zum Nachdenken über ihre soziale Lage und würden zu bequem zu beherrschenden Menschen. In Schundliteratur und durch die öffentlichen Meinungsmacher werde der Jugend revanchistisches Gedankengut eingetrichtert. Es sei kein Wunder, wenn sie dann gen Russland ziehen wollen, um den Kommunismus auszurotten, und dafür sogar ihr Leben opfern würden. Und dabei merkten sie nicht, dass sie nur willfähriges Werkzeug jener Herren seien, die schon ihre Väter in den Tod geschickt hätten. In der Schule werde ihnen ein vollkommen falsches Geschichtsbild vermittelt, durch Presse, Rundfunk und Fernsehen erführen sie alles andere, nur nicht die wahren Hintergründe der Bonner Politik.

Hört dem Mädchen in der Klasse noch jemand zu? Es ist lauter geworden, einige kramen in ihren Taschen, blättern in ihren Heften, kritzeln darin herum, lesen etwas im Deutschbuch. Kaum jemand schaut sie noch an, sie sind verlegen, irritiert oder gleichgültig. Und sie verstecken ihre Gedanken vor ihr und der Lehrerin. Hilfesuchend schaut das Mädchen zu der Deutschlehrerin, die die anderen zur Aufmerksamkeit mahnt und ihr wohlwollend zunickt und sie auffordert, weiterzulesen.

Sie frage sich, liest sie also, ob diese Menschen wirklich glücklich seien, zufrieden mit ihrem inhaltsleeren Leben und dem Drang danach, immer mehr zu besitzen. Wir hier seien ganz anders, bei uns würde man nicht berühmt und verehrt, wenn man weiter nichts aufzuweisen habe als Geld. Jedes Mal, wenn sie lese, was die Jugendlichen in Westdeutschland alles machen, um ihren Idolen zu ähneln, müsse sie lächeln, finde sie es unmöglich, dass es so etwas überhaupt gebe. Aber es sei bittere Wahrheit und eigentlich könne man diese jungen Menschen nur um ihre verlorene Jugend bedauern. Was sei es denn wert, das Leben dieser Jugendlichen. Nichts, aber auch gar nichts. Sie könne sich nicht vorstellen, unter solchen Bedingungen zu leben. Ihre Vorstellungen über ein sinnvolles Leben seien ganz anders.

Ihnen sage man hier oft, „Ihr Leben sollte euch Vorbild sein" und meine damit Menschen wie Thälmann, Schweitzer und Russell und andere Humanisten und Widerstandskämpfer. Bertrand Russell habe sein ganzes Leben lang für die Menschheit gelebt und gekämpft. Nie habe er mit seiner Meinung hinter dem Berg gehalten, auch wenn es ihm vielleicht Vorteile gebracht hätte. Sie schätze ihn besonders, weil er auch im hohen Alter nie aufhörte zu lernen und eigene Fehler zu berichtigen, zum Beispiel in seiner Haltung zur Sowjetunion. Ähnlich verhalte es sich mit Albert Schweitzer, der im Urwald den Eingeborenen von Lambarene als Arzt half, obwohl er als berühmter Organist ein Leben in Prunk und Ruhm hätte führen können.

Oder, liest sie, und ihre Stimme hat jetzt die Festigkeit zurück, wie hatte sie befürchtet, dieses peinvolle Vibrieren in ihr Sprechen zu bekommen, das sie bei dem Mann so hasste –, oder, liest sie also weiter, betrachte man das Leben der Antifaschisten. Nichts habe sie zurückschrecken lassen, weder die grausamste Folter noch der Tod. Sie hätten nur ein Ziel gekannt: Die Menschheit von den Faschisten zu befreien. Viele ließen so ihr Leben, doch sie seien mit dem Gefühl in den Tod gegangen, am Kampf für ein menschenwürdiges Dasein der Völker beteiligt gewesen zu sein.

Das Mädchen überlegt, ob sie den nächsten Absatz überspringen solle, die Gesichter vor ihr sind immer gleichgültiger geworden, kaum jemand erwidert ihren Blick, manche schauen grinsend ihren Banknachbarn an. Aber dann gerade liest sie davon, dass sie ein ehrliches Leben führen wolle, ohne Heuchelei und Lüge, damit sie jedem ehrlichen Menschen in der Republik offen in die Augen schauen könne, ohne sich schämen zu müssen. Wer so lebe, der werde auch von seiner Umwelt geachtet werden. Sie wolle später einmal etwas leisten, unserer Gesellschaft etwas zurückgeben und nicht nur immer nehmen wie bisher. Sie wolle mitbeteiligt sein am Aufbau unseres Staates, am Glück unseres Volkes. Und sie glaube, das könne man am besten, wenn man versuche, die Mittelmäßigkeit in seiner Arbeit zu überwinden.

Das, denkt das Mädchen nun, wäre doch auch ein guter Schluss. Sie ist immer unsicherer geworden, sie fühlt die Tränen in sich hochsteigen, bald würde sie weinen. Und so spart sie sich nun doch die Sätze, die noch kommen sollten, in denen sie fragt, ob die Westdeutschen, so fleißig sie auch arbeiten, den Reichtum des ganzen Volkes mehren würden. Jeder von ihnen wisse doch, dass er mit seiner Arbeit nur den Besitz der Monopolisten vergrößere. Und was sei das denn für eine Gesellschaft, in der der arbeitende Mensch nicht die Früchte seiner Leistungen genießen könne. Sie glaube, dass einzig und allein in einer sozialistischen Gesellschaft die Bedingungen gegeben seien, um das Dasein aller Menschen und Völker lebenswerter zu machen. Überall würden die Arbeiter das eines Tages erkennen und dementsprechend handeln.

Sie geht zurück auf ihren Platz in der hinteren Bankreihe, keiner, an dem sie vorbeigeht, schaut sie, beifällig gar, an und sie sitzt schon wieder, als die junge Deutschlehrerin, die gerade erst von der Universität gekommen war, ihre Arbeit lobt. Der Aufsatz sei äußerst problemreich und gedankentief. Lobenswert sei ihre ehrliche und überzeugende Parteilichkeit. Anstrengen solle sie sich aber, ihre Schrift zu verbessern.

Ich gestehe, ich erschrecke vor den Worten des Mädchens, so hermetisch und völlig in sich geschlossen. Und peinvoll mitfühlend sehe ich, wie sie da vorn steht, ganz allein, und nicht weiß, wie sie nicht untergehen soll in der Welle aus Schweigen, Scham und Häme, die ihr aus der Klasse entgegenschlägt, und ich möchte sie am liebsten in den Arm nehmen. Aber niemand gebot den Worten des Mädchens Einhalt, Halt schon gar nicht, niemand erbarmte sich ihrer, niemand lehrte sie, frei genug zu sein, zu zweifeln oder einfach nur in Widersprüchen zu denken. Sie hatte gelernt, in den vom Mann zugewiesenen und schon kommentierten Grenzen und Ausschnitten zu leben. Nur das, was der Mann für richtig und der Sache nutzend erklärt hatte, gab man ihr zu lesen. Sie war seinen Worten ausgeliefert.

Schwiegen nun selbst die Lehrer betroffen, angesichts ihrer Sprache, die man sie gelehrt hatte? Wagten sie nicht, ihr diesen Mund zu verbieten? Und waren selbst sie fassungslos und beschämt, weil das Mädchen ja ehrlichen Herzens immer das meinte, was sie sagte?

Irgendwann in den Jahren davor hatten die anderen in ihrer Klasse gelernt, die von ihnen erwarteten Worte zu sagen. Das Mädchen wusste noch genau, wie sie dabei aussahen. Die Lehrerin hatte ihnen eine der gefürchteten Du-als-Fragen gestellt, die sie alle lange im Leben begleiten sollten. Was sagst du dazu, du-als-Jungpionier, du-als-Thälmannpionier, du-als-FDJler, du-als-Genosse, du-als-Parteijournalist, du-als-DDR-Bürger, du-als-dieser-oder-jener-oder-sonstwas? Sie sah, wie die Kinder neben ihrer Bank standen, die Augen nach unten auf den Boden gerichtet, oder auf das zerkratzte Holz ihrer Schulbank starrten und in ihrem Kopf, leicht eingezogen, einen Weg suchten, nichts zu sagen oder anderes als erwartet zu sagen, zu sagen, was sie eigentlich meinten, aber sie fanden den Weg nicht und antworteten schließlich verlegen, zögerlich und mit leiser, verdruckster Stimme ein paar dieser Worte, von denen sie wussten, die Lehrerin will sie hören und gibt sich damit sofort zufrieden. Sie schauten niemanden an, als sie sich wieder setzten, es war ihnen peinlich, manche hatten sogar einen roten Kopf bekommen dabei, aber niemand wunderte sich darüber.

Dem Mädchen taten sie leid, wie sie sich quälten damit, bis sie sich daran gewöhnt hatten und leicht eine Ich-als-Antwort geben konnten, die nichts mit ihnen zu tun hatte, ich, das war etwas ganz anderes. Sah die Lehrerin nicht, was das Mädchen sah, konnte die denn nicht in den Gesichtern der Kinder lesen? Warum tat sie ihnen das an? Warum half sie ihnen nicht? Warum konnte niemand ihr selbst helfen, als sie, von den Mitschülern still verlacht, noch den Wetterbericht zur politischen Frage machte, weil, wie sie in der Zeitung gelesen hatte, in der grenzenlosen Wetterkarte des Gegners auch stand, ob es bei ihnen hier regnen, stürmen, schneien würde, was ging die im Westen unser Wetter an, sie wollte ja auch nicht wissen, ob bei denen die Sonne schien. Immer meinte sie, was sie sagte, immer war sie die ich-als, aber sie wusste auch nicht, was sie sonst sein sollte. Und wenn die anderen sie in der Pause aufforderten, nun sag doch mal, was du wirklich denkst, verstand sie nicht, was die meinten. Da sahen sie sie, die Augen verdrehend, aber auch etwas verunsichert an und sprachen mit ihr nur noch Belangloses und nahmen sich vor ihr in Acht. Sie verstand das nicht, niemals hätte sie die Worte von irgendwem angezeigt oder gar angeklagt.

Sie hatte das Pathos als einen sicheren Ort entdeckt und war doch ziemlich allein dort. Nur ein Mädchen, das in der Bank vor ihr saß, ähnelte ihr manchmal auf irritierende Weise. Dabei trug die nie diese Blaue-Fahne-Bluse, sondern wie alte Frauen auf den Dörfern meist dunkle, bis an den Hals schließende unförmige Blusen und Pullover, die in einem weiten, bauchigen Rock steckten, der ihre Beine in den dunklen gestrickten Strümpfen nahezu verdeckte und fast bis an die knöchelhohen, schwarzen, eng geschnürten Schuhe reichte, die sie tragen musste, denn sie hinkte seit ihren Kindertagen. Auch ihre kurzen, dunklen Haare, die ein unauffälliges Gesicht umrahmten, waren nicht in einer Modefrisur gezähmt, nur von einem Scheitel geteilt, fielen sie drahtig und etwas abstehend einfach auf eine gleiche Länge herab. Ihr einziger Schmuck war ein silbernes Kettchen um den Hals mit einem Kreuz daran. Manchmal forderten die Lehrer sie auf, das Kreuz abzunehmen, dann steckte sie es unter die hochschließende Bluse, dass niemand es sah, aber jeder wusste, sie trägt es immer noch. Ausgerechnet bei ihr fand das Mädchen manchmal eine Sprache wieder, die sie, wenn auch mit ganz anderen Worten, zu kennen glaubte. Kompromisslos, eifernd, streng, pathetisch auch, denn auch sie glaubte an das Menschheitsglück, wenn auch nicht auf Erden und durch die Partei des Mannes, sondern im Himmel bei Christus unserem Herrn. Und wie bei ihr selbst grinsten die anderen in der Klasse verlegen und peinlich berührt, wenn sie davon sprach, und die Lehrer forderten alle auf, mit dem Kreuzmädchen zu diskutieren, ihr die richtigen Ich-als-FdJler-Antworten zu geben, und schon waren alle bereit dazu. Nur sie beteiligte sich nicht daran. Die beiden Mädchen mochten und akzeptierten sich auf merkwürdige Weise, auch wenn sie nie Freundinnen wurden.

Jahre später würden die anderen alle sagen, nur am Rand oder in einer Nische hätten sie überleben können. Aber sie waren doch gar nicht am Rand, sie waren immer mittendrin. Nur das Kreuzmädchen und sie selbst waren die Außenseiter, beargwöhnt von den anderen. Sie waren die Einzigen, die sagten, was sie dachten, und sie wussten das beide voneinander. Aber das Kreuzmädchen schien weniger einsam und sogar froh und geborgen dabei zu sein: Dies sah das Mädchen und beneidete sie darum. Vielleicht war ihr Gott freundlicher und friedvoller als der Mann.

Wie konntet ihr nur so leben, lügen, was habt ihr getan, wie habt ihr da nur mitmachen können, warum seid ihr so feige gewesen, und nun erzählt endlich, seid ehrlich und seht ein und arbeitet auf, damit so etwas nie wieder passiert. Wir dagegen. Freiheit. Nie hätten wir, empören sich jene, die in einem anderen Raum, einer anderen Zeit lebten.

Und unsere spätgeborenen Kinder sehen uns an und sagen staunend, wie habt ihr das nur aushalten können, es muss doch schrecklich gewesen sein. Und die Eltern schweigen und wissen nichts zu sagen und holen dann diesen leidenden, etwas schamvollen Betroffenheitsblick ins Gesicht, der sie schützt. Denn es war gar nicht schrecklich. Und sie haben auch nicht so sehr darunter gelitten. Keiner hat ein bloß politisches Leben, es ist immer nur alltäglich, es war doch nur ihr Leben. Und das konnten sie sich doch nicht fremdreden lassen.

Was sollte daran auch nicht zu verstehen sein?

Ich habe gelesen, dass Wissenschaftler mit fünfjährigen Kindern in einem gewöhnlichen Land an einem gewöhnlichen Ort einen Versuch gemacht haben: In einem großen Kreis saßen sie zusammen, jedes Kind hatte ein Bild in die Hand bekommen, alle sahen einen grauen Hasen darauf, nur ein Kind hatte eine Karte, auf die eine Blume gemalt war. Und nun sagt uns doch mal, was ihr seht, forderten die Wissenschaftler die Kinder reihum auf. Einen Hasen, sagte das erste. Ich auch, sagte das zweite, na klar, einen Hasen, ging es weiter. Ein Hase, ein Hase. Immer näher kamen die Hasen dem Kind mit der Blume auf der Karte, das jetzt gleich dran sein würde. Und immer unruhiger rutschte es auf seinem Stuhl herum und sah ängstlich auf die Blumenkarte in der Hand. Es hatte eine Blume. Es blieb und blieb eine Blume, sooft es auch draufschaute. Und du, fragte man das Kind schließlich, was siehst du. Einen Hasen, sagte das Kind da, ja, einen Hasen.

Man hat den Versuch mit vielen Kindern oft wiederholt. Nur ganz wenige Blumenkinder wagten es zu sagen, ich habe aber keinen Hasen, ich sehe eine Blume.

Und so war es immer und überall und zu allen Zeiten. Und so wird es wohl bleiben, denn der Mensch will sicher sein inmitten der anderen und also dazugehören. Zu den Hasen eben, auch wenn man die Blume in der Hand hat.

Das Kreuzmädchen hätte selbstverständlich gesagt, dass sie eine Blume sieht, und auch das Mädchen hätte es getan. Aber es wäre nicht die gleiche Blume gewesen. Das Kreuzmädchen hätte eine Christrose im Garten des Herrn gemeint, sie eine rote Mainelke.

Das Mädchen wäre auch gern mit der Tochter eines Apothekers in ihrer Klasse befreundet gewesen. Einmal nahm die sie mit in das Haus am Rande der Stadt, in dem sie wohnten. Vor dem Haus wuchsen Rosen und bunte Sommerblumen, im Frühling, mutmaßte sie wehmütig, gewiss Schneeglöckchen und Krokusse, wie es sie geben musste an einem glücklichen Ort. Drinnen der Raum, in den man die Gäste führte, machte sie sprachlos. Nichts schien, wie in ihrer Wohnung, einfach nur so hineingestellt, weil man es brauchte oder eben schon lange besaß, egal wie es aussah. Und obwohl sie nicht gelernt hatte zu verstehen, wie in Räumen Perfektion entsteht, sah sie sofort – hier passte jedes Kissen zum Stuhl, jeder Stuhl zum Tisch, die Decke darauf zu Tisch und Stuhl und Kissen, der Ständer mit den passenden weißen Kerzen genau an der richtigen Stelle auf diesem einzig richtigen Tisch mit nur dieser zugehörigen Decke, die Lampe über dem Tisch nur hier und sonst nirgends denkbar, genau wie die Teppiche auf dem Boden, die Vasen auf dem Bord mit genau den richtigen weißen Blumen darin. Und an den Wänden die maßgefertigten Regale für die vielen Bücher mit den Lederrücken und der goldenen Schrift. Davor ein schwerer Polstersessel mit dem kleinen, runden, feingearbeiteten Tischchen, darauf die Holzkiste mit den Zigarren, die der Apotheker hier rauchte, er selbst, das wusste sie, seit sie ihn in seinem Geschäft hatte stehen sehen, so schön und edel wie alles in diesem Raum.

Wie beneidete sie das Apothekermädchen um dieses Haus und ihren Vater darin. Sie sagte es ihr, doch die fauchte sie an, was weißt denn du schon von meinem Vater und diesem Haus und dieser blöden Apotheke, und schickte sie bald wieder weg, ohne mit ihr noch in ihr Zimmer gegangen zu sein, wie sie es gewiss eigentlich gewollt hatte.

Hatte das Apothekermädchen vielleicht jemanden gesucht, mit dem sie über ihren Vater klagen konnte? Und hätte nicht auch das Mädchen in ihr eine Freundin finden können, mit der sie über den Mann reden könnte? Aber sie wagten es nicht, sie lieferten einander ihre Väter nicht aus, sie trauten sich nicht heraus aus deren Gräben, in die sie von ihnen ganz selbstverständlich hineingestellt worden waren. Aber vielleicht besaßen sie auch einfach nur nicht die richtigen Worte füreinander.

Der Apotheker, das hatte der Mann einmal am Abendbrottisch gesagt, hasste alles, was mit der neuen Zeit zusammenhing, das Wichtigste in seinem Leben sei seine Apotheke, die die Familie am ersten Platz in der Stadt schon seit Generationen besaß. Der Sohn sollte sie einst übernehmen, das Apothekermädchen wollte davon sowieso nichts wissen.

Schon seit ihrer Geburt hatte der Apotheker es schwer mit ihr. Sie kam ausgerechnet an jenem Tag auf die Welt, als die Genossen des Mannes jubelnd und singend und fahnenschwingend und wortsalvenschleudernd dieses Land gründeten. Jeder Geburtstag von ihr war ein Feiertag für diese von ihm so gehassten Menschen. Und bald schon wollten sie auch sein Mädchen haben. Irgendwann begann es, dass sich die Zeitungen auf alle Kinder stürzten, die genauso alt waren wie diese Republik. Überall strahlten die Gesichter der Republikgeburtstagskinder von den Plakaten und aus den Zeitungen heraus, seht, was aus uns geworden ist. Und so war es in jedem Jahr. Und immer wieder sollte deshalb auch das Apothekermädchen dafür seinen Kopf hinhalten.

Oh, wie beneidete das Mädchen sie darum, wie gern wäre sie selbst auf so einem Plakat gewesen, aber sie war dafür ein paar Monate zu spät geboren. Doch nie war das Apothekermädchen in der

Zeitung oder gar auf einem Plakat zu sehen. Der Apotheker, hieß es, wollte das nicht, und außerdem hatte seine Tochter manchmal eine große rotschuppige Flechte im Gesicht, die ausgerechnet immer dann besonders blühte, wenn der Fotograf sich angekündigt hatte, um sie für das Plakat zu fotografieren. Irgendwann fragte dann niemand mehr, man hatte die Apothekertochter wohl aus der Liste der brauchbaren Republikgeburtstagskinder gestrichen, denn die Gesichter der Kinder der Republik mussten ja auch makellos sein und rein, ein fleckiges, verschorftes und vernarbtes Gesicht zum Republikgeburtstag, das ging ja nicht, was hätte denn das bedeutet.

Manchmal dachte das Mädchen, der Apotheker selbst bringt die Flechte immer vor dem Jubeltag zum Aufglühen, und sie stellte sich vor, wie er der Tochter irgendeine Mixtur ins Gesicht pinselt. Sollte der Apotheker sein Mädchen auch in eine Schlacht führen, die Schlacht mit dem Mann? Als sie das Apothekermädchen einmal danach fragte, wirklich mitleidend mit ihr, schaute die sie nur mit großen Augen an und schrie, du bist ja verrückt. Sie redeten nie wieder miteinander oder nur noch banale Dinge.

Also war die rotglühende Flechte ganz unpolitisch und der Apotheker war kein Feind und behielt seinen Laden und seine Tochter durfte später trotzdem studieren, sogar Französisch, es war nicht leicht, dafür einen Studienplatz zu bekommen.

Dem Mädchen war ihre Freude an dieser Sprache schon in der ersten Unterrichtsstunde im hämischen Gejohle der Klasse und einem verächtlichen Ausspruch des Französischlehrers gestorben. Ausgerechnet auf ihren sich hochreckenden Finger hatte er antwortheischend gezeigt, als er fragte, was unsere Mutter sagt, wenn sie sich im Spiegel betrachtet. Teint, sagte sie Buchstabe für Buchstabe her, denn so hatte sie es bei ihr gehört.

Natürlich wusste das Apothekermädchen es besser, und sie saß gedemütigt und mit hochrotem Kopf in ihrer Bank. Der Französischlehrer wurde nach einigen Jahren entlassen, er kam noch von alter Schule und trank sich sein neues Leben jetzt zurecht. Nachdem er, lange nach Stundenbeginn, volltrunken die weiten Flure der Schule entlanggehetzt war, alle Klassentüren aufriss und kichernd nachsah, ob in dem Raum die Klasse saß, die er gerade unterrichten sollte, kam er nicht mehr wieder. Es fand sich lange kein neuer Lehrer für ihn, die sprachen alle nur Russisch, bis der Politiklehrer die Stunden übernahm, er hatte in einem französischen Kriegsgefangenenlager ein paar Worte der Sprache gelernt.

Sie wussten aus dem Unterricht mit dem alten Lehrer mehr als er. Das Apothekermädchen machte sich einen Spaß daraus, ihm das immer wieder zu zeigen, und sie alle grinsten dazu. Er tat, als merke er es nicht, die Partei hatte ihn auf diesen Platz gestellt, also hielt er aus. Er war einer, der nicht wütend wurde und aggressiv, wenn er sich bei Fehlern ertappt fühlte, er wurde nur verlegen und noch unsicherer. Sie verachteten ihn, hatte er nicht, so vermuteten sie, auch mit dafür gesorgt, dass der alte Lehrer gehen musste? Auch dem Mädchen war er peinlich, hatte er doch von ihnen, beinahe erwachsen, verlangt, dass sie zum 1. Mai ihre Fahrräder mit Wimpelketten und Fähnchen schmücken und so durch die Stadt fahren. Sie lachten ihm nur verächtlich ins Gesicht.

Das Apothekermädchen und noch ein paar andere trafen sich oft mit dem alten Lehrer in einer Kneipe und sprachen Französisch miteinander, dagegen war ja nichts zu sagen, und so schafften sie es doch noch zum Sprachstudium auf die Universität. Sie war natürlich nicht dabei, sie hatte seit jener Blamage in der ersten Stunde nie ihre Scheu vor dieser Sprache verloren und begriffen, dass die nicht hineinpasste in ihr Leben, bestimmt von dem Mann. Der Politiklehrer brachte alle irgendwie bis zum Abitur, danach gab es keine Klasse mehr, die noch Französisch lernen durfte.

Das Mädchen damals schritt weiter fort. Wohin? Forsch jedenfalls.

Nur ein einziges Mal hatte ihr eine alte Deutschlehrerin ein kleines Zeichen gegeben, innezuhalten.

Sie sollten eine Landschaft beschreiben. Doch dem Mädchen war es nicht gegeben, etwas einfach nur genau anzuschauen und Worte zu finden für das, was sie sieht. Immer musste sie, was sie sah, einordnen, bewerten, verbildern, sich dazu verhalten, damit die anderen sehen würden, wie sie selbst sieht. Die Lehrerin schrieb neben fast alle ihre Sätze: Das ist keine Beschreibung. Das Mädchen verstand das nicht und ging nach der Stunde zu ihr. Sie hätte die Landschaft geschildert, nicht beschrieben, sagte die Lehrerin. Man müsse zuerst ernsthaft, selbstvergessen, hingebend sehen, nur dann würde man Worte dafür finden, die vollendet beschreiben und nicht gleichzeitig auf etwas anderes zielen wollen. Und nur dann könne, wer diese Beschreibung liest, die Dinge sehen und sich selbst ein Bild machen. Jede vorwärtsdrängende Hast jedenfalls, jedes krampfhafte Bemühen auf einen Zweck hin ließen eine Beschreibung nicht gelingen. Unter dem Aufsatz stand: Ihre Schilderung sei nur die Evokation ihres eigenen Eindrucks.

Sie erklärte dem Mädchen das Wort nicht, und die wollte sie nicht danach fragen. Zu Hause sah sie in dem vierbändigen, in rotes Leder gebundenen Lexikon nach, das der Mann gekauft hatte, als er studierte und viele neue Worte lernen musste, und das nun in dem Bücherschrank hinter der Glasscheibe stand. Und wirklich fand sie das Wort darin. Evokation las sie, wäre das Erwecken, das Hervorrufen von Gedanken und Assoziationen. Und dann gab es noch das

Evokationsrecht der Staatsanwaltschaft, das Recht, ein Verfahren an sich zu ziehen und irgendwann, wenn der Staatsanwalt meinte, er hätte nun genug für eine Anklage erfahren, auch wieder abzugeben.

Das Mädchen war verunsichert, weil sie ausgerechnet den Mann offenbar in ihre Landschaftsbeschreibung hineingelassen hatte, vor allem aber wütend über die, wie sie meinte, ungerecht schlechte Note. Was sollten Worte, ins Nichts hinein gesagt. Sprache musste ein Ziel haben, einen Sinn, eine Aufgabe, ein Recht.

Aber sie wollte nicht lange darüber nachdenken, zumal sie die alte Lehrerin ohnehin nicht mochte. Die hatte ihr noch jede Freude, ja Begeisterung für ein Werk oder einen Dichter vertrieben, weil sie sie zwang, die Texte zu sezieren, bis sie jeden Zauber verloren hatten. Die ältliche Frau himmelte einen inzwischen berühmten Schriftsteller an, der einmal kurze Zeit in ihrer Stadt gelebt und hier einen Sohn gezeugt hatte, der nun im Nebenraum mit der Pfarrerstochter in der Parallelklasse saß. Die Lehrerin glaubte fest daran, dass der Junge das Vorbild für den Roman gewesen sein musste, mit dem sie nun ihre Schüler quälte. Und immer wieder fragte sie den Jungen, wie denn das gewesen sei und sein Vater das wohl meinte. Der Junge, der diesen Vater kaum kannte und hasste, weil er seine Mutter verlassen hatte, antwortete ihr schließlich, er spreche nicht mit dem, der sei ein Arschloch, der seine Halbgeschwister aus der neuen Familie bei der Großmutter aufwachsen lasse, damit er ungestört Bücher schreiben könne, auch jenes Kinderbuch übrigens, das sie gerade so rühmte. In den Pausen auf dem Schulhof lachten sie mit ihm über das erschreckte Gesicht der Lehrerin.

Wieso also sollte das Mädchen wissen, dass ausgerechnet diese Frau ihr etwas Wichtiges sagen wollte, das sie hätte verstehen sollen.

Aber niemand sagte ihr, dass Worte jedem zu Dienste sein können. Kein Lehrer, kein Schriftsteller, nicht der Mann, nicht die

Mutter. Alle ließen sie allein mit den Worten, die das Mädchen von ihnen ja nur aufgesammelt hatte, nachdem sie sie herausgeschleudert, gestammelt, geschrien, geflüstert, sich abgequält, verschwiegen hatten für die, wie sie entschieden, gute und einzig richtige Sache. Sprache, Dichtung auch, musste dienen, dem oder dem, oder wieder dem anderen oder dann dem alten, neuen, aber immer dem richtigen, war nur dann zu etwas nutze.

Nutzt ja nischt, wie die Mutter immer sagte.

Viel später erst, als das Mädchen in einem Buch mit dem für sie sonderbaren Titel LTI entdeckte, wie sich Sprache in Diktaturen gleicht, begriff sie, dass man Worten nicht trauen kann, ohne selbst zu sehen, zu hören, zu fragen, zu denken. Dass man sagen muss: Ich sehe, ich höre, ich glaube nicht, ich denke, ich bezweifle, ich sage, ich fordere. Und sobald ihr dann, von wem auch immer, nur der Hauch von Pathos entgegenwehte, ihre Haut reagierte noch immer unwillkürlich mit einem gefühligen Schauer darauf, argwöhnte sie sofort, wütend über ihre zwanghafte Rührung, missbraucht werden zu sollen, hintergangen, getäuscht, manipuliert, irregeleitet. Egal, ob ein amerikanischer Soldat aus einem unsinnigen Krieg im Sarg quer durch das weite Land gefahren wurde heim in sein Dorf oder ein an der Grenze im Dienst für unser Volk erschossener Soldat beerdigt wurde, sie hörte die falschen Töne sofort, sobald Wortfahnen knatterten und Sätze trompeteten und Gefühle trommelten, untermalt von der gleichen wehleidigen Musik.

Noch aber war ihr viel wichtiger, endlich hinter das Geheimnis der Beat-Musik zu kommen, in die sich die anderen längst hatten fallen lassen, die einen offenbar wegtragen konnte und ein ungekanntes Freisein versprach. Fast schon erwachsen, hatte sie schließlich genug Geld beisammen, um sich das von dem Mann bisher verweigerte Kofferradio kaufen zu können. Es reichte nicht für dieses lange, schmale, weiße Plastegerät, lässig unter den Arm zu klemmen, mit dem die anderen auf der Straße herumstanden und das ihre Eltern noch dazu lange schon hätten bestellen müssen, damit sie es bekam. Sie kaufte sich stattdessen ein hochkastiges Gerät aus mit dünnem, grauem Leder bezogenem Holz, der Lautsprecher hinter einem Tuch versteckt, daneben ein großes Rad für die Wahl der Sender. Es sah unförmig aus, aber hatte einen viel besseren Klang als die Geräte der anderen, denn durch die weiße Plastehülle klirrten und schepperten die Töne. Es störte sie nicht, dass man damit nicht protzend auf der Straße herumstehen konnte, ohnehin hätte sie es dort nie gewagt, die vom Mann verbotene Musik in den falschen Sendern zu hören, das tat sie nur in ihrem Zimmer, wenn er nicht zu Hause war, oder abends unter der Bettdecke oder versteckt zwischen den im Nachbarhof lagernden großen Kabeltrommeln.

Die neue Musik trennte sie sofort von dem Mann und brachte sie den Schulkameraden, die das schon lange kannten und vor sich hin sangen, gleich etwas näher. Sie verpasste keine Sendung mit den aktuellen Hits und strengte sich wirklich an, begeistert dafür zu sein, aber es war offenbar zu spät für sie, nie mehr holte sie den Vorsprung der anderen ein. Sie hörte die Musik gern, aber die fast schon hysterische, alles verdrängende Euphorie der anderen für irgendwelche Bands oder Sänger und deren Leben konnte sie nicht verstehen, es kam ihr kindisch vor. Und oft las sie, während die Musik lief, noch ein Buch, weil sie nicht wusste, was sie hätte machen sollen, allein mit diesen Tönen, und zumeist waren es dann doch wieder die Worte, in die sie sich fallenließ und die sie wegtrugen.

Sie schaffte es nicht, dazuzugehören, so sehr sie sich auch anstrengte. Immer stand sie etwas fremd und unsicher neben den anderen, wenn die einander Songs und Liedzeilen zusangen, und sie wusste, dass sie sich nur wieder blamieren konnte und verlacht würde, wollte sie mitmachen.

Aber auch eine fremde Wort-Sprache kam ihr aus dem Radio entgegen, zum ersten Mal in ihrem Leben hörte sie, dass jemand die Worte des Mannes verhöhnte und, schlimmer noch, ihn der Lüge bezichtigte. Aber hatte sie das nicht schon gewusst?

Sie hörte gebannt zu, wenn im Radio über das Nachbarland gesprochen wurde, in dem sie einen anderen Weg suchten zum Menschheitsglück, demokratisch sollte er sein, nicht diktiert und beherrscht durch den Mann, und nichts Falsches und Gewaltsames daran, und sie hoffte und bangte sehr mit ihnen, dass es gelingen würde. Sie kaufte sich alle Zeitschriften, in denen der Mann und seine Genossen gegen diesen Frühling ins Feld zogen, zumeist hatten sie die Worte ihrer Feinde kleingedruckt in die Anmerkungen oder Fußnoten geschrieben. Nur wegen dieser Sätze kaufte sie sich die Zeitschriften. Sie war sehr einverstanden mit dem Kleingedruckten.

Aber irgendwann schossen die Genossen des Mannes nicht mehr nur mit Wortsalven gegen die Abtrünnigen, sondern Panzer fuhren gegen sie auf und alles endete hoffnungslos. Da ging der Mann durch die Häuser ihrer Straße, klingelte an allen Türen und forderte die Leute auf zu unterschreiben, dass sie das richtig finden. Konterrevolutionäre. Handwerk legen. Vertrauen in die Politik der Sowjetunion. Unsere Freunde.

Das Mädchen unterschrieb seine Liste nicht und der Mann tobte. Die Frau sagte nach einer Weile, nun lass sie doch, wenn sie nicht will, merkt doch keiner, war sie eben gerade jetzt nicht zu Hause. Aber ohnehin durfte er in der engen, hellhörigen Wohnung nicht richtig laut werden, damit es der ungarische Junge nicht verstand, mit dem sich das Mädchen schon einige Zeit geschrieben hatte und der nun ausgerechnet jetzt bei ihnen zu Gast war, weil er Deutsch lernen wollte. Der Ungar, schlaksig und immer verlegen, die blonden Haare ordentlich gescheitelt, himmelte das Mädchen an, aber sie fand ihn nur langweilig und sehr bald lästig. Die Frau mochte ihn auch nicht, denn nachdem er bei ihnen gesehen hatte, dass sie auf ihre Brote Butter strichen, meinte er, das auch beim trockenen Rührkuchen der Frau machen zu müssen. Die war böse und zischte, der frisst ja jeden Tag ein ganzes Stück Butter. Aber der Mann hatte ihr streng verboten, dem Jungen etwas zu sagen, das wäre gegen die Völkerfreundschaft, außerdem würden sie sich das doch wohl leisten können und wäre die gute Sache wert. Nun also saß der Ungar in ihrer Wohnung fest und konnte nicht zurück, weil die Grenzen zu dem Nachbarland geschlossen waren. Der fand das nicht schlimm. So konnte er noch etwas länger bleiben.

Das Mädchen lehnte es ab, sich weiter um ihn zu kümmern, sie musste auch anfangen zu arbeiten, es war der Sommer, nachdem sie die Schule beendet hatte. Sollte doch der Mann das tun, er hatte die Panzer ja schließlich gewollt. Der Mann bekam von seinen Genossen den Auftrag, den Jungen zu betreuen, bis es einen Weg für ihn nach Hause gab, so könne er jetzt der Sache dienen gegen die Konterrevolution. Er kaufte gleich neue Butter. Irgendwann brachten die Genossen den Ungarn im Auto in die Hauptstadt, von dort ging ein Zug, der Junge würde wie Hunderte mit ihm tagelang durch die Weiten der Sowjetunion fahren und dann von hintenherum in sein Heimatland zurück.

Das Mädchen hatte im Frühling sein Abitur gemacht, es war ihr nicht schwergefallen, besonders auf den Aufsatz freute es sich. Sie saßen zum Schreiben in der Turnhalle, die alte Aula bot nicht genug Platz für alle. Das Mädchen hatte ihre Bank ganz hinten gleich neben der Sprossenwand, an die man sich sonst rücklings hängen musste und die Beine anheben. Die Lehrer verteilten den Zettel mit den Themen, die vorn saßen und lasen, fingen schon laut zu stöhnen an, endlich bekam auch das Mädchen das Blatt.

Als Erstes waren zwei Zitate zu erörtern: *Erst in der Gemeinschaft existieren für jedes Individuum die Mittel, seine Anlagen nach allen Seiten hin auszubilden, erst in der Gemeinschaft wird also die persönliche Freiheit möglich. (Marx/Engels)*

Das große Werk der entwickelten sozialistischen Gesellschaft wird alle Bürger der Republik noch enger zusammenschließen. Es wird die sozialistische Menschengemeinschaft weiter festigen. Sie braucht und prägt schöpferische Menschen. Sie entwickelt das Gute, Wahre und Schöne im Menschen. Sie ermöglicht allen ein sinnerfülltes, kulturvolles, glückliches Leben. (Aus dem Manifest des Parteitages) Aufgefordert wurden sie, Gedanken und Erfahrungen zu diesen beiden Feststellungen aufzuschreiben, dabei musste man sowohl auf unsere neuen gesellschaftlichen Verhältnisse als auch auf den persönlichen Bereich eingehen.

Das Mädchen kannte keine Menschengemeinschaft, schon gar keine sozialistische und ahnte, dass die beiden Philosophen so etwas mit ihren Worten über die Gemeinschaft auch nicht gemeint haben konnten. Aber der Mann liebte es, davon zu reden, es gab sogar eine Fernsehsendung dazu, in der mit großem Aufwand verdiente Menschen geehrt wurden, die davon dann überrascht waren. Der alte Arbeiter wurde zum Beispiel mit seinem Bett durch die Stadt ins Fernsehstudio gefahren, dort bekam er dann den lange erträumten Ferienscheck für das Bett im Interhotel an der Ostsee. Einem anderen malerte die Brigade, während er im Krankenhaus lag, seine alte, verschimmelte Wohnung. Und immer wussten sich die verdienten Menschen vor Freude nicht zu fassen und weinten vor Glück vor der Kamera, und auch der Mann auf dem Sofa vor dem Fernsehapparat hatte Tränen in den Augen, weil er in so einer schönen sozialistischen Menschengemeinschaft leben konnte. Die Frau fand das alles übertrieben, was hatten die denn schon Besonderes getan, murmelte sie. Aber der Mann wies sie laut zurecht, das ist ja gerade unsere Menschengemeinschaft, dass auch das Geringste für die Sache noch zählt. Das Mädchen konnte die Sendung nicht aushalten und verschwand sofort in ihr Durchgangszimmer.

Nun würde sie auf keinen Fall dazu ihren Aufsatz schreiben. Sie sah auf den Rücken des Kreuzmädchens, die am Tisch vor ihr saß. Die hatte doch eine ganz andere Gemeinschaft, die gut für sie war, dachte sie. Aber sie wusste schon, dass das nicht zu schreiben war in diesem Aufsatz.

Sie las das zweite Thema. Wieder ein Zitat, diesmal von einem Dichter, den sie eigentlich mochte. *Realistische Kunst ist kämpferische Kunst. Sie bekämpft falsche Anschauungen und Impulse, welche den realen Interessen der Menschheit widerstreiten. Sie ermöglicht richtige Anschauungen und stärkt produktive Impulse. (Bertolt Brecht)* Erläutert werden sollte das an einem kämpferischen Werk, fünf standen zur Auswahl, aber das Mädchen kannte keines davon genau, längst hatte sie gelernt, für den Unterricht immer ein paar Seiten in den Pflichtbüchern zu lesen, da wusste man schon alles und konnte auf die Fragen der Lehrer irgendwie antworten. Auch ein kämpferisches Stück des Dichters war dabei, aber darüber hatten sie schon mal in einem Aufsatz schreiben müssen und es langweilte das Mädchen nun. Gerade hatte sie zu Hause seine frühen Gedichte gelesen, die waren sehr schön. Sie hätte sehr gern etwas zu seinen Gedichten geschrieben. Aber die waren nicht gefragt.

Blieb also nur noch das dritte Thema, eine Gedichtinterpretation. Die Verse von einem, der viele Liedtexte und Gedichte geschrieben hatte, die sie in den blauen Blusen sangen oder zum Fahnenappell deklamierten. Schon deshalb, das wusste sie gleich, würde sie das Gedicht nicht mögen.

Schönster, glücklichster Stern sei die Erde! Die Erde, Boden menschlicher Träume verwandelt, befriedet, mit Früchten bedeckt und belebt durch die Liebe. Schönster, glücklichster Stern sei die Erde! – Die Erde, gestaltet durch menschliche Tat: Das Land und das Meer in beständiger Schönheit nützlicher Kraft. Schönster, glücklichster Stern sei die Erde! – Die Erde, von der sich die Menschen erheben, die ihnen leuchtet, Planet der Hoffnung, lichtblauer Stern. Schönster, glücklichster Stern sei die Erde! – Gestaltet von sich Gestaltenden. Bebaut von den Friedlichen und beherrscht von den liebend Bemühten. Heimat der Menschen und Heimstatt der Menschlichkeit, das sei die Erde.

Himmel, was für ein Pathos, dachte sie. Aber das Mädchen beschloss, auch dieses Gedicht wie immer bei seinen Worten zu nehmen, und da fand sie es dann, ihr Menschheitsglück, damit konnte sie etwas anfangen. Und sie verstand, dass der Dichter es mit dem Wörtchen „sei", wahrscheinlich unbeabsichtigt und weil er meinte, es würde poetischer klingen, in eine noch unerreichte Ferne gerückt hatte. Also konnte sie nun daraus ihr Menschheitsglück machen, wie sie es sich träumte, und es müsste nicht das des Mannes sein, sondern käme aus einem Frühling aus Prag. Worte, schrieb sie, würden dann frei sein und nicht mehr aus den Schützengräben gesprochen und nur deshalb wahr, weil sie parteilich waren, der Mensch nicht nur gut oder böse, recht oder unrecht, Freund oder Feind, man würde urteilen können, ohne gleichzeitig zu verurteilen, frei sein zu gehen, wohin auch immer, und zu kommen, es würde eine demokratische sozialistische Gesellschaft sein mit einem menschlichen Antlitz.

Sie war sehr viel früher fertig als die anderen alle, die sich mit den beiden ersten Themen quälten. Ihre junge Lehrerin, der sie die Arbeit gab, zog erstaunt die Brauen hoch, als sie sah, dass sie das Gedicht gewählt hatte. Später, als sie ihr das Abiturzeugnis überreichte, sagte sie leise, dass sie begeistert gewesen sei von ihrer Arbeit, sie hätte ja selbst beinahe ein Gedicht geschrieben.

Monate später, das Mädchen arbeitete schon bei der Zeitung und würde bald studieren, alles lag vor ihr, traf sie sie zufällig auf der Straße. Komm mit, wir müssen einen Kaffee trinken, sagte sie und sie gingen in die Kneipe gleich neben der Schule, in der sich die anderen immer mit dem alten Französischlehrer getroffen hatten, aber der saß an dem Tag nicht da.

Die Lehrerin, das hatte sie schon gehört, war nicht mehr an der Schule und arbeitete jetzt in einer Gärtnerei, aber sie wollte sie nicht danach fragen. Sie schwärmte von ihrem Aufsatz, wie wohl es ihr getan habe, ihn zu lesen, nach den vielen Worten über eine Menschengemeinschaft oder die kämpfende Kunst. Das Mädchen war die Einzige gewesen, die etwas über das Gedicht geschrieben hatte. Aber sie müsse schon sehr aufpassen, meinte die Lehrerin, weil sie hinter ihren Worten einen unerwünschten Frühling hatte aufziehen sehen, den die Panzer unserer Freunde zu dieser Zeit noch nicht zermalmt hatten. Aber weil ihre Sprache so poetisch gewesen sei, habe sie die alte Lehrerin, die die Arbeit neben ihr auch noch bewerten musste, überzeugen können, dass das Mädchen das nicht konterrevolutionär gemeint habe. Nur lyrisch.

Das Mädchen staunte, was Poesie alles vermochte. Aber jene alte Deutschlehrerin, die ihr Jahre zuvor zu erklären versucht hatte, wie man sehen lernt, war auch froh, dass das Mädchen doch etwas verstanden hatte, und wollte ihr nicht schaden. Außerdem hörte sie zu arbeiten auf, sie ging im Sommer in die Rente, es war ihr letzter Abituraufsatz, den sie zu bewerten hatte. Da habe das Mädchen ein bisschen Glück gehabt, meinte die junge einstige Lehrerin.

Auch die andere Sache, die mit der Kunsterzieherin, sei ja noch mal gut ausgegangen.

Was für eine Sache denn?

Schon bin ich drin in den Geschichten, denen ich nicht traue. Eine Geschichte spielt eben – mal hierhin, mal dorthin, mal mit dem, mal mit dem anderen, dann wieder mit jenem. Nun also muss ich von der Kunsterzieherin erzählen.

Sie war nicht viel älter als das Mädchen, man muss sie sich als schöne junge Frau vorstellen, ihre Kleidung immer auffallend besonders, denn, so wussten die anderen Mädchen, niemals aus hiesigen Läden. Es tut ja sonst nichts zur Sache, wie sie aussah.

Es genügt zu wissen, dass sie eine jener Frauen war, bei der jeder, der mit ihr zu tun hatte, sich mühte, ihr zu gefallen, und hatte man ihr Wohlwollen gefunden, fühlte man sich selbst gleich etwas schöner, wichtiger, strahlender.

Es war die Kunsterzieherin, die das Mädchen zu sehen lehrte. Sie brachte in jede Stunde die Fotokopie eines Gemäldes mit, das sollten sie alle genau beschreiben. Worte finden, die den Augen folgen, ihnen trauen, und nicht zuvor schon wissen, was sie erblicken werden. Erst bei ihr begriff das Mädchen, was die alte Deutschlehrerin ihr vor einiger Zeit hatte sagen wollen. Selbst Gemälde, deren Geschichte nur das Kreuzmädchen wirklich verstand, lernte sie, genau zu sehen, Worte, noch nie von ihr verwendet, kamen ihr ganz selbstverständlich in den Sinn. Sie wurde, von allen darum beneidet, ihre Lieblingsschülerin.

Im Frühling des letzten Schuljahres, einige Abiturprüfungen lagen schon hinter ihnen, begann die Kunsterzieherin, das Mädchen aus ihren Unterrichtsstunden wegzuschicken mit irgendwelchen Aufträgen, die sie in der Stadt für sie erledigen sollte.

Ich sehe das Mädchen mit großen Briefumschlägen in der Hand durch die Stadt gehen. Wohin? Was war in den Briefen? Was hatte die Lehrerin ihr dazu gesagt? So sehr ich mich anstrenge, ich erinnere es nicht.

Das Mädchen genoss den Augenblick, wenn die Kunsterzieherin sie zu sich rief, meist vor den anderen in der Klasse, und ihr sagte, was sie tun solle für sie. Immer ermahnte sie sie, auf jeden Fall zurück zu sein in der Schule, ehe die nächste Unterrichtsstunde, es war Russisch, beginnen würde.

Das Mädchen aber schlenderte noch durch die Straßen, nachdem sie den Brief irgendwo abgegeben hatte. Es war der Frühling, in dem sie erwachsen wurde, alles schien ihr leicht und offen und bald würde sie endlich frei sein von dem Mann und der Frau und allen Zwängen, und natürlich kam sie immer erst zurück, als der Russischlehrer längst schon zu unterrichten begonnen hatte. Sie genoss auch ihr Zuspätkommen, wenn sie gewollt gleichmütig an allen vorbei zu ihrer Bank ging und auch den Lehrer kaum zur Kenntnis nahm, längst wusste er von den anderen in der Klasse, dass die Kunsterzieherin sie mit Aufträgen betraute. Er fragte sie auch nur, wie sie denn den verpassten Unterrichtsstoff nachholen würde, sie waren gerade bei Dürer, dem Lieblingsmaler der Lehrerin, und das

Mädchen warf ihm hin, dass sie dafür eine Broschüre mit allem Nötigen darin von ihr geschenkt bekommen habe.

Aus diesem Heft schnitt das Mädchen dann einige Bilder aus und klebte sie in ihre Mappe zur Kunstgeschichte, die sie alle, kurz bevor sie die Schule verließen, noch bei der Kunsterzieherin abgeben mussten.

Die Kunsterzieherin erkannte die Dürerzeichnungen aus dem Heft sofort, das faltige und doch schöne Gesicht der alten Mutter mit den leicht aus den Höhlen tretenden Augen, den Hasen im filigranen Rasenstück, die apokalyptischen, kriegerischen Reiter.

Welch ein Frevel, sozialistisches Schuleigentum zu stehlen und dann auch noch zu zerstören um des persönlichen Vorteils einer guten Note willen, tönte sie in der letzten Konferenz der Lehrer und forderte eine Verhaltensnote für das Mädchen, die es ihr trotz sehr gut bestandenem Abitur unmöglich machen würde, das schon zugesagte Studium aufzunehmen.

Da meldete sich der Russischlehrer, was das denn solle und was der Kunsterzieherin denn eingefallen sei, das Mädchen ständig aus dem Unterricht wegzuschicken mit dubiosen Aufträgen offenbar, was treibe sie da denn eigentlich nebenbei noch. Und das Heft mit den Zeichnungen, das wüsste er, das hätte sie dem Mädchen doch selbst geschenkt. Da war die still, aber wollte den Russischlehrer künftig im Auge behalten.

Dem ging es eigentlich gar nicht darum, das Mädchen zu retten, er hatte nur schon lange darauf gewartet, sich an der Kunsterzieherin zu rächen. Die hatte ihn damals vor allen Lehrern aufgefordert, zu erklären, wieso die Pastorentochter immer den Russischwettbewerb gewann, nicht die Busfahrertochter. Gewiss würde er das Arbeitermädchen weniger fördern als die Pastorentochter, wie sonst hätte sie besser sein können. Auch ihr Mann, der Schulrat, sähe das so und erwarte, dass sich das ändere. Seitdem hatte der Russischlehrer das Busmädchen in vielen Stunden in seiner Freizeit unterrichtet, die ganz glücklich darüber war und sich nun sicher wähnte, auch der Lehrer liebe sie und würde ihr das nach dem Abitur auch zeigen. Aber nie beherrschte sie die Sprache so gut wie die Pastorentochter.

Ich weiß noch immer nicht, wie ich mir erklären soll, was die angebetete Lehrerin zu dem Versuch trieb, das Leben des Mädchens einfach so auf eine andere Spur zu stellen.

Machte es ihr damals schon Spaß, ihre Macht über andere auszuprobieren? Was wäre aus dem Mädchen geworden, wenn sie sich an ihre Anweisung gehalten hätte, auf keinen Fall zu spät in die nächste Stunde zu kommen? Und wenn der Russischlehrer nicht noch eine Rechnung offen gehabt hätte mit der Kunsterzieherin?

Jahrzehnte später sehe ich in einer großen Zeitung ein Bild von der Kunsterzieherin und ihrem schönen Mann, dem Kreisschulrat, in den die Mädchen alle verliebt waren. Wenn er, einige Lehrer in respektvoll unterwürfigem Gefolge, durch die langen Korridore der Schule lief, drückten sie sich in den offenen Türen der Klassenzimmer um den besten Platz, von ihm gesehen zu werden. Einmal hospitierte er im Deutschunterricht ihrer jungen Lehrerin, sie waren gerade dabei, den Faust und seine Liebe zu Gretchen zu besprechen. Da meldete sich das Mädchen und empörte sich über Faust, der wieder mal nur an sich gedacht habe, nicht an Gretchen, die nun dasaß mit dem Kind, und Faust, der rücksichtslose Mann, hätte sich eben auch mal beherrschen müssen. Der Kreisschulrat grinste und musterte das Mädchen sehr genau, erst da wurde sie rot, und die junge Lehrerin stammelte und sah den Schulrat auf Zustimmung hoffend an, dass der Dichter den Helden eben in die größten Höhen und abgründigsten Tiefen habe führen müssen und die Vereinigung zweier Menschen in der Liebe, das sei das Höchste, aber das werde sie irgendwann noch verstehen.

Die Kunsterzieherin, lese ich in der Zeitung, war in der Zeit, als sie das Mädchen mit ihren Aufträgen durch die Stadt schickte, eine Agentin geworden, eine Kämpferin an der unsichtbaren Front. Oder war es doch erst einige Monate später? Und sie hatte sich, ich will es kaum glauben, dafür den geheimen Namen Dürer gegeben. Nicht Schneider, Holzfäller, Poet, Keilkissen, Bredel, Hölderlin, Prophet, Wanderer, Artist, Taucher, Waldläufer, nein, Dürer.

Natürlich hatte der schöne Schulrat mit dem Spionieren angefangen. Aber bald war ihm das zu wenig spektakulär, so eine Arbeit als einfacher guter Spion ist ja meist auch sehr banal. Mal bringt man das eine von hier nach dort, dann von dort nach hier, oder man beobachtet mal den, dann jenen und trifft sich mit wieder einem anderen. Meist belauerten sich die Spione von der einen und anderen Seite aber nur gegenseitig, sie brauchten sich, damit sie miteinander dieses alberne und dumme Spiel spielen konnten. Wer entdeckt wen zuerst. Hatte man Glück, schickten einen die Genossen in geheimem Auftrag zum Beispiel nach Argentinien. Dort läuft man über die Friedhöfe des Landes und sucht auf den Grabsteinen nach deutschen Namen, die die Genossen zu Hause vielleicht gebrauchen könnten, um neuen Spionen damit ein altes Leben zu geben. Man kann sich viel Zeit dafür nehmen und schlendert halt so an den Gräbern entlang, man will ja nicht so schnell fertig sein und wieder zurück müssen. Der Schulrat und die Kunsterzieherin hofften darauf, dass sie auch mal zusammen in einem feindlichen Land spionieren durften, aber irgendwie schienen ihnen ihre Genossen nicht richtig zu trauen. Einer von beiden musste immer in der kleinen Stadt bleiben.

Da beschloss der Schulrat, dass sie beide ein berühmtes Doppelagentenpaar werden würden, er bot seine Dienste auch noch dem Klassenfeind an, die Kunsterzieherin mit ihm. Aber sie verirrten und verfingen sich doch nur im Netz der Spione hier und da. Die beiden wurden von ihren Genossen verhaftet, sie ließ man bald wieder laufen, sie war noch immer sehr schön und eigentlich wollte ihr niemand etwas tun und sie erzählte ihnen auch alles und versprach, anderen gegenüber für immer zu schweigen über diese Sache. Aber der Schulrat sollte für den Rest seines Lebens gefangen bleiben. Als er schließlich begriff, dass auch die Spione von der anderen Seite ihn nicht erlösen und freikaufen wollten, erhängte er sich wohl in seiner Gefängniszelle, die Kunsterzieherin meint aber noch immer, die Genossen hätten ihn umgebracht.

Ich wohnte da schon lange auch in der Stadt mit dem Gefängnis, in dem der Schulrat in seiner Zelle saß, aber natürlich wusste ich das nicht. Das Gebäude, umzäunt mit einer hohen Betonmauer, auf der noch einige Reihen von Stacheldraht gezogen waren, lag mitten im Ort, ringsherum schöne, stuckverzierte alte Häuser, von hohen Bäumen umstanden, auch Villen gab es mit großen Wohnungen, die sich meist mehrere Familien teilen mussten. In einer davon lebten Freunde, zu denen ich mit meinen Kindern oft ging, denn sie hatten als Einzige in ihrem riesigen Korridor Platz für eine Tischtennisplatte.

Wenn wir außen an der Gefängnismauer entlangliefen, hörte man drinnen, nur durch die Betonwand getrennt, die großen Hunde neben sich her hecheln, vor allem die Kinder hatten Angst und wollten auf die andere Straßenseite, mir war die Nähe von Gefängnismauern ja nichts Ungewöhnliches. Manchmal dachte ich, ob da drin auch jemand sitzen würde, den der Mann noch vor Jahren angeklagt hatte, und wieso nur war ich mit meinem Leben wieder in einer Gefängnisstadt gelandet?

Jeder wollte schnell vorbei an diesem unangenehmen Ort. Nur einmal trafen wir einen alten Mann, der sehr langsam ging und seinen Hut in der Hand trug, obwohl es regnete. Wir sahen ihn erstaunt an, da sagte er uns, dass er immer, wenn er hier vorbeigehe, seinen Hut ziehe aus Achtung vor denen, die hier gefangen seien.

Einen Verurteilten da drin kannten wir, er hatte ein Modell für eine neue Gesellschaft entworfen. Darin gäbe es nicht mehr allein die eine Partei des Mannes, die führt und über alles entscheidet, sondern die Menschen sollten wirklich frei sein und sich nicht mehr ihrer Furcht vor der Strafe des Mannes unterwerfen. Wir besaßen eine Fotokopie des Buches, schrieben bis spät in die Nacht ab aus ihr und gaben die Seiten weiter an Freunde. Dann redeten wir darüber, nein, stritten um die Welt und die Menschheit und ihr Glück. Man musste genau überlegen, welchen Freunden man die abgeschriebenen Seiten geben konnte, ohne selbst in Gefahr zu kommen, dafür von den Genossen des Mannes verhaftet zu werden.

Den Freunden mit der Tischtennisplatte gaben wir die Schrift nicht, die hatten sich, wie die meisten, schon an das Gefängnis gegenüber gewöhnt, aber die Hunde, die manche Nacht keine Ruhe gaben und bellten, ärgerten sie und auch, dass der kleine Spielplatz für die Kinder gleich neben der Mauer weggerissen wurde, weil die Tiere einen größeren Zwinger brauchten. Vor allem im Winter waren wir oft bei ihnen, wenn die Kinder sonst nicht rauskamen. Am liebsten spielten wir chinesisch, da konnten sehr viele mitmachen. Alle rannten um die Tischtennisplatte und mussten die Bälle auf der anderen Seite parieren und zurückspielen und sofort wieder an die andere Seite der Platte laufen, bevor der Ball dorthin geschlagen wurde, wer das nicht schaffte, schied aus, bis nur noch zwei übrig waren, die dann endlich stehen bleiben und, wie es sonst üblich war, miteinander weiterspielen konnten. Vielleicht hetzte ich gerade dem kleinen Ball hinterher oder saß schon verschwitzt und atemlos im Korridor, ich war meist eine der Ersten, die ausschied, als der Kreisschulrat sich nebenan erhängte.

Aber ohnehin hatte ich ihn und die Kunsterzieherin schon längst vergessen. Erst als ich Jahre später die Fotos der beiden in der Zeitung sehe, wir lebten schon ohne die Partei des Mannes, erinnerte ich mich wieder an sie.

Das wäre nun die Stelle, an der ich der banalen Geschichte mit den ausgeschnittenen Dürerbildern einen ganz neuen Sinn geben könnte. Hatte die Kunsterzieherin damals wirklich nur einfach so mit dem Leben des Mädchens spielen wollen? Oder war es nicht doch schon der langangelegte Plan von ihr und dem Schulrat, sie in ihrem Netz zu fangen? Wollten die beiden sie zu studieren hindern und erst einmal in die Produktion schicken zur Bewährung? Und hätten sie das Mädchen dann irgendwann hilfreich herausgeholt und ihr wohlmeinend ein neues Leben geboten, natürlich nur, wenn sie bereit gewesen wäre, in den geheimen Dienst zu treten. Und hätte sie dieses Angebot dann abgelehnt?

Was weiß ich schon, was aus dem Mädchen geworden wäre, wenn nicht der Russischlehrer die Kunsterzieherin und den Schulrat gehasst und wenn es nicht die so unerreichbar gut russischsprechende Pastorentochter gegeben hätte und das sich ewig vergeblich mühende Busfahrermädchen.

Damals in dem Café mit der Lehrerin jedenfalls stockte dem Mädchen der Atem, der Boden unter ihr schien sich zu öffnen, wohin würde sie stürzen? So leicht und sinnlos und banal sollte es sein, ein sicher geglaubtes Leben zu verlieren? So schnell konnte man zu einem Opfer werden?

Muss ich meine Abwehr gegen jene, die sich beklagen und klagen, weil jemand in ihr Leben eingegriffen hat, bösartig und ungerecht und leidvoll auch, nicht endlich aufgeben? So viele Opfer habe ich getroffen, auch die Deutschlehrerin wurde eines, und sie erzählte es dem Mädchen in dem Café, ohne dass es danach gefragt hätte, und jetzt mache ich hier eine Geschichte daraus.

Eine Opfergeschichte.
Die Lehrerin stand vor dem beleuchteten Schaufenster. Seit Minuten schon sah sie nur auf das Kleid. Es war weiß, und mit dem Licht wanderte ein Glitzern und Funkeln über den Stoff, das von einem eingewebten feinen, silbernen Faden herkam, der schwingende, lange Rock und die weite Bluse in der Taille eng gerafft. Und es hatte den Ausschnitt, den sie schon immer mochte, der Schulter und Brustansatz ahnen ließ. Auch ihrem Liebsten würde das Kleid gefallen. Dieses Kleid musste es sein, das und kein anderes. In diesem Kleid würde sie ihn heiraten. Einen Hut muss sie noch haben zu dem Kleid. Auf jeden Fall braucht sie einen Hut. Natürlich auch weiß. Wo kriegt sie nur den richtigen Hut her für das Kleid. Aber sie hatte noch ein ganzes Jahr Zeit für den Hut. In einem Jahr muss sie den passenden Hut gefunden haben, dann geben sie ihr den Mann zurück. Sie war froh, dass sie erst mal das Kleid entdeckt hatte, in dem sie ihn heiraten wird. In einem Jahr wird er sie heiraten.

Wenn der Junge nicht wäre, würde die Lehrerin jetzt in den Laden gehen und sofort das Kleid kaufen. Aber in einer halben Stunde schlossen die Geschäfte, und sie musste für das Wochenende einkaufen. Sie konnte dem Jungen doch nicht sagen, ich habe kein

Fleisch holen können, ich musste mir dieses Kleid kaufen. Der Junge wollte etwas Richtiges zu essen haben am Sonntag. Also ging sie weg von dem Schaufenster, in dem ihr Kleid hängt, in dem sie ihren Liebsten heiraten wird, und stellte sich beim Fleischer an. Der Junge hatte ein Recht auf einen ordentlichen Braten am Wochenende. Sie gab dem Jungen seit achtzehn Jahren, worauf er ein Recht hat.

Nun war der Junge groß, in ein paar Monaten würde er sie verlassen und kaum noch nach Hause kommen, denn er wollte zur See fahren. Schon jetzt merkte die Lehrerin, wie sie nicht mehr wichtig für ihn war, irgendwann in den letzten Wochen hatte er sich gelöst von ihr, sie war wieder frei. Sah sie Frauen, die in ihrem Alter auf ein spätes Kind warteten, das in ihnen noch einmal heranwuchs, war sie voller zufriedenem Mitleid. Sie musste nicht mehr Mutter sein. Sie hatte keine Angst, ohne den Jungen zu leben. Und sie würde nicht eine dieser Großmütter werden, die, unermüdlich um Kinder und Enkel besorgt, endlich wieder einen sicheren Platz im Leben gefunden hatten. Sie wartete auf ihr Leben nur mit ihrem Liebsten. Es lag alles vor ihr.

Sie kaufte Schnitzel, zwei Bratwürste, Fleisch. Sie musste noch einmal an dem Geschäft vorbei, in dem ihr Kleid ist, natürlich hatte es geschlossen inzwischen. Gleich Montagfrüh würde sie hier sein und das Kleid kaufen. Meine Güte, wenn nur das Kleid noch da ist am Montag. Also wenn das Kleid am Montag weg ist, das verzeiht sie dem Jungen nicht. Aber wer kauft schon am Freitagabend kurz vor Ladenschluss ein Hochzeitskleid. Montagfrüh wird sie herkommen und das Kleid kaufen. Noch bevor sie zur Arbeit geht.

Die Lehrerin hatte ganz leicht eine Arbeit gefunden, in der kleinen Gärtnerei, war also nicht verkommen, wie ihr der Geschichtslehrer prophezeite, nachdem das mit ihrem Liebsten passiert war und sie nicht weiter unterrichten durfte. Dem Gärtner war ihre Kaderakte gleichgültig. Er sah nur, sie war jung und gesund und würde in seinem Albtraum nicht vorkommen. Er hatte sonst nur die fünf sehr alten Frauen zur Hilfe, solange sie arbeiten können, leben sie. An jedem Morgen aufs Neue stöhnten und ächzten und jammerten sie, bis sie Rücken und Knie krumm genug bekommen hatten, um sich zur Erde bücken zu können. An manchen Tagen war der Gärtner dauernd um die alten Frauen herum und stellte ihnen besorgte Fragen. Ob es ihnen auch gut gehe, und sie könnten auch gern eine Pause mehr machen, und sie sollen doch nur zu Hause bleiben, wenn sie sich nicht wohlfühlen. Die Frauen waren ein bisschen geschmeichelt, aber mehr noch beleidigt über seine Sorge. Ja doch, es geht ihnen gut.

Sie wussten eben nichts vom Traum des Gärtners, den er der Lehrerin eines Morgens, noch mit seiner Angst, aber auch hoffend auf Zuspruch, erzählt hatte. Da sieht er, die alten Frauen knien schwer auf ihren Arbeitsbrettern, die sie wie immer quer über die erhöhte steinerne Umrandung des langen Frühbeetes legen, eine hinter der anderen. Zu ihren Knien wachsen die jungen Petunien, und um das Unkraut zwischen ihnen aus der Erde zu ziehen, müssen sie sich tief hinunterbeugen. Da bemerkt er, obwohl er doch weit weg von ihnen steht, wie ganz hinten die eine plötzlich zu schwanken beginnt, und sofort rennt er los und rennt und rennt. Doch er kommt nicht vorwärts und ehe er sie halten kann, kippt sie schon ins Beet, und wie eine Kette aufrecht stehender Dominosteine, die jemand angetippt hat, fallen nun auch die anderen, und wenn er sie erreicht, liegen alle fünf im Beet. Tot. Mitten in den Petunien, die gerade begonnen haben, ihre Farbe zu zeigen.

Stellen Sie sich das mal vor.

Nur in der ersten Zeit war die Lehrerin etwas Besonderes für die Frauen gewesen. Was sie erzählte von sich, drehten und wendeten sie mit Ach und Oh je und Nein so was und Was es doch alles gibt heute. Bis wirklich nichts mehr blieb, was noch der Rede wert gewesen wäre, und sie wieder bei ihren eigenen alten, erprobten Geschichten landeten. Sie hörte sie gern schwätzen, nur an dem Tag, an dem sie ihrem Liebsten am Abend den monatlichen Brief schreiben wird, suchte sie sich abseits eine Arbeit und formulierte in Gedanken schon die Sätze an ihn, die auf ein einziges Blatt Papier passen müssen. Die Frauen wussten dann, dass es der dritte Mittwoch im Monat ist. Es hätte auch der zweite Dienstag sein können oder der vierte Freitag, aber sie war gar nicht in der Lage gewesen, den Rhythmus ihres Wartens noch einmal zu verändern, den sie sich angegeben hatte, als sie ihrem Liebsten den ersten Brief ins Gefängnis schreiben durfte.

Eigentlich hatte sie in der Gärtnerei nur bleiben wollen, bis er zurück bei ihr war. Aber mittlerweile gefiel ihr die Arbeit. Sie mochte den Geruch der Erde, die schwere sämige Luft in den Gewächshäusern, jede Pflanze erkannte sie an ihrem Duft, lange bevor sie blühte. Sie wusste es jetzt wieder, immer schon wollte sie eine Arbeit tun, die sie riechen konnte. Eine Arbeit musste man gern riechen. Die Gerüche in der Schule mochte sie nie. Muffige Schwämme und stinkende Lappen, der fade Geruch wassergetränkter Kreide, ranzige Fußböden, die regelmäßig in altem, viel zu dick aufgetragenem Öl schwammen und den Schmutz mit ins Holz hineinzogen, Lehrer, denen kalter Zigarettenrauch folgte, Kinder, die sie riechen konnte oder nicht. Nicht einmal am ersten Schultag nach den großen Ferien steckte sie noch erwartungsvoll ihre Nase in die neuen Bücher der Schüler. Sie wusste es schon, man fand in ihnen nicht jenen geheimnisvollen, fast berauschenden Duft, den sie an einem Buch so liebte und der sie bewog, es zu kaufen oder nicht. Manchmal war der Lehrerin schlecht geworden bei der Arbeit und es nutzte gar nichts, wenn sie dann die Fenster aufriss.

Ja, doch, natürlich, sie könne beweisen, dass sie nichts gewusst hatte von seinem Fluchtplan. Denn wie sonst putzte sie an jenem Wochenende die gemeinsame Wohnung, wusch seine Wäsche, wechselte seine Handtücher, bezog auch noch die Betten neu, lüftete lange das Schlafzimmer. Nein, selbstverständlich wolle sie sich nicht lustig machen über die Untersuchungsbehörde. Was aber gab es da nicht zu verstehen? Sie selbst hatte nichtsahnend ordentlich und gründlich noch den Geruch ihres Liebsten aus der Wohnung vertrieben, als der schon unwiderruflich floh.

Nach dem Verhör rannte sie nach Hause, riss den Wäscheschrank auf und wühlte ihr Gesicht in seine Hemden und Pullover. Aber nur der körperlose, parfümierte Duft des Weichspülers hing in den Sachen, und sie heulte in sie hinein, bis ihr irgendwann einfiel, dass in den Kriegsfilmen, die sie gesehen hatte, die Frauen an den Wäscheschränken ihre toten Männer beweinten. Aber ihr Liebster war nicht tot. Er lebte. Er war nicht erschossen worden. Er war in Sicherheit. Er konnte nicht mehr weg. Er würde wiederkommen. Er war ihr ganz sicher nun.

Der soll nicht denken, dass wir den irgendwann einfach gehen lassen, hatte der Untersuchungsrichter ihr gesagt, der sitzt seine Zeit ab und dann schicken wir ihn zurück.

Die Lehrerin musste sich nicht an seiner Verurteilung beteiligen wie alle anderen, denn was hatte sie schon noch zu verlieren. Sie konnte ihm einfach verzeihen, dass er auch sie hatte verlassen wollen. Sie konnte ihm helfen. Sie konnte alles aushalten und seine Strafe mittragen. Sie konnte auf ihn warten. Sie konnte ihm auch diesen Beweis ihrer Liebe noch geben. Nun schickten sie ihr in einem Jahr ihren Liebsten zurück.

In der Wohnung legte sie das Fleisch in den Kühlschrank, auf dem Küchentisch fand sie einen Zettel des Jungen, er würde noch ein Paket von der Post holen und eine Weile bei seinem Freund bleiben, las sie. Es war ja Freitagabend und der Junge wusste schon, dass sie den für sich haben wollte.

Die Lehrerin füllte den Kessel mit Wasser und setzte ihn aufs Gas. Im Wohnzimmer legte sie ein frisches Handtuch, Bürste, Öl, Creme, Watte, das Etui mit den Nagelfeilen und Scheren auf den Tisch mit der Wachstuchdecke. Im Bad ließ sie die übliche Menge kalten Wassers in die grüne Schüssel und gab die Essenz hinein. Sie hatte schon Arnika, Kamille, Rosmarin, Fichtennadel, Apfel und Wiesenblüte ausprobiert, aber Kamille war doch das Beste. Sie goss das inzwischen kochende Wasser dazu und augenblicklich gaben die Pflanzensäfte ihre Düfte frei und füllten den Raum.

Wieder saß sie also wie an jedem Freitagabend vor der Schüssel mit dem dampfenden Wasser, wieder war es zu heiß, um die Hände gleich hineinzulegen, wieder musste sie warten, bis es sich abgekühlt hatte, aber es störte sie nicht. Sie wartete immer auf etwas, seit er nicht mehr da ist. Dass die Woche vorbei ist, dass die Woche wieder anfängt. Dass es Frühling, Sommer, Herbst wird, Winter. Dass sie ihm den monatlichen Brief schreiben darf. Dass sie den Brief von ihm bekommt. Dass sie ihm ein Paket schicken darf. Dass wieder Freitagabend ist. Dass sie vor dieser Schüssel sitzt. Dass das Wasser kälter wird. Dass sie die Hände in das Wasser legen kann.

Deren Linien und Falten waren schon nach einer Woche Arbeit in der Gärtnerei kleine Erdgräben, die immer tiefer und breiter werden wollen. Die schmalen, langen Finger wurden grob und plump, die Nägel brachen ab, das Nagelbett entzündete sich und heilte mit einer Lederhaut.

Nur um ihre Hände hatte die Lehrerin wirklich Angst gehabt. Schon als Kind wusste sie, dass sie schöne Hände hatte, und sie lernte, wie sie die bewegen musste, dass jeder ihr ins unauffällige Gesicht sah. Beim Essen saß sie kerzengerade, die Arme leicht angewinkelt, und nur mit den Fingerspitzen hielt sie Messer und Gabel, den kleinen Finger der linken Hand ganz wenig abgespreizt, nicht geziert, aber doch auch nicht zu übersehen. Wie sitzt du denn da, schimpfte die Mutter, bei uns wird ordentlich gegessen. Auch der Mann, der ihr Liebster wurde, hatte in der Gaststätte zuerst auf ihre Hände gesehen.

Sie bewegte die Finger in der Schüssel leicht und spürte, wie das warme Wasser seine heilende Arbeit tut, die Verkrustungen aufweichen. Vielleicht kann man inzwischen im Urlaub doch durch den Kaukasus trampen. Auf jeden Fall werden sie verreisen, so weit wie es geht. Im Auto, mit Zelt, vielleicht haben sie bald einen Wohnwagen oder sie schlafen in Hotels. Und die Wohnung wird sie renovieren und umräumen, sobald der Junge weg ist, denn sie kann gegen das Weggehenwollen ihres Liebsten das Zuhausesein setzen. Das richtige Bild an der schönen Wand, die schmale Vase für die langstielige Blume, das blaue Geschirr in der weißen Küche, jede brennende Kerze ein Nagel, um den ihr einzigen sicheren Ort im Leben zu befestigen. Und an die Wände des Schlafzimmers, sie hatte das gerade in einem Film gesehen, wird sie ringsum Spiegel anbringen, einen am anderen. Nur mit dem großen für die Decke musste sie warten, bis er zurück ist, denn das schaffte sie nicht allein.

Du bist schön, oh bist du schön, ich habe mich so gesehnt nach dir, wie weich du bist, ja streichle mich, oh, deine Hände, was hast du für einen wunderschönen Körper. Sie kann die Augen öffnen und sieht trotzdem überall sich und ihren Liebsten. Endlich muss sie die Augen nicht mehr schließen, um ihren Liebsten in sich zu sehen, nur sie und er sind da, wohin sie auch blickt. Was hast du? Ich liebe dich. Das ist wie im Traum.

Die Lehrerin nahm schnell die Hände aus der Schüssel, das Wasser hatte in ihrer Haut kleine weiße Wellen aufgeworfen, aus deren Grund sie nur noch vereinzelte Erdreste bürsten musste. Sie befeilte die verhärteten Hügel am Handteller mit einer Hautraspel, nach der sie lange in den Geschäften gesucht hatte, und wie immer war sie voller Befriedigung, wenn diese harten Spuren ihrer Arbeit, Span für Span abgetragen und zu weißem Hautmehl zerrieben, auf die alte Zeitung fielen, die sie neben die Schüssel gelegt hatte. Sie kürzte die Nägel um den Zuwachs der vergangenen Woche, korrigierte noch ein wenig deren Form und behandelte vorsichtig mit einer feinen Schere ein paar wulstige Risse, die vom Nagelrand ins Fleisch gingen, schob unerbittlich auch noch die Haut zurück, die sich immer wieder über den kleinen, weißen Halbmond am Grund des Nagelbettes legen wollte. Sie spülte die Hände noch einmal in der Schüssel ab und rieb sie dann, Finger für Finger dabei sorgfältig massierend, mit dem Handtuch trocken. In gleichmäßigen Abständen tupfte sie die Creme auf und walkte sie in die Haut, die gierig das Fett aufsaugte. Erst beim dritten Mal blieb eine Schicht Creme kalt auf der Haut liegen. Sie sah zufrieden ihre Hände an, die wieder weiß und glatt und weich waren und denen niemand mehr anmerken konnte, dass sie den ganzen Tag in der Erde arbeiteten.

Die Wohnungstür ging, der Junge war zurück. Wenigstens hatte er diesmal den Schlüssel nicht vergessen. Sie hasste es, mit den von der Creme noch feuchten Händen Türklinken öffnen zu müssen. Der Junge kam grußlos ins Zimmer und stellte ein Paket auf den Tisch. Pass doch auf, sagte sie, schütte mir nicht die Schüssel mit dem Wasser um.

Das Paket. Wer schickte ihr wohl ein Paket. Und ohne Absender. Mach es auf, sagte sie zu dem Jungen, denn noch immer waren ihre Finger fettig, und sie mochte nichts berühren damit. Er riss die Verpackung einfach auseinander, öffnete den Karton und hielt eine Jacke hoch vor ihr Gesicht. Es war eine grüne Jacke. Dunkelgrünes, weiches Nappaleder. Sie vergaß, dass auf ihren Fingern noch immer das Fett schwimmt, griff die Jacke, hinterließ überall Flecken auf dem Leder. Sie begriff nicht. Diese Jacke. Was ist mit der Jacke. Sie schob den Jungen beiseite und fand die Karte, die diese grelle, scharf gestochene, fremde Buntheit hat und sah sofort, sie trug die Schrift ihres Liebsten.

Die hatten ihn entlassen, las die Lehrerin. Ganz plötzlich. Und er war nun doch weggegangen, stand da. Weil ein Ort, den man nicht wirklich verlassen kann, um wiederzukommen oder auch nicht, kein Zuhause für ihn wird, schrieb er. Jetzt müsse er eben erst mal loslaufen. So eine Jacke habe sie sich doch immer gewünscht.

Sie hielt die Jacke, die ganz leicht war, in der einen Hand, die Karte in der anderen. Sie legte die Karte weg. Sie zog sich die Jacke an. Sie ging vor den einzigen Spiegel im Schlafzimmer. Sie sah sich in dieser Jacke. Sie schloss die Augen. Aber die Lehrerin stand in einer grünen Jacke vor dem Spiegel.

Sie trug sie auch, als sie mit dem Mädchen im Café saß und nun weinte.

III

Es sind die letzten warmen Tage vor dem Winter, ich öffne die kleinen Fenster in der Dachstube vor meinem Schreibtisch noch einmal. Schon kommen mir hunderte dicke, alte Fliegen entgegengetaumelt, die, eingezwängt zwischen Fensterrahmen und Holzwand, hier im Warmen überwintern wollten. Sie schwärmen orientierungslos um mein Gesicht, fliegen irr gegen meine Augen, die Lippen, verfangen sich in meinem Haar, ich ekle mich vor ihnen, schlage hektisch um mich und reiße das dünne Gazetuch aus der Fensteröffnung, das sie im Sommer daran hinderte, in das Zimmer zu kommen. Nun könnten sie wegfliegen, hinaus in die mild und müde stillstehende Luft, in der sie schon den kommenden kalten Sturm wahrnehmen, in dem sie sterben werden, und nur mühsam kann ich sie hinaustreiben, immer wieder wollen sie zurück. Sie wissen nicht, dass sie auch hier im Warmen den Winter nicht überleben werden. Sie vertrocknen von innen aus sich selbst heraus. Dann schon lieber draußen im Freien sterben, sage ich zu ihnen.

Aber die Menschen sind keine Fliegen. Schon recht.

Ich kenne noch viele Opfergeschichten. Eigentlich kenne ich fast nur Opfergeschichten. Jeder muss einmal Opfer gewesen sein, wenigstens eine Zeit lang. Opfer der Mutter, des Vaters, des Bruders, der Schwester, der Tochter, des Sohns, der Frau, des Mannes, des Lehrers, des Chefs, der Arbeit, der Umstände, manchmal auch des Hundes oder der Katze. Vor allem aber Opfer von Macht. Opfer der Macht des Mannes und seiner Genossen.

Opfer haben gelitten, ohnmächtig, ausgeliefert, sie ehren, sie achten, ihnen gerecht werden, es ihnen schuldig sein, sie nicht vergessen, sie nicht verhöhnen oder verunglimpfen, sie verpflichten, sie mahnen, dürfen nicht umsonst gewesen sein, müssen sich lohnen, nie wieder, wiedergutmachen. Vor allem müssen sie reden über ihr Opfergewordensein, fordern die Unbeteiligten, und ein wohliger Schauer durchfährt sie dabei, weil erst die richtigen Worte sie erlösen können, aber ich kenne manche, die sich so wohl erst unrettbar in ihrem Opfergefängnis festgeredet und eingerichtet haben und ein Leben lang vorwurfsvoll und klagend darin verhaftet bleiben. Hier eine Mauer, dort eine Mauer, da ein Täter, überall Täter, sie leidend mittendrin, sie können sich einfach nicht entlassen daraus, auch wenn alle Tore schon lange weit offen stehen. Manche haben sogar versucht, sich nach ihrem Reden über das Opfersein schließlich doch noch umzubringen. Vielleicht hatten sie auch nur nicht die richtigen Worte gefunden für ihr Reden. Sie hörten sich ja zu, wenn sie darüber zu sprechen versuchten, ach, keines ihrer Worte konnte genügen, ein jedes schien ihnen falsch zu sein, wie sollte es erst andere erreichen, da schweigt man besser gleich.

Opfer sind immer gut, schuldlos und haben recht.

Aber ich verstehe sie nicht.

Ich strenge mich an, Opfer zu bemitleiden, aber eigentlich weiß ich nicht, wie man mit ihnen leiden kann, wenn man in jedem Moment wieder aus diesem Leid wegzugehen vermag, zum Weintrinken in ein Café auf den Markt zum Beispiel. Wenigstens betroffen sollte man doch aber sein, aber das ist auch nur so ein falsches Wort, betroffen sein, nichts von der Geschichte der Lehrerin trifft tatsächlich etwas in mir, wie kann das auch sein, ich war doch immer anderswo und anderswie. Trotzdem krampft sich mein Herz zusammen, wenn mir Opfer ihre Geschichte erzählen, und ich bekomme so einen traurigen, wehen Blick und eine hohe, fiepende, fast singende, aber immer irgendwie falsche Stimme, wenn ich mit ihnen spreche, und nie finde ich die rechten Worte für die Opfer, und ich will es mir nur nicht eingestehen, dass ich sie nicht leiden kann, weil sie, alles an ihnen ein Vorwurf, immer nur mein schlechtes Gewissen haben wollen und so einen leichten Schweißgeruch aus Angst und Ohnmacht und Hass ausdünsten.

Und wer kann schon von Opfern lernen, nicht Opfer zu sein. Dann schon eher von Tätern lernen, nicht Täter zu werden. Gibt es das, nicht Täter zu sein, aber auch nicht Opfer? Dann, sagen manche, ist man gar nichts. Wolf oder Schaf, fressen oder gefressen werden. Gut oder böse. Sieger oder Verlierer. Man steht sehr bequem zwischen allen Fronten, behaupten sie vorwurfsvoll. Dabei ist man nirgends so allein wie dort in niemandes Land und beschossen von allen Seiten.

Selber schuld, sagte der Mann immer, wenn er das Mädchen oder andere bestrafen musste. Sie wussten doch, was er verboten hatte. Man muss sich entscheiden, wer nicht für uns ist, ist gegen uns. Sollte niemand sagen, dass er nicht gewusst habe, was der Mann verboten hatte. Der Mann tat ja niemandem etwas, nur weil der nicht an sein Menschheitsglück glaubte, nur sagen durfte der das nicht laut und überall oder gar etwas tun gegen ihn.

Der Freund der Lehrerin aber hatte sich, obwohl er weggegangen war, niemals befreit von dem Mann. Noch Jahrzehnte später, er hatte die Welt nun gesehen und war ein gewöhnlicher Architekt geworden, beharrte er darauf, sein Opfer zu sein. Der Mann, beklagte er, habe sein Leben zerstört, er war nicht glücklich geworden. Immer widerfuhr ihm dieses, jenes, welches, eines, dann wieder anderes. Der Mann hatte ihn verhaftet und verurteilt, aber er selbst hatte schließlich auch seine Seele eingesperrt, nie mehr wurde sein

Kopf frei. Opfer brauchen ihre Täter, um Opfer bleiben zu können. Er hatte, wo immer er auch gewesen war, die Zelle des Mannes nie wirklich verlassen, eingesperrt noch immer und von der alten Schuld des Mannes beherrscht. Nie verlor der so seine Macht über ihn.

Der Mann, den er zurückgelassen hatte, blieb für immer sein einziger Feind, auch als der schon lange gestorben war und nun andere wieder meinten, der Zweck heiligt die Mittel und wenn zwei dasselbe tun ist es noch lange nicht dasselbe. Weil sie es sind, die es tun.

Aber wir alle hatten doch schon erfahren und mussten es nun endlich wissen. Kein Zweck heiligt die Mittel, und wenn zwei dasselbe tun, ist es dasselbe und nichts ist anders, nur weil es der Feind eines alten Feindes tut und nun der immer recht hat, jede Kritik an ihm schon wieder verdächtig. Und es mahnt und mahnt und mahnt der Freund der Lehrerin, das alte ewige Opfer, wer immer ihn und die Sieger über den Mann anzweifle, gar gegen sie, die Opfer, sei, lasse den Mann und die vielen anderen Männer aus dem Grab wiederauferstehen.

Nichts ist so moralisch wie ein Sieg. Sieger sind gut, sie müssen gut sein, worauf sonst sollte man hoffen.

Und so beginnt es von vorn. Immer wieder. Geschichte wiederholt sich nicht, aber die Menschen bleiben sich gleich.

IV

Ab wann ist man Mitmacher, fragt ein Opfer und meint damit, ab wann ist man Täter und mitschuldig, und erzählt, die Stimme bemüht vorwurfsfrei, von den Eltern eines Jungen. Die hatten an den feststehenden Jubeltagen noch immer die nun verlangte Fahne aus ihrem Fenster in den Wind gehängt, das mürbe Holz des Fensterrahmens hielt den längst verrosteten eisernen Fahnenhalter nur noch mühsam, er hatte schon für das rote Tuch mit dem schwarzen Kreuz herhalten müssen. Und zur gleichen Zeit saß der Sohn im Gefängnis, weil er aus dem Bild des Mannes, das überall hing, Stirn, Augen, Nase, Mund, Kinn, eine Karikatur gemacht hatte.

Immer ist man Mitmacher. Und jeder. Und überall. Und wann und wo auch immer. Und auch die Opfer sind es, und ich kann es nicht mehr hören, wenn sie so tun, als ob sie ihr Leben lang nichts anderes gemacht hätten, als zu widerstehen. Und jeder muss für sich entscheiden, was er weshalb und wie lange erträgt oder nicht.

Wenigstens flaggen die noch, hatte der Mann beim kontrollierenden Blick hoch an das Fenster der Eltern des Jungen damals zufrieden festgestellt.

Wer folgt, will durchkommen im Leben. Wer nicht folgt, lernen schon die Kinder in ihren Märchen und Geschichten, treibt mit dem Wind ins Nirgendwo oder verhungert oder ertrinkt, und das Wasser trägt einen davon oder Frau Hanne verwandelt das unfolgsame Mädchen in ein Stück Holz und wirft es ins Feuer und es brennt und nichts als ein Häufchen Asche bleibt zurück. Wer leben will, hofft und folgt. Etwas Besseres als den Tod findet man überall. Bis man dann doch auch stirbt.

Was nur treibt mich immer tiefer hinein in dieses Opferdasein. Muss ich denn nun auch davon noch reden, habe ich nicht genug auszuhalten und zu tun schon mit der Geschichte des Mädchens, des Mannes und der Frau. Tagewochenmonate vergehen und ich wage nicht zu denken, zu schreiben gar, was ich doch schon vor Jahren jenen alten Juden fragen wollte, auf der Straße vor dem Haus, in dem er mit Vater, Mutter und seinen Geschwistern lebte, bis sie hinausgetrieben wurden und alles endete im Gas, nur er kam davon.

Der alte Jude weint, und ich weine und die alte Frau, damals ein Nachbarskind, weint, und der weinende Alte fragt das weinende alte Nachbarskind leise, warum habt ihr uns nicht verteidigt. Sie schweigt und auch ich weiß die Antwort nicht. Aber immer bin ich voller Argwohn, wenn jemand erwartet, dass ich für irgendwen oder irgendwas zu sterben bereit sein müsste. Immer sind es am Ende die alte Frau und ich, die diese Frage beantworten müssen, dabei hatte alles doch einen Anfang.

Der braune Mann kam vielen in der Welt recht, die roten Feinde im eigenen Land und im Osten zu vernichten. Erst die einen, dann die anderen haben ihn stark werden lassen, bewundert auch. Als sie sahen, noch wichtiger war es dem, die Juden auszurotten, war es zu spät.

Und doch hatte keiner seiner Gegner in diesem grausamen Krieg zuerst zum Ziel, die Juden zu retten. Keiner von ihnen hat die Lager mit den Gaskammern bombardiert und ins Chaos gestürzt, dabei wäre wohl doch schon viel erreicht gewesen, die Ordnung des Tötens zu stören. Und warum haben ihre Rundfunksender nicht jeden Tag in die Welt hinausgerufen und die Menschen gewarnt, lasst euch nicht zusammentreiben, steigt nicht in diese Züge, ihr werdet elend im Gas enden. Und wäre es nicht möglich gewesen, das Land zu überschütten mit Flugblättern, immer wieder abgeworfen über die sich duckenden Menschen in den Dörfern und Städten und jeden Tag aufs Neue und niemand mehr könnte sagen, aber das haben wir doch nicht gewusst.

Lest! Hört zu! Seht hin! Aber es hätte wohl niemand glauben wollen.

Oder hatten die Siegenden auch Angst, das Land des braunen Mannes zur Unzeit in ein Chaos zu stürzen, als die Gewinne für das eigene Lager noch nicht groß genug waren? Der französische Partisan erzählt, dass sie erst richtige Waffen für ihren Kampf bekamen, als die Gefahr nicht mehr bestand, dass ihr Land auf die falsche Seite fallen könnte. Aber auch die roten Soldaten blieben, müde wohl von den Kämpfen, vor dem aufständischen Ghetto stehen und warteten, bis alle darin umgebracht worden waren, die ihnen sonst vielleicht später das Herrschen über das Land schwer gemacht hätten.

Und ihr, warum seid ihr selbst so leise, so folgsam bis in den Tod gewesen, will ich den Alten fragen.

Aber im gleichen Moment weiß ich, dass ich das nicht kann, ohne dass er meinen wird, ich verhöhne die höllischen Leiden der Opfer und verharmlose die ungeheuerlichen Schlächter und meine Worte werden vielleicht von Leuten, die ich hasse, vor sich hergetragen. Ich könnte versuchen, meine Frage dem Mann zuzuschieben, ich entscheide schließlich in meiner Geschichte, wer was wann wen fragt. Aber wieso soll ausgerechnet der Mann diese nur meine Frage stellen, warum Menschen so folgsam sind.

Oh, ich leide so um den weinenden Alten und ich schäme mich für die alle, die ihnen nicht halfen und nicht haben wissen wollen, dass die Nachbarn zum Sterben wegfuhren. Aber sie wussten alle doch schon genug, um nur ja nicht noch mehr wissen zu wollen. Alles war gesagt mit dem Wort Endlösung, Soldaten brachten aus dem Osten die passenden schrecklichen Sätze mit, Nachrichten kamen aus den Lagern heraus, und so wie die einen wussten, dass sie zum Töten marschierten, so mussten die anderen wissen, dass sie getötet werden sollten.

Und Täter und Opfer taten, was ihnen befohlen wurde. Die einen marschierten los in der Hoffnung, folgsam und mit Glück lebend aus diesem Morden herauszukommen (Defätisten und Deserteure waren sofort des Todes, meinten die Davongekommenen später), und die anderen glaubten bis zuletzt, wenn sie nur immerfort folgten und still wären, könnten sie leben.

Seine Folgsamkeit brachte den einen oder anderen, es hätte auch der Mann sein können, von dem hier die Rede ist, schließlich vor einen breiten Graben auf einem sandigen Feld in einem fremden Land, das Gewehr schon im Anschlag. In dem Graben geschichtet die Leichen, nur sparsam mit Erde bedeckt, am Rand auf der anderen Seite schon wieder nackte, zitternde, nun wohl nicht mehr auf ein Erbarmen hoffende Menschen, und er überlegt, ob es weniger schlimm sei, zuerst die Kinder vor den Augen ihrer Mütter zu erschießen oder umgekehrt, und auf jeden Fall will er gut zielen, damit sie nicht unnötig leiden, und sagt sich dann, das ihm noch Mögliche für sie getan zu haben, und lebt so weiter und fühlt sich als Opfer befehlender Gewalt.

Und der andere ist in ein Lager gebracht worden, in dem sie alle getötet werden, und lebt nur noch, weil er nun die Leichen aus den

Gaskammern tragen und auf einen Wagen stapeln und in das Feuermaul der Öfen schieben muss. Und er fragt sich, warum er nicht doch mit denen geflohen ist, die sich nicht haben einsammeln lassen, sich noch in ihrer Wohnung selbst töteten oder in einer Höhle verkrochen, bis es vorbei wäre, hungernd und frierend im Dunkeln zwar, aber über sich selbst bestimmend. Warum haben sie nicht geschrien, als sie durch die Straßen getrieben wurden zu den Eisenbahnwaggons, warum sind sie nicht schreiend und an die Bretter der Wagen trommelnd unüberhörbar und nicht mehr zu leugnen für die da draußen durch die Städte und das Land gefahren ins Lager. Warum hat er den Jungen, der in den Holzboden des Wagens ein Loch gebrochen hatte, von seiner Flucht abhalten wollen, denn sie würden doch sonst alle erschossen werden, wenn er flieht, und der Junge, bevor er sich auf die Gleise unter den fahrenden Zug fallen ließ, sagte, aber wir sterben doch sowieso, es geht doch nur noch darum, wie wir sterben.

Aber bis zu seinem letzten Atemzug hofft der Mensch auf ein Wunder, das ihn davonkommen lässt, und er folgt.

Was hätte ich anderes getan.

Nein, da vergleicht man nicht, wie ungeheuerlich und unfassbar das ist, was dem alten Mann und seiner Familie widerfuhr – und doch, wie anders die Opfergeschichten in dem Land, in dem das Mädchen lebte.

Sie flohen nicht vor dem Tod und sie waren doch nicht in die Hölle geraten, dachte sie, sie flohen, weil sie nicht studieren durften, weil sie keine Karriere machen würden ohne den Mann, weil sie die Welt nicht sehen konnten, weil sie die schönen Dinge nicht haben würden, weil sie ihre Meinung nicht überall sagen durften, ohne sich zu gefährden, weil sie zu ersticken glaubten hinter der Mauer, die um sie gezogen war, weil sie nicht auf der Seite des Mannes bleiben wollten, der hier für dies alles steht, um das es geht. Er war das Unrecht und sie flohen aus dem falschen Leben in das richtige.

Was sollte das sein, das falsche Leben, das rechte Leben. Musste man einfach nur den Mann hinter sich lassen, um im richtigen Leben zu sein, fragte die Lehrerin das Mädchen im Café.

Man muss überall anständig leben können, meinte das Mädchen, auch mit dem Mann. Aber sie wusste auch, nie würde sie wagen, etwas zu tun, was sie hätte in das Gefängnis des Mannes bringen können. Doch immer müsste es trotzdem diesen kleinen Schritt geben, den man selbst noch gehen kann und der ins Offene führt, manchmal auch nur im Kopf. Und schon war man heraus aus dieser alles lähmenden Opferrolle, hatte sie erfahren, fühlte sie sich frei von ihm.

Eigentlich, dachte sie, konnte nur, wer dem Mann vorbehaltlos folgte, wirklich sein Opfer werden.

Und sie konnte jetzt einfach aufstehen und aus dem Café weggehen von der weinenden Lehrerin in ihrer grünen Lederjacke.

V

Sie hatte den Tag herbeigesehnt, an dem sie zum ersten Mal das große Redaktionsgebäude mitten in der Stadt betreten durfte. Endlich, wie sie meinte, hatte sie den Mann in ihrem Leben an die Seite gedrängt, sodass er kaum noch wahrnehmbar war. Alles lag vor ihr, noch nie hatte sie sich so frei gefühlt. Er hatte ihren Berufswunsch nicht gutgeheißen, Journalisten wollen doch nur in alles ihre Nase stecken und stellen dumme Fragen. Und dann muss er, der Mann, auch noch die Worte, die sie schreiben, kontrollieren, damit sie keinen Schaden anrichten.

Eigentlich wollte das Mädchen nur Geschichten aufschreiben. Und sie wusste auch, in keinem anderen Beruf würde sie so viele verschiedene Menschen kennenlernen und sich mit ihnen unterhalten können, sie war neugierig auf sie und wollte genau hinsehen und zuhören. Oder gefiel es ihr nicht noch immer, wie in der Schule andere mit ihren Worten zu führen, wie, wohin, zum Menschheitsglück jedenfalls. Aber sie wollte andere Wege dabei gehen als der Mann.

Am ersten Arbeitstag wartete sie morgens mit den drei anderen, die wie sie hier nach dem Schulabschluss anfangen würden, am Pförtnerhäuschen darauf, eingelassen zu werden. Die Brosche würde sie abholen, hatte der Pförtner gesagt, sie sahen ihn fragend an, also setzte er hinzu, die Frauenredakteurin. Aber alle würden sie und diese komischen Frauenbündlerinnen nur Brosche nennen, die tragen diese Dinger wie ein zweites Parteiabzeichen.

Sie warteten lange, schließlich kam eine ältere Frau die Treppe hinuntergehetzt, unter einem zum Dutt straff zusammengerafften

Haar ein viel zu großes, etwas aufgedunsenes Gesicht, an dem jeder Blick abglitt, nicht einmal ihre wohl krankhaft hin und her zuckenden nervösen Augen gaben einen Halt. In dem engen und etwas zu kurzen Rock steckte eine weiße Bluse, der Spitzenkragen unter dem Kinn wahrhaftig geschlossen mit einer silbernen und mit glitzernden Steinchen besetzten Brosche, die ein langes, geschwungenes Blatt imitierte.

Die Chefredaktion hatte sie gerade dazu bestimmt, den vieren das Haus zu zeigen, obwohl sie eigentlich gar keine Zeit habe, aber so sei das hier immer, was niemand machen wolle, bleibe an ihr hängen. Sie ging voraus die Treppe hinauf, und das Mädchen und die anderen hinter ihr sahen sich grinsend an und versuchten vergeblich, den Blick von ihren wulstigen Kniekehlen zu lösen. Das bei jedem Schritt schwankende Gesäß in dem engen Rock schob den dunklen Stoff immer noch ein wenig höher hinauf über die gleichförmig dicken Beine. Am Treppenabsatz zerrte die Frau den Rock wieder zurecht.

Auf der engen Treppe in das Archiv im Dachgeschoss kam ihnen ein grauhaariger, älterer Mann entgegen und ließ sie nicht vorbei. Es war der alte Spanienkämpfer der Redaktion, längst in Rente, aber natürlich musste er die neuen jungen Genossen an der Front im Kampf gegen die Feinde der Arbeiterklasse begrüßen und wie unter Kämpfern üblich sollten sie ihn und alle anderen hier mit Du anreden. Zwar würden sie nun nicht mehr, wie seinerzeit er, mit der Waffe in der Hand im Gefecht stehen, aber der Krieg mit den Worten, den sie noch immer gezwungen seien gegen die mörderischen Imperialisten zu führen, sei genauso wichtig.

Dem Mädchen schauderte. Da war sie also von ihm eingezogen worden, rekrutiert, in seine Reihe gestellt, seinem Befehl unterworfen. Und hier auf dieser schmalen Treppe, über ihr der Spanienkämpfer, eingepfercht zwischen den Wänden des Aufgangs, ahnte das Mädchen, dass die Macht des Mannes wohl erst jetzt wirklich nach ihr greifen werde.

Hätte sie das nicht wissen können? Sie las doch, was in den Zeitungen stand. Aber sie war sich sicher, es kam auf sie selbst an, sie konnte das anders machen, besser, ohne dieses Kriegsgeschrei.

Leider, sagte der Spanienkämpfer, sei er gestürzt und etwas gehandicapt, sein Arm hing steif vergipst in einer Schlinge am Körper, so könne er sie nicht umarmen. Beim Weitergehen, die Brosche war längst im Archiv verschwunden, sagte ein Junge leise, der ist hingeflogen, als er sich mit seiner sehr jungen Frau gestritten hat. Er hatte mit dem späten Sohn des Spanienkämpfers auf einer Schulbank gesessen und wusste, die junge Frau betrügt ihn und der Sohn fand, das geschehe ihm recht. Da grinsten sie alle, und das Mädchen dachte, merkwürdig, dass immer alles so banal wird.

Auch das Mädchen war mit der Tochter eines Spanienkämpfers in eine Klasse gegangen. Die Spanierin, wie sie alle spöttisch nannten, mochte eigentlich niemand leiden, immer wollte sie im Mittelpunkt stehen und drängelte alle beiseite, und wie ein Plakat trug sie ihren toten Spanienkämpfervater mit sich herum. Leider war sie blond und hieß Heidi und mit dem Nachnamen noch dazu wie eine von ihnen allen verlachte schnulzige Schlagersängerin im Land. Darunter litt sie sehr, aber immerhin hießen ihre großen Brüder Fernando und Camillo, und die Spanierin hatte eine große Fertigkeit darin entwickelt, die klangvollen Namen ihrer längst erwachsenen Brüder bei jeder Gelegenheit in den Mund zu nehmen. Als im Unterricht über den Spanienkrieg gesprochen werden sollte, bat die Geschichtslehrerin die Mutter der Tochter des Spanienkämpfers, ihnen darüber zu erzählen.

Sie war eine kleine, schon alte Frau, alles an ihr war kurz und gedrungen, und sie hatte gar keine Ähnlichkeit mit ihrer großgewachsenen blonden Tochter, nur ihre schwarzen Augen hatte sie ihr mitgegeben. Sie sprach, obwohl sie schon so lange nicht mehr in Spanien lebte, noch immer schlecht Deutsch, und was sie erzählte, war nichts anderes, als sie alle schon wussten. Was sollte sie auch viel sagen. Der deutsche Spanienkämpfer hatte sie als junges, unpolitisches Dorfmädchen geheiratet, und, als sie den zweiten Sohn erwartete, nach Hause zu seinen Eltern in deren Stadt geschickt. Als er nicht heimkam aus diesem Krieg, heiratete sie bald einen Deutschen mit diesem profanen Schlagersängerinnennamen, er war wohl bei der Eisenbahn, und der wurde, bevor er bald darauf starb, der Vater unserer Spanierin Heidi. Die hatte dem Reden der Mutter immer unruhiger und mit rotem Kopf zugehört, wir anderen grinsten vor uns hin. Sie hatte sie so angefleht, nicht auch in ihre Klasse zu kommen. Aber der Mutter war das egal, wie sollte sie auch ausgerechnet die Bitte der Tochter-Lehrerin ablehnen. Sie war ein Opfer des Faschismus und die einzige Spanienkämpferwitwe in der Stadt, da musste sie immer wieder vor Schulklassen reden, und schließlich hatte die Tochter ja auch etwas davon, wenn sie alle zusammen kostenlos in den Urlaub in die Nazi-Opfer-Heime fahren konnten oder Dinge erhielten, die es sonst kaum gab.

Dem Mädchen tat sie damals leid, wie sie so verlegenheitsschweißgebadet mit zittrigem Atem in ihrer Schulbank saß, neben ihr das Kreuzmädchen versuchte sie vergeblich zu beruhigen und streichelte ihr leicht über den Arm. Das Mädchen wusste schon, wie sehr sich die Spanierin gewünscht haben musste, etwas Besonderes zu sein. Aber was sollte denn daran toll sein, die Tochter eines sonstwer zu sein, dachte sie damals.

Der Rundgang durch das Haus endete im großen Redaktionssaal und die Brosche forderte sie auf, sich in die erste Reihe zu setzen, hinter ihnen alle, die in dem Haus arbeiteten. Vor ihnen am Präsidiumstisch saßen die Chefs, die wichtigsten kannte das Mädchen schon. Mit den Töchtern des Chefredakteurs und des Parteisekretärs hatte sie zusammen in ihrer Sportklasse gelernt, bis sie diese Schule verlassen musste, weil sie, dicker geworden, nicht mehr schnell genug rennen konnte, die Tochter des Parteisekretärs war ihre Freundin. Sie hatte sie manchmal zu Hause besucht, der kleingewachsene Parteisekretärvater war ein lustiger Mann, und sie konnten mit ihm gut über Sport reden, denn er war der Sportredakteur in der Zeitung. Wenn die Mutter hereinkam, sie überragte ihn um zwei Köpfe, verstummte das Gespräch sofort. Sie war die führende Brosche im Bezirk und wenn sie zu sprechen anfing, überkam das Mädchen die gleiche Beklemmung wie bei sich zu Hause bei den Worten des Mannes. Sie ist dann auch immer gleich gegangen.

Die Tochter des Chefredakteurs hat, genau wie das Mädchen, nie jemanden zu sich eingeladen. Sie ist bald in ein Internat gekommen.

Wieso eigentlich, dachte das Mädchen, traf sie immer wieder auf Leute, die sie schon kannte, was war das für ein Kreis, der sie umschloss?

Die vier Neuen hatten sich den anderen vorgestellt und den roten Presseausweis erhalten, der ihnen künftig viele Türen öffnen sollte, und der Chefredakteur hatte sie an die große Verpflichtung erinnert, die sie damit der Partei des Mannes gegenüber übernahmen, sie dürften diesen Ausweis nie missbrauchen. Die Versammlung wollte sich schon auflösen, da meldete sich der Spanienkämpfer, er hatte einen Aufruf verfasst, den er nun verlesen würde, und die Genossen sollten ihn noch am nächsten Tag in die Zeitung nehmen. Das Mädchen hörte, wie hinter ihr jemand gequält stöhnte, aber sofort zurechtgezischt wurde.

Der Spanienkämpfer ging nach vorn und begann zu lesen, nein, zu deklamieren, denn er hatte die Worte im Kopf und musste nur ab und zu auf das Blatt Papier schauen. Kam es dem Mädchen nur so vor, oder blickte er während seiner Rede beinahe unverwandt auf sie in der ersten Reihe.

Blut für Vietnam. Für unsere kämpfenden Brüder und Schwestern in Indochina! Denn vergessen wir nicht: Zur gleichen Stunde, da wir hier ungestört unserem Tagwerk nachgehen können, stehen auf der anderen Seite des Erdballs unsere Genossen in einer erbitterten, blutigen Schlacht, Auge in Auge, Gewehrlauf gegen Gewehrlauf unserem gemeinsamen Gegner gegenüber: dem räuberischen, entmenschten Imperialismus. Vergessen wir nicht: Konventionelle Abwurfmittel, chemische Waffen, biologische Waffen – in Indochina sind sie tödlicher Ernst. Im Kampf gegen Ausbeutung und nationale Knechtschaft setzen unsere Brüder und Schwestern in Vietnam, Laos und Kambodscha täglich ihr Leben ein.

Stunde um Stunde wird dort Hilfe gebraucht, entscheidet ein Liter Blut über Leben und Tod eines Kämpfers, einer Mutter. Ihre Haut hat eine andere Farbe, doch ihr Blut ist rot wie das unsere, wie das Kampfbanner der Arbeiterklasse, unseres wie ihres.

Die Hand zur Faust geballt, gehen die Genossen in den Dschungeln Indochinas ins Gefecht – die Hand zur Faust geballt, spenden wir ihnen unser Blut.

Im Zeichen der geballten Faust: Übt Solidarität, helft unseren Brüdern und Schwestern in den Ländern Indochinas! Leben sollen unsere Freunde und Genossen – Tod dem Imperialismus!

In den etwas müden Beifall hinein rief der Spanienkämpfer, dass das doch eine gute Gelegenheit für die jungen neuen Genossen wäre, sich mit geballter Faust in ihre Front einzureihen, jeder von ihnen solle aufstehen und zustimmen. Als das Mädchen an der Reihe war, sagte sie, dass sie leider nicht mitgehen könne, sie habe gerade gestern erst Blut gespendet, tue das sowieso regelmäßig und müsse nun einige Wochen damit warten. Sie sagte nicht, dass sie das Geld, das man dafür bekam, längst immer für Bücher eingeplant hatte. Blut für Bücher sozusagen. Was könnte man daraus für eine tolle Überschrift machen, dachte sie und musste sich sehr mühen, dass ihr Lächeln in ihrem Kopf sich nicht auf ihr Gesicht durchdrängelte. Aber dort hatte sich längst ihr Erschrecken über die Worte des Spanienkämpfers breitgemacht.

Der murmelte etwas Unverständliches, hinter sich hörte sie ein unterdrücktes Lachen.

Keine Angst, sagte neben ihr jemand leise beim Herausgehen, es musste der sein, der gelacht hatte, so schlimm wird es nicht. Er sei der Redakteur für das Feuilleton, aber alle sagten Beilage dazu, und irgendwie treffe es das Ganze wohl auch besser, es klang ziemlich entmutigt. Und laut fragte er zur Chefredaktion hin, wieso der längst in Rente geschickte Spanienkämpfer eigentlich immer noch an ihren Sitzungen teilnehmen dürfe, aber niemand antwortete.

Die anderen drei gingen mit einem Fotografen ohne sie los zum Blutspenden, und am nächsten Tag war mit dem Aufruf deren Bild in der Zeitung, wie sie auf den Pritschen lagen, die Faust geballt.

Wo denn das Mädchen auf dem Foto sei, wollte der Mann zu Hause wissen, na, das fange ja gut an mit ihr.

Als in der Zeitung ihr erster Artikel stand, machte das die Frau sehr stolz und auch den Mann zufrieden. Sie hatte in einer Molkerei etwas über eine Frau schreiben sollen, die am Fließband stand und kontrollierte, ob die Verschlussdeckel aus Pappe richtig in den Flaschenhälsen saßen. Das, fand das Mädchen, war keine unwichtige Arbeit und konnte gut mal gesagt werden. Sie wusste doch aus ihrer Schulzeit, in der sie alle in der Klasse jeden Tag eine Flasche Milch trinken mussten, wie eklig es war, wenn die Pappen verdreckt oder gar schief eingesetzt waren und deshalb die Milch schon ausgelaufen war und alle Flaschen in dem Kasten klebten. Sie redete mit Frieda darüber, so hieß die Frau, die fand das auch, aber, meinte sie, sie könne ja nicht alle Flaschen aussortieren, die nicht richtig verdeckelt sind, da würden wir unseren Plan ja nie erfüllen und in den Läden gäbe es keine Milch. Eigentlich aber hatte der Chef der Landwirtschaftsredaktion das Mädchen zu Frieda geschickt, weil die in die Partei des Mannes eintreten wollte.

Sie schrieb also von Frieda, den Milchdeckeln und wie Frieda sich müht, dass alles damit in Ordnung ist. Die Partei des Mannes steckte sie in den letzten Satz. Nur eine passende Überschrift fiel ihr nicht ein. Das wollte ihr Chef schon machen, sagte er, nachdem er am Abend stöhnend ihren Text gelesen und sie nach Hause geschickt hatte.

Sehr aufgeregt schlug sie am nächsten Tag die Zeitung auf und suchte ihren Artikel. Sie erkannte ihn nur, weil das Bild von Frieda drüber war, in weißer Gummischürze, weißem Kittel mit weißen Stulpen über den Armen, die Haare im weißen Gazenetz, den Blick starr auf den endlos an ihr vorbeiziehenden Milchflaschenzug gerichtet. Und darunter in großen Buchstaben stand der Titel: Unsere Frieda fühlt den Milchpuls.

Die Scham durchfuhr sie glühend heiß, die Röte schoss ihr ins Gesicht. Wie sollte sie jemals wieder jemandem unter die Augen treten, dachte das Mädchen. Aber alle im Großraumbüro fanden ihren

Artikel gut so, dabei hatte ihr Chef ihn beinahe vollständig umgeschrieben, sie müsse eben noch viel lernen, meinte er.

Er nahm sie dann meist mit, wenn er zu den Bauern auf die Felder oder in den Stall fuhr und mit ihnen redete, und immer staunte das Mädchen, was der Landwirtschaftsbeschreiber statt der einfachen und zurückhaltenden Worte der Bauern dann in dem Artikel über sie schrieb. Nichts von ihren Zweifeln, ihrem Ärger auch und ihrer Enttäuschung gar fand sie wieder, immer waren sie strahlende Kämpfer um höhere Erträge oder schlugen die Ernteschlacht. Aber kaum einer, der vom Parteisekretär dazu ausgesucht worden war, mit ihm zu reden, weigerte sich. Nur einmal haben alte Frauen sie mit Kartoffeln beworfen und mit ihren Hacken vom Feld gejagt, weil sie nichts mit ihm zu tun haben wollten, aber die wohnten auch in dieser schwierigen sorbischen Gegend und hatten eine andere Sprache, in der sie ihnen nun unverständliche, wütende Worte hinterherriefen. Der Landwirtschaftsredakteur floh ins Auto, das Mädchen lief hinter ihm her, sie grinste.

Als vor Jahren die Menschen protestierend vor die Parteizentrale im Haus gegenüber zogen, hatte er sich, so erzählte er noch immer, mit dem Gewehr in der Hand hinter das Fenster in der Redaktion gestellt, um in die Menge zu schießen, sollten sie die Gebäude stürmen wollen. Das Mädchen hat immer daran denken müssen, wenn sie manchmal davorstand und hinüber in das Haus blickte, in dem der Chefredakteur jeden Nachmittag verschwand, die wichtigsten Manuskripte für die Zeitung des nächsten Tages in der Tasche, damit die Partei des Mannes die schon geschriebenen Worte freigab für den Druck, und die damit also freie Worte waren.

Der Landwirtschaftsredakteur musste damals nicht schießen, weil auf der Straße kettenklirrend die Panzer der roten Freunde angerollt kamen und alle rannten weg. Aber seitdem galt der kleine, halslose Mann, der das Mädchen sehr an ihren Großvater erinnerte, nur stotterte er nicht, als kampfgestählt. Was für ein Wort das wieder war. Kampfgestählt. Aber glauben wollte es ihm keiner. Der wird da einfach hinter den schweren, langen Gardinen am Fenster gestanden haben, um sich zu verstecken, meinte der Feuilletonredakteur.

An einem Wochenende musste das Mädchen den Redakteur für Agitation und Propaganda begleiten. Sie fuhren im Sonderbus für Beobachter in ein Dorf, in dem die Leute einem lederbemantelten Mann, er war der erste Genosse des Kreises, vorführen sollten, wie sie gerüstet seien, wenn eine Atombombe über sie käme. Seit Wochen hatten sie sich alle darauf vorbereitet.

Der Ledermantelmann voran mit dem Tross hinter sich ging in den Kuhstall. Die Kühe hatten die Bauern schon in den Tagen zuvor in mühsamer Arbeit von der weit entfernten Weide herangeholt. Das Futter war nur notdürftig mit durchsichtiger Folie abgedeckt, überall schauten noch die Halme heraus, sie sollten sparen damit, sie musste auch noch für die Lebensmittelregale im Konsum reichen. Der Bürgermeister hatte die Planen mühsam organisiert und, schwieriger noch, bis zum Tag der Übung vor den Dorfleuten geschützt, was hätten die daraus für herrliche Gewächshäuser bauen können für Tomaten, Gurken, Paprika. Die beiden Lehrlinge hatten tagelang die ohnehin verdreckten Scheiben mit dunkler Pappe verklebt, wäre doch einfacher gewesen, sie völlig mit Scheiße zu verschmieren, flüsterte einer von ihnen, den sie aus dem Sportverein kannte, dem Mädchen grinsend zu. Der erste Genosse des Kreises prüfte die Dichtheit der Fenster und wollte sich mit dem Melker unterhalten, aber die Kühe brüllten in der Finsternis und der Melker tätschelte sie, er wusste nicht, ob die Tiere so laut sein durften, jetzt. Im Keller des einzigen Neubaublocks des Dorfes hatte die Feuerwehr einen Schutzraum für ein paar Leute eingerichtet, Sandsäcke, Folienplanen, Schaumstoffplatten. In der Hand des Ledermantelmannes klickerten Würfel, die Kindergärtnerinnen hatten Beschäftigungsmaterial für das fröhliche Spiel der Kinder in den Keller gebracht. Mensch-ärgere-dich-nicht, Bauklötze, Plastepuppen, alles abwaschbar selbstverständlich, der Staubsauger griffbereit zur Entaktivierung schon angeschlossen in der Steckdose. Auch die beliebten Gesellschaftsspiele seien möglich, sagte die Leiterin des Kindergartens. Dreht euch nicht um, der Plumpsack geht um, er geht um den Kreis, dass niemand was weiß, wer sich umdreht oder lacht, kriegt den Buckel vollgekracht. Einszweidreiverfaultesei. Das nötige Taschentuch, das der Plumpsack fallen lassen muss, wird sich finden. Befragt danach kennen die Leute die erste Devise im Schutzraum: Nur keine Panik. Papiere und Ersatzbrille waren mitzubringen.

Der Ledermantelmann musste dann noch in die Schule gehen, hier wartete schon der Musiklehrer mit einer Klasse, ausgerechnet zu ihm hatte die Schulleitung den Ledermantelmann geschickt. Wahrscheinlich, weil die Kinder zuerst ein Lied singen sollten, wenn der mit seinem Gefolge hereinkam, der Redakteur hat später geschrieben, dass es ein fröhliches Lied war. Dann musste der Musiklehrer den Kindern zeigen, wie man diesen Froschkopf bekommt, den er schon angelegt hatte. Große grüne Taschentücher übers Haar bis ins Gesicht und vor den Mund gebunden, die Augen darunter verrohrt in einer Taucherbrille, es ginge auch die Motorradbrille eines Vaters, sagte er den Kindern. Einige begannen zu weinen, und der Musiklehrer sprach mit stockender und wegen des Mundtuchs veränderter Stimme beruhigend in die panische Stille der Kinder hinein, selbst unter den Jungen keiner, dem wie sonst doch immer noch ein Witz einfiele über diesen komischen Kopf des Musiklehrers.

Und dann legte der erste Genosse im Ledermantel seine Hand, weiß, hornhautlos, glattgeschrieben auf weißem Papier, auf den Taschentuchkopf eines Jungen, dem der Angstschweiß die Plastescheibe der viel zu großen Motorradbrille beschlug, und blind beinahe hörte er über sich die Stimme: Unsere Kinder, ihre Kinder, eure Kinder, also ihr, meine Kinder, könnt euch genauso darauf verlassen wie unsere Menschen, eure Menschen, deine Menschen, meine Menschen, dass diese Hand alles tun wird, damit wir den mörderischen kriegstreibenden Imperialismus besiegen, aber leider werden unsere Menschen noch von ihm bedroht. Der Fotograf machte ein Foto für die Zeitung davon.

Dann drückte der führende Genosse auf den Alarmknopf, und die Sirene im Dorf heulte auf. Die Kinder und der Lehrer ließen sich unter die Schulbänke fallen, das Gesicht zum Boden, die Hände über den Kopf gefaltet, die Beine immer in die Richtung zum Epizentrum, hatten sie ja gerade vom Musiklehrer gelernt.

Nur die Beobachter blieben stehen und sahen zufrieden auf die ängstlichen Kinder.

Was geschah hier gerade mit den Köpfen der Kinder, dachte das Mädchen und war wie erstarrt.

Die Sätze des Ledermantelmannes wird der leitende Redakteur für Agitation und Propaganda dann in seinen Artikel schreiben und hinzufügen, dass das Dorf gerüstet sei gegen alle Angriffe des Klassenfeindes, nichts anderes war ihm wichtig.

Ich kann das Mädchen nun noch in Schulen, Theater, Glaswerke und Kohlegruben, Krankenhäuser schicken, egal, es war immer das Gleiche, die Zeitungsleute sahen nur, was der Mann sie zu sehen hieß, und sie wollten es so, denn der Mann und sie selbst waren auf der richtigen Seite.

Was der Richtige sagt, ist richtig.
Was der Falsche sagt, ist falsch.
Richtiges ist richtig, weil es der Richtige tut oder sagt.
Richtiges ist falsch, wenn es der Falsche tut oder sagt.
Dann kann auch der Richtige dieses Richtige nicht mehr tun oder sagen. Denn wenn dich die Falschen loben, hast du es falsch gemacht.
Zumindest muss Richtiges falsch werden, wenn es der Falsche gesagt oder getan hat.
Richtiges bleibt richtig, wenn es der Richtige gesagt oder getan hat.
Sagt der Richtige das Falsche, ist es nicht falsch.
Sagt der Falsche das Falsche, bleibt es falsch.
Zwar kann, was heute richtig war, morgen falsch sein, das neue Richtige muss dann aber ausschließlich von den Richtigen verkündet werden.
Das Richtige gehört nur den Richtigen.
Immer auf der richtigen Seite sein. Obacht geben, dass man auch wirklich auf der richtigen Seite ist.
Nie mit Falschen reden. Sonst plötzlich sind die die Richtigen.
Oder alles umgekehrt. Je nachdem.
Ich bin richtig, du bist falsch.
Jemand, niemand, alle, keiner,
irgendwer, irgendwas.
Und aber immer daran denken: Es gibt kein richtiges Leben im falschen, wissen die Richtigen (doch das ist wieder ein anderes Ding, und das hatten wir schon).

Später, als der Staat des Mannes unter der Last all der falschen Worte der Richtigen zusammengebrochen war, wollten sie, die überall gewesen waren und alles haben wissen müssen, nur von dem Mann getäuscht worden sein und sie hatten es doch nur gut gemeint.

In wenigen Monaten in der Redaktion hatte das Mädchen verstanden, dass das Land des Mannes, wie er es sehen wollte, nicht existierte, und nur der Mann selbst und manche seinesgleichen konnten glauben, was sie darüber sagten und lasen. Niemand sonst glaubte, was in der Zeitung stand. Nur in der Beilage konnte der Feuilletonredakteur manchmal etwas anderes, richtig Schönes machen. Und um dem Mädchen das zu zeigen, schickte er sie in ein Gestüt und sie schrieb darüber, wie man Pferde züchtet, die in die Welt verkauft wurden. Mit jenen, die irgendeinen Defekt hatten und unverkäuflich übrigblieben, durfte jeder mal reiten, ihre Stute hieß Träne und das war richtig.

Auch bekam der Feuilletonredakteur alle Bücher von den Verlagen zugeschickt, die im Land des Mannes erschienen, er schrieb einige Sätze darüber oder nicht, und er durfte sie behalten. Das schien auch dem Mädchen ein nicht zu verachtender Lohn.

Der Feuilletonredakteur, das sollte jeder gleich sehen, war etwas Besonderes. Fast immer trug er einen schwarzen Rollkragenpullover mit einer legeren, abgewetzten Lederjacke, die seinen Bauchansatz kaschierte, nur ganz selten ein Jackett mit dem dann unvermeidlichen Zeichen der Partei des Mannes im Knopfloch. Auf seinem bärtigen Gesicht, eingerahmt von ungebührlich langen Haaren, lag immer etwas Unnahbares, und spielte ein Lächeln um seinen Mund, war es ironisch, andere meinten, es sei genauso überheblich wie seine Art zu sprechen. Ganz unerwartet bei seiner massigen Gestalt, war seine Stimme leise, wurde er niemals laut, seine Worte, beinahe geflüstert und das Gegenüber zu höchster Aufmerksamkeit zwingend, wollte der ihn verstehen.

Es war die Sprache des Mannes zwar und doch klang sie anders aus diesem Mund. Sollte es reichen, einfach die Lautstärke zu ändern, nicht mehr zu dröhnen und zu schreien und zu trommeln und schon würden die Worte weniger bedrohlich und falsch, bekämen vielleicht sogar ein menschliches Maß?

Das Mädchen wollte es versuchen, aber sie schrieb ja nicht für das Feuilleton, sondern sollte die Jugendbrigaden im Wettbewerb „Flamme der Revolution" vorführen, wie konnte das gehen, leise. Ihr Chef, der verantwortlich war für Agitation und Propaganda, gab ihr die Artikel zurück, bis ihre Worte wenigstens etwas mehr trompeteten.

Einmal meinte das Mädchen, die Sache auf die Spitze treiben zu müssen, um zu sehen, was geschieht. Immer wenn der Mann und seine Partei eine ihrer regelmäßigen Redeorgien abgehalten und neue Wortberge aufgetürmt hatten, mussten in der Zeitung seine Menschen, unsere Menschen diese Worte rühmen. Die Redakteure hatten für solche Fälle ihre Lobpreiser, die sie anriefen und von denen sie wussten, es war ihnen egal, was man schrieb und wofür sie dann in der Zeitung ihren Namen hergaben. Jeder hütete sie vor den anderen, keiner sonst durfte sie benutzen, damit sie nicht unwillig wurden, wenn sie zu oft auf diese Bühne gestellt werden sollten, und sich dann schließlich doch verweigerten. Natürlich kannte das Mädchen so jemanden nicht. Auch schien es ihr völlig unmöglich, einen Menschen dazu aufzufordern, dem Mann zu huldigen. Also nahm sie sich das Telefonbuch und erfand einfach beliebige Menschen, Name, Beruf, Alter, und legte ihnen die gewünschten Höher-schneller-weiter-Hymnen in den Mund. Sie hatte erwartet, dass ihr Chef sie zurückweisen würde, weil sie völlig unglaubwürdig waren. Kein Mensch konnte so reden.

Aber der war begeistert und ganz versessen darauf, dass das Mädchen ihm die Leute vermachte, wenn sie zum Studium ginge und sie nicht mehr brauche. Da ließ sie sie rechtzeitig wieder verschwinden, die Männer mussten zur Armee oder wurden schwer krank, die Frauen bekamen Kinder oder zogen weg.

Sie hatte auch Angst, dass jemand ihre Lüge entdecken könnte. Erst viel später, als sie am Ende ihres Studiums ihre Diplomarbeit schrieb, in der sie untersuchte, wie Leserbriefe vor der Veröffentlichung bearbeitet wurden, begriff sie, dass ihre Angst ganz überflüssig gewesen war. Für viele abgedruckte Leserbriefe, die sie untersuchte, fand sie nie ein Original, sie waren wohl einfach erfunden. Sie beriet sich dann mit ihrem Stilistikprofessor, was sie tun sollte. Sie war seine einzige Diplomandin, alle anderen hatten irgendwelche politischen Themen gewählt, natürlich wollte er, dass sie bestand, und so beschlossen sie beide, dass sie nur jene Leserbriefe berücksichtigen würde, die tatsächlich an die Zeitung geschickt und archiviert worden waren. Von den anderen kein Wort. Alles ging gut.

Vielleicht war der alte Stilistikprofessor, den niemand wichtig nahm an dieser Fakultät der gewaltsamen Worte, ja auch ein Wo-wir-nicht-sind-sind-die-anderen-Mensch.

Der Feuilletonredakteur hatte zum ersten Mal von ihnen gesprochen, als sie verzweifelt war, weil ihre Ideale nicht taugten für diese Arbeit. Man müsse sich beteiligen an dem, was geschieht, sagte er zu ihr, in die Partei des Mannes hineingehen, nur dann könne man sie verändern und: Wo wir nicht sind, sind die anderen. Die ohne Wenn und Aber, die Rechthaber und Schuldzuweiser, die Scharfmacher und Schaumschläger, die Zuträger und Nachredner, die mit den immer gleichen Worten.

Also trat das Mädchen in die Partei des Mannes ein und ertrug, was nicht zu ändern war, weil es einen höheren Sinn hatte, sie war bei den Richtigen, sie war wichtig. Halte aus. Halte durch. Halte dich. Wo wir nicht sind, sind die anderen.

Da ist er nun also in dem Text, dieser Satz. Wie ich ihn bald gehasst habe. Wer nicht alles ihn dahergesagt hat. War er nicht immer falsch und feige? Nur dazu da, alles zu rechtfertigen, immer und überall? Und war es nicht eigentlich egal, ob das Mädchen nun dabei war oder nicht, was vermochte sie schon zu ändern. Reichte es schon, einigen das Gefühl zu geben, nicht ganz so verloren zu sein?

Sie war eines Abends nach der Arbeit mit dem Feuilletonredakteur zusammen durch den Park am Fluss nach Hause gegangen, sie wohnten in der gleichen Gegend. Natürlich wussten sie beide längst, dass sie einander liebten. Aber er war verheiratet und hatte einen kleinen Sohn und er hatte Angst davor, dass die Genossen ihn verstoßen würden, wenn er die verließe, zurück in den Lokschuppen oder, schlimmer noch, zur Betriebszeitung, nichts mehr mit Feuilleton, andere waren längst gierig nach seiner Arbeit. Sie standen zusammen auf der Brücke, die über dem Wehr des Flusses hing, das Wasser unter ihnen wälzte sich in breitem Schwall über die Staumauer und stürzte auf der anderen Seite tosend nach unten. An beiden Ecken des Wehres hatte sich ein Teppich aus Treibholz, Flaschen und Müll angesammelt, alles trieb nur noch müde im Kreis herum, festgehalten von der eigenen immer gleichen Bewegung, ohne ins Offene zu finden und den rettenden Weg über die Mauer zu schaffen. Mittendrin auch ein Ball mit Punkten, und sie schauten beide zu ihm hin, ob er aus dem Treibholz und Müll herausfände. Aber es war vergebens. Immer wieder landete er im Trüben, Abgestandenen und kreiste um sich selbst.

Der Ball, das bin ich, sagte der Redakteur so leise gegen das dröhnende Wasser, dass sie es kaum wahrnahm, und das Mädchen hatte sich so etwas Ähnliches auch gedacht, aber verstehen konnte sie es nicht. Wer nur wollte, konnte den Ball doch dort herausholen, meinte sie, ein paar gezielte Steinwürfe sollten genügen, und schon lief sie los, um Steine zu suchen, aber der Redakteur wollte nicht mitmachen, lass nur, sagte er, das hilft ja nichts, ich lande doch wieder da. Er hat sie dann noch nach Hause gebracht und sie haben nie wieder darüber geredet.

Sie ging auch sofort zu ihm, als sie in der Redaktion diesen merkwürdigen Anruf bekommen hatte. Ein Major forderte sie auf, sich am nächsten Nachmittag an der Wache des Polizeireviers zu melden, der Polizist dort würde sie zu ihm führen, er wolle mit ihr reden. Sie brauche keine Sorge zu haben, es liege nichts gegen sie vor, aber sie dürfe zu niemandem über seinen Anruf sprechen. Was sollte das, fragte das Mädchen den Feuilletonredakteur ängstlich, aber der grinste nur und meinte, geh hin, aber überleg dir, was du sagst. Der war von der Staatssicherheit.

Soll ich es wirklich glauben, dass das Mädchen bis dahin noch nicht davon gehört, geschweige denn dieses Wort einmal selbst in den Mund genommen hatte? Aber weder der Mann noch die Frau, die Lehrer oder Klassenkameraden, noch gar die Zeitungsleute hatten je davon gesprochen. Nur einen Film hatte sie in der Schule gesehen, da kämpften die Genossen Kundschafter an der unsichtbaren Front in den Feindesländern gegen die Kriegstreiber aus dem Westen. Natürlich waren die anderen nur jämmerlich und schlecht, die roten Agenten dagegen edel und siegreich.

Zur geforderten Zeit ging das Mädchen also zum Polizeirevier, ein großes Haus mitten am einzigen Fußgängerboulevard der Stadt. Ein Wachmann am Eingang erwartete sie schon und brachte sie ins Hinterhaus in ein großes Zimmer. Er hieß sie, auf dem Stuhl vor dem Schreibtisch Platz zu nehmen, und stellte sich hinter sie in irgendeine Ecke, sie setzte sich ganz vorn hin, nur auf die Stuhlkante, sie hatte Angst. Schon beim Hineingehen hatte sie die drei fensterlosen Wände wahrgenommen, bis obenhin mit Regalen zugebaut, darin Aktenordner, einer am anderen, lückenlos. Nur die Wand mit dem vergitterten Fenster war freigeblieben davon, wohl auch, um auf der einen Seite das obligatorische, große Bild des führenden Genossen anzubringen, auf der anderen das Bild des obersten geheimen Generals in Uniform. Die schaute sie nun an, denn auch der Blick durchs Fenster führte nicht ins Weite, Offene, sondern endete gleich an einer grauen Betonwand. Die anzustarren war dem Mädchen noch unheimlicher.

Es schien ihr ewig zu dauern, bis endlich die Tür aufging und ein kleingewachsener, man musste schon sagen kümmerlicher Mann demonstrativ munter und froh in den Raum trat. Er schickte den Wachmann mit einer Kopfbewegung hinaus, ließ sich vor dem Schreibtisch ihr gegenüber nieder und sah sie an, alles in ihr durchdringend, wissend, urteilend, nichts würde ihm verborgen bleiben.

Es war der Blick des Mannes.

Vielleicht hätte das Mädchen seine Angst nicht so schnell bezwingen können, wenn der Major nicht den Blick des Mannes gehabt hätte. Aber den kannte sie ja, seit sie klein war, sie war mit ihm aufgewachsen, und sie hatte doch längst gelernt, ihn abzuwehren, nicht in sich hineinzulassen. Und wirklich wurde sie schnell ganz ruhig und holte diesen Vorhang auf ihr Gesicht, in dem sich alles verfing.

Sie würde, sagte der Major, einen schlechten Einfluss auf ihren Freund haben, den Redakteur fürs Militärische. Der lehne, seit er sie kenne, die Arbeit mit ihnen ab, die er doch bisher so gut erledigt hatte. Er hätte, sagte er, nun keine Zeit mehr dafür. Deshalb wolle der Major, dass sie den Freund nicht nur unterstütze, sondern selbst bei ihnen mitmache.

Wie soll denn das aussehen, fragte sie und glaubte, sie solle als Spion des Friedens ins feindliche Land geschickt werden. Aber er sagte, es wäre doch sehr einfach für Journalisten, sie würde von ihm die Namen von Leuten bekommen, mit denen sie sich unterhalten solle, und könne dabei ganz unverdächtig Dinge erfragen, die ihn interessieren. Für die Zeitung schreiben müsse sie natürlich auch etwas darüber, aber niemand in der Redaktion würde sich wundern, wenn sie selbst Artikel vorschlagen würde.

Was für Leute denn, fragte das Mädchen.

Diesen und jenen eben, er wisse schon, was er tue, sie könne ihm getrost vertrauen.

Wo und wie nur hatte das Mädchen bisher gelebt, dass sie noch nie davon gehört hatte, dass die Genossen des Mannes alle möglichen Leute bespitzelten. Und ich weiß es, das Mädchen war sprachlos. Der Major indessen redete immer weiter, von Klassenfeinden, die sich verbergen, und Anfängen, denen man wehren müsse und sie auf der richtigen Seite und immer im Recht. Aber das habe sie ja schon von dem Mann, ihrem Vater, gelernt. Wohl immer noch auf einen versöhnlichen Ausgang hoffend, eine Antwort, die dem Ganzen einen dem Mädchen bisher noch verborgenen Sinn geben konnte, fragte sie den Major dann doch, was denn aus den Worten würde, die sie für ihn erlauschen, erschwindeln, erfinden, ausgraben, provozieren würde. Aber natürlich verstand der ihre Frage nicht.

Da könne sie ganz beruhigt sein, sagte er und stand von seinem Stuhl auf. Der kleine Mann stellte sich, seine kurzen Arme und Beine gespreizt wie ein Hampelmann, vor die riesige bis zur Decke gefüllte Aktenwand und verkündete dem Mädchen mit weihevoller

Stimme, das bleibe alles in diesem Raum, dafür sorge er schon. Und als ob diese jämmerlich theatralische Geste nicht schon genug war, kam dann auch noch ein Lachen aus seinem Mund, das das Mädchen schon so lange kannte und hasste, der Major lachte genau wie der Mann.

Das Mädchen wusste gar nicht, dass sie mutig sein musste, um dem Major zu antworten, sie könne das auf keinen Fall tun. Sie würde niemandem ihre Worte über andere einfach so überlassen, damit er damit machen könne, was er wolle. Auch ihm nicht. Sie würde ihre Worte nur allein behüten können. Und im Übrigen hätte sie sich lange schon von dem Militärredakteur getrennt, er hätte nun also wieder genügend Zeit für den Major.

Der Major war sichtlich irritiert und wusste nicht mehr weiter mit dem Mädchen. Er versuchte nicht einmal, sie zu bereden. Legte ihr nur ein Papier vor, das sie unterschreiben musste und ihr bei Strafe verbot, jemals irgendwem von diesem Gespräch zu erzählen.

Während das Mädchen den Zettel las und unterschrieb, war der Wachpolizist wieder in den Raum gekommen, der sie hinausbringen sollte.

Wahrscheinlich hat der Major ihr zum Abschied die Hand gedrückt, aber sie wusste das schon nicht mehr, als sie wenige Schritte später vor der Tür des Hauses auf der belebtesten Straße der Stadt mitten im Strom der Passanten stand.

Etwas Bedrohliches war geschehen, ahnte sie, musste sie nun Angst haben? Gewiss würde der Major nun andere damit beauftragen, sie zu beobachten. Wer könnte das sein? Und was würde der berichten über sie? Und wie würde der Major die Worte seiner Zuträger weitertragen? Und was würde dann geschehen mit ihr? Noch nie hatte sie sich so hilflos gefühlt, so ohnmächtig ausgeliefert. Hatte der

Major ihr gerade ihr Leben aus der Hand genommen, das sie sich doch gerade erst zurückgeholt hatte? Sie fühlte ihren Hals eng werden, ihr Herz raste und mühsam atmete sie gegen die Angst an. Sie rettete sich hinein in den einzigen Buch- und Schallplattenladen der Stadt gleich nebenan, man kannte sie hier gut, kam sie doch beinahe jeden Tag her, um zu sehen, ob es etwas Neues gab.

Sah der Verkäufer auf ihrem bleichen, verstörten Gesicht, dass sie gerade aus dem Nachbarhaus gekommen war? Er machte für sie den einzigen Plattenteller mit Kopfhörern frei, holte ihr unter dem Ladentisch eine Platte herauf, und sie versank in der Musik der Beatles, all you need is love. Sie blieb lange, hörte die Songs immer wieder von vorn, und der Verkäufer vertrieb alle, die sie anraunzten, den Platz am Plattenspieler endlich frei zu machen.

Das also war die Macht des Mannes, dachte sie. Misstrauen, kontrollieren, verdächtigen, bespitzeln, verfolgen, einschüchtern, verurteilen. Und diesen Hampelmann von Major brauchte er dafür. Was von dem, das sie bisher geglaubt hatte, konnte nun noch wahr sein und richtig und gut? Aber sie beschloss, dass der Spruch: Wo wir nicht sind, sind die anderen, immer noch gelten müsse, nun erst recht. Und sie stellte sich vor, wie der Major, die Arme und Beine zusammenschlagend, vor den Aktenregalen hin und her sprang. Und zu den Tönen von Paperback writer sang sie laut Hampelmann Strampelmann, armer Gesell, immer wieder, bis sie wusste und ein für alle Mal beschloss, ihn lächerlich und die ganze Sache dumm und banal zu finden, kein Grund, sich zu fürchten. Da wagte sich auch ein Grinsen wieder auf ihr Gesicht, und der Plattenverkäufer lachte und sagte, nun wäre es gut, nun könne sie wieder gehen, und er steckte ihr die Platte, eine der wenigen, die er noch aus Prag mitgebracht hatte, in eine der raren großen Papiertüten, damit niemand sehen konnte, was sie trug.

In der Redaktion warteten schon der Feuilletonredakteur und die Fotografin auf sie, und natürlich erzählte sie den beiden ganz genau, was ihr passiert war, und sie meinte auf ihren Gesichtern ein verwundertes, wenn nicht verständnisloses Staunen zu sehen. Jedenfalls erfuhr der Major von ihnen beiden schon wenig später, dass das Mädchen ohnehin ungeeignet war für diese Arbeit, weil es nicht schweigen könne. Das machte ihm und ihr die ganze Sache einfacher.

Geschah es zufällig oder hatte sie es bisher nur nicht wahrgenommen, von nun an jedenfalls begegnete sie dem Major und seinen Leuten immer wieder. Sie wunderte sich nicht mehr darüber, wenn ein Redakteur vorschlug, einen Artikel über einen eigentlich doch völlig nichtssagenden Menschen zu schreiben, und der Chef auch noch zustimmte. Und sie hatte auch kein Mitleid mit der jungen Volontärin, die sich, völlig betrunken, bei der Frauentagsfeier der Redaktion in einem alten Schloss an das geöffnete Korridorfenster im dritten Stock stellte und hysterisch schreiend drohte, sich in die Tiefe zu stürzen, weil der Major sie nicht in Ruhe ließ. Und sie wolle sich auch nicht als Kundschafterin irgendwohin schicken lassen. Aber sofort kamen aus dem Saal, in dem die Frauen die Musik überkreischten und schon trunken den wenigen Männern laut lachend ordinäre Witze erzählten, einige herausgestürzt, auch die Fotografin war dabei, und zerrten die Volontärin vom Fensterbrett herunter und brachten sie aus dem Schloss.

Sie war dann, hieß es, eine Weile in einer Nervenklinik, in der Redaktion tauchte sie nie wieder auf, auch beim Studium traf sie sie nicht wieder.

Weshalb, dachte das Mädchen, sagte sie dem Major nicht einfach, dass sie nicht für ihn arbeiten will, sich nicht eignet für diese Sache? Bei ihr war es doch auch gegangen.

Am meisten empörte sich die Fotografin über diesen Vorfall. Sie hatte dem Mädchen einmal in einer merkwürdig intimen Situation anvertraut, dass sie sich nichts sehnlicher wünsche, als auch zu einem Einsatz ins Land des Feindes geschickt zu werden. Aber daraus wurde dann nichts, weil die Genossen gerade noch rechtzeitig merkten, dass sie Frauen liebte, auf wen hätte man sie also ansetzen können als Kundschafterin, die feministische Szene war für den Kampf gegen den Klassenfeind und für das Menschheitsglück offenbar völlig nebensächlich, ja lächerlich gar, sagte man ihr. Aber diese kleine Volontärin hatten sie für brauchbar befunden, ätzte die Fotografin, obwohl sie dem Major doch in ihrem Bericht über sie offenbart hatte, dass die in dem Zimmer, das ihr die Redaktion vermittelt hatte, offenbar Sexorgien veranstaltet, jedenfalls mehrere Männer zugleich empfängt.

Das Mädchen wunderte sich auch nicht, als der Mann und die Frau ihr, kurz bevor sie aus deren Wohnung wegziehen würde zum Studium in eine fremde Stadt, ankündigten, dass ein Mitarbeiter des Majors bei ihnen vorbeikäme und sie auch da sein müsse, weil sie noch bei ihnen angemeldet bleiben musste. Sie wollten das Zimmer des Mädchens, das sie ja nun wohl nicht mehr brauchen würde, ab und zu dem Major geben, damit er sich hier unbemerkt mit jemandem treffen könne. Der Mann war stolz darauf, dass die Genossen ihm so vertrauten, und der Frau war es recht, weil sie schon gefürchtet hatte, dass sie die Wohnung, die mit dem Auszug des Mädchens nun ja eigentlich zu groß für die beiden war, hätten hergeben müssen. Und sie flehte ihre Tochter an, sich bloß nicht querzustellen. Das Mädchen versuchte noch, sich davor zu drücken, und war bei den vereinbarten Terminen plötzlich verhindert, aber der Mann durchschaute sie natürlich und bestellte den geheimen Mitarbeiter zum Mittagessen am Sonntag, Schweinebraten mit Sauerkraut, und nach dem Pflaumenkompott unterschrieben sie dann den Vordruck, der den Major berechtigte, das einstige Zimmer des Mädchens zu nutzen, und natürlich dürften sie niemandem davon erzählen. Feierlich händigte der Mann dem Mitarbeiter die Wohnungsschlüssel aus.

Hätte sich das Mädchen nicht weigern müssen zu unterschreiben? Geheime Treffen in ihrem alten Zimmer, der Mitarbeiter auf ihrer Bettliege sitzend, sein Informant auf dem einzigen gepolsterten Stuhl vor dem niedrigen Tisch, an dem sie geschrieben hatte und nun der Geheime notierte, was sein Gegenüber ihm verriet? Aber der kleine Raum in der Neubauwohnung war ihr nie eine wirkliche Behausung gewesen, obwohl es das erste Zimmer war, durch das der Mann und die Frau nicht einfach hindurchgehen konnten, um in von ihnen bewohnte Räume zu kommen.

Der Mann hatte, ohne ihren Widerspruch zu dulden, die Wände mit einer wilden Ornamenttapete beklebt, auf der man weder Bilder noch Plakate anbringen konnte, ohne verrückt zu werden, und die Frau hatte an die einzige lange Wand ihren mächtigen alten Wäscheschrank gestellt, für den sie sonst keinen Platz gefunden hatte in der kleineren Wohnung, voll mit Bettwäsche, Handtüchern, Gardinen, Wolle, Taschen, Decken, und natürlich hatte sie so auch immer wieder mal einen Grund, das Zimmer des Mädchens jederzeit betreten zu müssen. Sie verstand nicht, was das Mädchen an dem gewaltigen Schrank aus glattem, hellem Buchenholz so störte, und eines Sonnabends, das Mädchen war in der Schule, hatte sie ihren Kollegen gebeten, das eigentlich schöne, rosaschimmernde Holz mit einem Rollpinsel ockergefleckt zu übermalen, manche Toilettenwände hatten so einen Anstrich.

Es sollte eine Überraschung für dich werden, sagte sie, verstört über die Reaktion des Mädchens, sie habe es doch nur gut gemeint.

Selbst ihre Bücher an der einzig verbliebenen freien Wand, sie hatte dafür in ihrem Lehrbetrieb Leiterregale zusammengeschweißt und sich die nötigen Bretter dafür besorgt im Tausch gegen von ihr passend gefertigte blecherne Aschekästen für die Öfen, die man sonst nirgends bekam, konnten ihr Fremdsein in diesem Raum nicht lindern. Immer war sie wie zum Sprung angespannt in dieser Neubauzelle, nicht ein einziges Mal hat sie auf einem der beiden viel zu hohen Stühle gesessen, denn nicht einmal schreiben konnte man auf ihnen an dem niedrigen Tisch, einzig die kleine als Bett dienende Liege war dazu geeignet. Das Zimmer war nie ein Raum für sie geworden, der sie wohltuend umhüllte.

So war ihr das Ansinnen des Majors auch schon egal, irgendwie, fand sie, passte das Ganze in dieses Zimmer, wahrscheinlich war es das Einzige, was man darin gut machen konnte, und im Übrigen fand sie das alles eher albern und banal. Ihre gepackten Sachen standen schon bereit, in wenigen Tagen würde sie wegziehen in die große Stadt zum Studieren und nur sehr selten noch hierher zum kurzen Besuch kommen. Auch tat ihr die Frau leid, sie litt schon jetzt sehr darunter, dass das Mädchen die Wohnung verließ, wie hätte sie ihr antun können, sie ganz zu verlieren, denn der Mann hatte schon gedroht damit, wenn sie nicht unterschriebe, würden er und die Frau jeden Kontakt zu ihr abbrechen. Und fürchtete sie nicht auch, dass sich dann doch noch irgendein Grund finden würde, ihr das Studium zu verweigern?

Der Major sorgte dafür, dass der Mann und die Frau ein Telefon bekamen. Damit die Leute im Haus sich nicht wunderten darüber, denn niemand sonst hatte einen Anschluss, erzählte die Frau allen, sie müsse immer erreichbar sein, sie sei im Katastrophenschutz der Post und verantwortlich dafür, den Leuten im Stab Semmeln zu schmieren und Kaffee zu kochen, wenn es ernst würde, das wäre ja auch wichtig. Die Leute grinsten und dachten sich ihren Teil, aber dann waren sie auch ganz froh, dass man nun nebenan jemanden hatte, bei dem man telefonieren konnte, wenn sie dabei auch nur das Nötigste besprachen, denn nicht nur der Mann und die Frau in der hellhörigen Wohnung hörten alles mit, womöglich waren ja auch noch andere in der Leitung.

Der Major kündigte sich telefonisch immer rechtzeitig bei ihnen an, wenn er in das Zimmer wollte, und der Mann und die Frau hatten dann schon in dem Wohnzimmer hinter der nur schlecht schließenden Milchglasschiebetür zu sitzen und durften keinesfalls an die Wohnungstür gehen, wenn der Major, damit sie wüssten, er wäre nun da, kurz klingelte und sie dann selbst mit seinem Schlüssel öffnete. Kurz nach ihm klingelte es erneut und der Major ließ den herein, mit dem er reden wollte. Er hatte nicht verlangt, dass die beiden die Wohnung verlassen müssten, wenn er komme. Wie hätte das auch verdächtig ausgesehen, wenn die alte Frau und der kriegsversehrte Mann humpelnd bei Wind und Wetter gemeinsam um die Häuser des Neubauviertels gezogen wären, bis der Major wieder verschwunden war.

Lange vor dem Termin saßen der Mann und die Frau dann schon in ihren Sesseln, den Fernsehapparat demonstrativ sehr laut gestellt, damit der Geheime wusste, niemals würden sie lauschen. Nach genau einer Viertelstunde stellte die Frau dann das längst sorgfältig vorbereitete Essen vor die Tür des Mädchenzimmers, belegte Semmeln, selber gebackenen Kuchen, die Thermoskanne mit Kaffee, Sahne, zwei Tassen, Teller, klopfte an die Tür und ging schnell wieder zurück ins Wohnzimmer. Dann holte der Major das Tablett hinein und die Frau war sicher, dass er sie spät am Abend noch anrufen würde und ihr für das gute Essen danke sagen. Er komme gern zu ihnen. Die Frau freute sich, denn es lobte sie ja sonst kaum jemand.

Wenn nur nicht die einzige Toilette gleich neben dem nun geheimen Zimmer gewesen wäre und natürlich die Frau ausgerechnet jetzt unbedingt schon wieder pinkeln musste, obwohl sie doch, wie sie dem Mann, der außer sich war vor Empörung, unter Tränen versicherte, vor dem Termin auf dem Klo gewesen war, so wie er ihr immer wieder eingeschärft hatte. Sie rutschte jammernd auf ihrem Stuhl hin und her, der Mann ganz rot im Gesicht von in sich hineingepresster Wut, denn er konnte ja nicht einmal schreien, jedes laute Wort wäre bis in die geheime Beratung gedrungen. Als die Frau es nicht mehr aushielt, schlich sie dann doch an der Milchglasscheibe vorbei, hinter der sich die Gestalt des Mitarbeiters und seines Informanten dunkel abzeichnete, erleichterte sich, aber, hatte der Mann ihr eingeschärft, spüle wenigstens nicht, damit es nicht zu hören ist. Künftig hatte die Frau dann für solche Fälle immer einen Eimer ins Wohnzimmer gestellt, auf den sie sich hockte, wenn sie musste.

Dem Mädchen schien es, solche Besuche seien nicht ungewöhnlich. Als ein Freund ihr einmal sagte, sie müssten jetzt noch eine Weile im Auto durch den dunklen Regen herumfahren, er könne noch nicht mit ihr in seine Wohnung, da säße der Major mit irgendjemandem, wunderte sie sich nicht und erzählte ihm grinsend, wie die Frau immer den Wassereimer bereitstellt, wenn er sich bei ihnen ankündigte. Was sie wohl machen, wenn sie Durchfall haben, überlegten sie und konnten kaum aufhören zu lachen.

War es kurze Zeit darauf, dass der geheime Mitarbeiter seine Treffen bei dem Mann und der Frau aufgab? Aber das Telefon und die große Wohnung konnten sie behalten. Die Frau war froh darüber, dass der Geheime nicht mehr kam, und machte das Zimmer des Mädchens zu ihrer Nähstube, endlich hatte sie einen Ort, an dem sie ungestört von dem Mann allein sein konnte. Und ihr Nähzeug war ja ohnehin schon in dem Schrank. Nur der Mann grübelte, womit er seine Genossen wohl verärgert hatte.

VI

Der Feuilletonredakteur hatte sie gewarnt davor, zu viel zu erwarten von ihrem Studium. Schreiben könne man sowieso nicht lernen. Und für die Praxis taugte das nichts. Aber sie hatte schon gemerkt, dass alle, die wie er aus Betrieben gekommen waren und nun die Stimme der Arbeiterklasse in den Redaktionen sein sollten, argwöhnisch auf jene sahen, die studiert hatten und nun darauf bestanden, mehr zu wissen als sie. Es war ihr egal, sie freute sich nur darauf, in der großen Stadt leben zu können, endlich frei von dem Mann und der Frau.

Sie hatte nur kurze Zeit in dem Internat wohnen müssen mit drei anderen Mädchen im Zimmer, eiserne Doppelstockbetten, jeder einen Schrank und ein Stuhl für den einzigen Tisch. Gekocht und gegessen wurde in der gemeinsamen Küche, natürlich war man auch beim Waschen und Duschen nie allein. Immer war jemand um sie herum und wollte reden. Sie wusste schnell, sie musste hier weg.

Sie hatte die alte Frau zufällig gefunden, eine Freundin wohnte im Nachbarhaus und wusste, dass sie jemanden suchte, der ihr half. Sie ging zu ihr und die alte Frau ließ sie reden, fragte nur wenig und hörte ihr zu. Dann sagte sie, sie könne bleiben, weil sie nicht dieses schreckliche Sächsisch spreche. Ob ihr auch schon mal aufgefallen sei, dass die in ihrer Jugend ja ganz hübschen Frauen hier sehr bald hässlich würden. Das liege daran, dass ihr Unterkiefer sich verforme und vorstünde wegen dieser ordinären Sprache. Das Mädchen blickte erstaunt, wusste aber wohl, dass es jetzt nicht lachen durfte.

Die Alte wohnte ganz allein in dem großen unteren Geschoss mit den vielen Zimmern, in der Wohnung darüber hatte sie die Frau einquartiert, die ihr bei den Hausarbeiten half. Die, sagte sie, sei etwas einfältig, man müsse ihr alles genau erklären, was sie tun solle und immer aufpassen, ob sie es auch richtig mache. Um ihr mal etwas Gutes zu tun, hatte sie sie gerade zum Essen in ihr Restaurant eingeladen, in das sie häufig ging und in dem man sie immer wie eine Dame behandele. Aber nie wieder würde sie das tun, man blamiere sich nur mit ihr, sie könne ja noch nicht einmal richtig mit Messer und Gabel essen und sie habe sie ständig energisch ermahnen müssen, das Messer nicht abzulecken. Sie hatte noch einen Studenten fürs Grobe, er musste Holz hacken, Kohlen in den Keller schaufeln und die Eimer zum Anheizen füllen und in den Hausflur stellen, im Winter Schnee schieben und ab und an mal etwas reparieren.

Und nun also das Mädchen, die in ein großes, schönes Zimmer ziehen durfte mit einem rehbraunen antiken Schreibsekretär. Dafür musste das Mädchen, sobald es etwas kälter wurde, und die Alte fror auch an kühlen Sommertagen, jeden Morgen sehr früh die Öfen der alten Frau in deren Zimmern anheizen, damit sie ins Warme kam, wenn sie aufstand. Sie fluchte oft darüber, denn sie musste deshalb, egal wann sie nachts zum Schlafen gekommen war, jeden Morgen um sechs Uhr aus dem Bett. Und im Sommer hatte sie ihren Garten zu pflegen. Die Alte saß dann in einem Korbstuhl auf der leicht erhöhten Terrasse und beobachtete sie. Da ist noch Unkraut, dort etwas tiefer graben, das muss abgeschnitten werden, und jetzt noch alles gießen, gib dir Mühe, sei nicht so lustlos. Fehlt nur noch die Peitsche in ihrer Hand, dachte das Mädchen.

Aber am schlimmsten war, wenn der Alten der Sinn danach stand, zu reden, und das Mädchen keine Ausrede fand, sich dem zu entziehen. Sie musste mit ihr Tee trinken und trockene Kekse dazu essen, nicht ohne beides ständig zu rühmen. Das Mädchen musste nur zuhören, ab und zu nicken, staunen oder lachen. Es war sehr anstrengend, dabei wegzuhören und nicht einzuschlafen, zumal sie tief und weich in einem der antiken Ohrensessel saß. Alle Möbel in ihrem Haus stammten aus dem alten Besitz. Gewiss hatten sie dort ihren Platz gehabt, die kleineren und niedrigeren Räume hier aber verstopften sie mit einer kaum zu ertragenden plüschigen und staubigen, dunklen Enge. Schon nach kurzer Zeit kannte das Mädchen alle Geschichten der Alten, die mit ihrem Mann im Osten ein großes Gut besessen hatte. Und sie hatte sich die Fotos angesehen von ihrem Schloss, ihren Festen und ihr, hoch zu Ross mit einer Pferdepeitsche in der Hand, auf ihren Feldern, unter sich am Boden die Landarbeiter.

Wenn man die nicht hart rannahm und beaufsichtigte, wurde nichts, sagte sie, die hätten ja viel lieber nur faul rumgesessen.

Ihr Mann war dann auf der Flucht vor den Russen ums Leben gekommen, sie hatte es in das Haus ihrer Eltern hier in der Stadt geschafft und lebte nun von den Einnahmen aus anderen Mietshäusern, die sie besaß. Wahrscheinlich verkaufte sie auch ab und zu eine Antiquität, aber in dem völlig überladenen Raum fiel es nicht auf, wenn mal etwas verschwand. Eigentlich interessierte sich das Mädchen nur für ihre alten Bücher, und morgens, wenn sie allein und frierend und müde vor den Öfen darauf wartete, dass die feuchten, qualmenden Briketts endlich Feuer fingen, nahm sie eines in die Hand und las begierig in ihnen, Rilke, Nietzsche, Schopenhauer, Hesse, noch nie hatte sie so etwas Schönes gelesen. Aber ehe sie sich in den ungewohnten Worten verlor, hörte sie die alte Frau aufstehen und näherkommen. Und schnell stellte sie die Bücher zurück. Die Alte verborgte sie ihr nicht, hatte ihr aber angekündigt, dass sie in ihrem Testament festlegen würde, dass das Mädchen ihre Bibliothek erben sollte. Obwohl sie sich schon frage, ob sie die Bücher verstehen würde, sie sei ja doch nur mit schlechter Literatur aufgewachsen. Aber vielleicht würden ihr die Bücher dann ja auch die Augen öffnen darüber, wie geistlos das System ist, das sie verherrliche.

Die Bücher bekam sie dann doch nicht.

Die Alte hatte lange im Krankenhaus gelegen und sollte nach Ostern entlassen werden. Bevor das Mädchen an den Feiertagen wegfuhr, räumte sie deshalb alles, was sie sich aus deren Zimmer geholt hatte, wieder zurück an ihren alten Platz, Nietzsche, Rilke, Hesse, Schopenhauer, Kristallgläser, Leuchter, Lehnstuhl. Nur zwei kostbare Weingläser, aus denen sie am Abend zuvor noch mit einem Freund getrunken hatte, vergaß sie und blieben ihr. Die warf viele Jahre später ein betrunkener Dichter voller Wut auf sein Leben an die Wand.

Als das Mädchen am letzten Ostertag zurückkam in das Haus, waren alle Zimmer der Alten versiegelt. Sie war nun doch ganz plötzlich gestorben. Und noch während der Feiertage hatte man alles Wertvolle aus ihrer Wohnung weggebracht, flüsterte die Putzfrau und blickte sich ängstlich um, als sie davon erzählte.

Auch die Bücher?

Auch die Bücher.

Wer macht denn so was, dachte das Mädchen, und wieso wusste jemand, was die Alte für Schätze besaß?

Am Tag ihrer Beerdigung schien nach einem langen Winter zum ersten Mal eine warme Frühlingssonne, die Vögel sangen und ein sanfter, milder Wind begleitete sie auf dem langen Weg von der Friedhofshalle zur Grabstätte. Nur ihre drei Haussklaven liefen hinter dem angestellten Bestatter her, der die Urne trug, ein einstmals seidig glänzendes, nun aber schäbig und fleckig gewordenes Tuch mit schmutziggelben Troddeln darüber gelegt. Er schlurfte beim Gehen, seine Uniform war zerknittert und abgenutzt, das Jackett frisch bekleckert, vielleicht hatte er auch getrunken. An dem Erdloch für die Urne jedenfalls öffnete er plötzlich den Deckel der Urne, hielt sie der Putzfrau der Alten vor das Gesicht und forderte sie auf, sich zu überzeugen, dass das die Frau sei. Die Putzfrau schaute pflichtbewusst hinein, stierte in die Asche und nickte. Da mussten das Mädchen und der Student erst einmal hinter die Sträucher eines Nachbargrabes springen, um zu lachen und sich den Mund zuzuhalten. Der Bestatter wartete, ohne eine Miene zu verziehen, bis sie wieder da waren, und senkte dann die Urne in das kleine Loch, die Tulpen, die das Mädchen mitgebracht hatte, stopfte er hinterher.

Auf dem Weg zurück erzählte die Putzfrau, dass sie nicht glaube, dass die Alte zwar ein Testament aufgesetzt, aber nicht unterschrieben habe, wie ihr die Männer sagten, die die Möbel und alles andere Wertvolle auf einen Lkw verluden. Die Alte hatte ihr das Testament im Krankenhaus doch selbst gezeigt.

Das waren bestimmt die Geheimen, flüsterte sie.

Aber das Mädchen mochte das nicht glauben, was sollen denn die mit alten Möbeln und Porzellan und Büchern, meinte sie, nur um die Bücher tat es ihr wirklich leid.

Für die Alte empfand sie nichts.

Das Mädchen hatte alle erlernten Urteile über den hochmütigen und nun zu Recht untergehenden Adel bei ihr bestätigt gefunden und deshalb in den Gesprächen mit ihr immer verteidigt, was sie längst selbst kaum noch ertrug. Die Alte durfte und konnte nicht recht haben. Denn, so lernte sie auch in ihrem Studium, nur eine der guten Sache dienende Wahrheit war die rechte und also wahr. Immer musste gefragt werden, wem nutzt das. Und nur, was denen auf der rechten Seite diente, konnte wahr sein und also gesagt oder geschrieben werden. Alles andere gelogen, unerheblich, irregeleitet, verdächtig, feindlich, verdorben, demagogisch, hetzerisch, schädlich, unnütz eben. Die Wahrheit war immer auf ihrer Seite, und sie sollten lernen, sie zu verkünden und die rechten Worte dafür zu haben.

Schon bald wusste das Mädchen, dass sie diese Arbeit nicht würde machen wollen. Sie hatte hier schnell und endgültig ihre Hoffnung verloren, einerseits-andererseits sagen zu können, sowohl-als-auch, für-und wider, vielleicht, aber oder gar nein. Kein Zweifel oder Widerspruch schaffte es in die Zeitung. Aber sie wusste auch, dass sie unmöglich dieses Studium einfach abbrechen und etwas Neues anfangen konnte, ohne dass der Mann mit seinen Genossen sie zerstören würde wie einen Feind, einen Verräter gar. Schließlich war das, wofür man sie ausbildete, nicht irgendein Beruf, sondern eine Mission, eine historische Mission zumal. Sie hätte auch gar nicht gewusst, was sie stattdessen machen sollte. Und sie litt auch nicht sehr. Sie war in der wohl einzigen Seminargruppe des Studienjahres gelandet, in der man einander nicht in seinem bedingungslosen und fanatischen Glauben an die Sache überbieten musste. Die wenigen, die es versuchten, waren so dumm, dass die anderen sie verlachten, selbst die Dozenten grinsten oft verlegen, wenn sie etwas sagten. Natürlich brachten sie es trotzdem weit, die Partei des Mannes holte sie zum Agitieren und Propagieren unserer Menschen in ihren Apparat oder sie durften an der Universität bleiben und lehren, was auch immer.

Damit sie lernten, jemanden zu überzeugen, schickte man die Studenten immer bei irgendwelchen Wahlen zu den Leuten, die bis Mittag noch nicht ihre Stimmzettel gefaltet und abgegeben hatten, damit sie mit ihnen diskutierten, falls die etwa die Absicht hätten, nicht an die Wahlurnen zu treten. Die meisten, die nicht wählen wollten, wussten das und waren deshalb nicht zu Hause, machten einen Ausflug oder waren in ihrem Garten oder im Tierpark. Aber der Mann, zu dem sie gehen sollte, war da. Er wohnte in einem der Neubauten am Rande der Stadt, die einander so ähnelten, dass man sich zwischen ihnen verlief. Und auch sie hatte lange gebraucht, ehe sie die richtige Nummer gefunden hatte. Sie musste bis in den fünften Stock laufen und atemlos noch stand sie vor der Tür, der alte Mann hatte wohl schon gewartet auf sie, denn beim ersten Klingeln öffnete er.

Komm rein, Mädchen, sagte er und versuchte, seinen abgetragenen Bademantel über der Trainingshose zu schließen, aber der Bindegürtel war ihm aus den abgerissenen Schlaufen gefallen und lag wohl irgendwo in der kleinen Wohnung, die völlig vollgestellt war mit alten Möbeln. Es roch sehr merkwürdig hier, und das Mädchen meinte, dass es von dem alten Essen herzog, das überall herumstand. Sie war froh, dass der Alte sagte, man säße besser auf dem Balkon, und sie zwängte sich hinter ihm her durch die schmale Balkontür. Doch nun erst recht schlug ihr ein Gestank entgegen, den sie noch nie gerochen hatte. Der Alte hatte sich schon auf die kleine, schmale Gartenbank neben der Tür gesetzt, daneben war gerade noch Platz für sie, vor ihnen ein Tisch, auf dem schon eine Flasche Schnaps und zwei Gläser standen.

Setz dich, Mädchen, sagte der Alte und goss ihnen sofort ein. Prost, Mädchen.

Sie hatte den Korn, sich innerlich schüttelnd, gerade heruntergekippt, als es neben ihr in dem Holzverschlag, der die restliche Fläche des Balkons fast vollständig ausfüllte, zu quieken, grunzen und rappeln begann.

Musst nicht erschrecken, sagte der Alte, das ist Lisa, mein Schwein. Er wohne erst seit wenigen Wochen hier, sein altes Haus war inzwischen wohl schon von der Kohlengrube gefressen worden. Er war der Letzte gewesen, der das Dorf verlassen hatte. Sie hätten ihn sonst einfach weggeschafft. Er ist dann aber doch selbst gegangen, nachdem er in der Nacht plötzlich von Gewehrschüssen aufwachte, jetzt ist auch noch Krieg, habe er gedacht. Aber es war nur die Kampfgruppe, die in den verlassenen Grundstücken den Häuserkampf übte. Zum Schluss habe er Lisa mitgenommen, die war sein letztes Ferkelchen. Alle anderen Tiere hatte er schon geschlachtet.

Sie hätten auch kein Geld bekommen für ihre Häuser. Nur eine Entschädigung hätten sie ihnen angeboten, wenn sie in den letzten zehn Jahren in ihren Häusern etwas neu gebaut hatten. Aber da wussten sie doch längst, dass sie abgebaggert würden, und hatten nichts mehr reingesteckt in die alten Buden. Sie bekamen irgendwelche Wohnungen in den Neubauten zugewiesen, wer die nicht wollte, musste sich selber kümmern. Ihm war dann schon alles egal, seine Frau war gestorben, also stand ihm nur eine kleine Wohnung zu, wenigstens mit Balkon und ganz oben hatte er verlangt, damit er den Himmel über sich sah. Erst habe es niemand gemerkt, dass Lisa mit ihm in der Wohnung lebte, aber so ein Schwein wächst schnell, und also musste er ihr den Stall auf dem Balkon bauen. Inzwischen regten sich alle im Haus auf und verlangten, dass er das Schwein schlachten oder es in einen großen LPG-Stall bringen solle, sonst würden sie dafür sorgen, dass er hier rausfliege.

Lachhaft, sagte der Alte, wie soll man denn in diesen Käfigküchen ein Schwein schlachten. Und weggeben würde er es niemals. Lisa tat doch niemandem etwas, na gut, sie stank etwas, sie stank eben zum Himmel. Aber für den Alten war das Schwein das Letzte aus seinem gewohnten Leben, in das neue würde er sich nie fügen, er wolle sich hier zu Tode saufen, sagte er.

Das Mädchen sei die Erste, die hier mit ihm auf der alten Bank sitze. Die anderen aus dem Dorf wohnten auch alle irgendwo in diesen Häusern, aber sie besuchten einander nicht. Wozu auch, sagte der Alte, fängt sowieso nur jeder zu heulen an. Ja früher, da hätten sie am Abend immer bei irgendwem vor dem Haus auf der Bank gesessen und ein Bier oder Schnaps getrunken oder einfach mal über den Gartenzaun geredet miteinander. Und zu tun hatte er immer, die Tiere füttern, Gras machen, Äpfel pflücken. Ach, schön wars. Aber was soll er hier schon noch tun mit sich.

Und was solle sie denn nun tun, fragte das Mädchen irritiert und inzwischen längst nicht mehr klar im Kopf. Was solle sie denen im Wahlbüro denn von ihm sagen.

Ist doch ganz einfach, sagte der Alte, meine Stimme für die Kandidaten der Nationalen Front gegen das Leben von Lisa. Mein Schwein oder die.

Sie wusste, dass die Genossen des Mannes immer vor den Wahlen zu den merkwürdigsten Zugeständnissen bereit waren, wenn jemand damit drohte, nicht wählen zu gehen, um melden zu können, dass es in ihrem Revier keine Abweichler gebe. Aber das hier, das war zu verrückt, dachte sie. Und obwohl sich schon alles um sie herum drehte, griff sie zur Flasche und goss sich ein, und sie tranken schweigend auf dem Balkon, bis es dunkel wurde und der Mond aufging. Neben ihnen grunzte Lisa und stank.

Der Alte sah zum Himmel, nicht mal Sterne gibt's in dieser Scheißstadt, selbst die verschluckt sie einfach. Wenn sie mir mein Schwein wegnehmen, stürze ich mich hier runter, sagte er, als das Mädchen schließlich irgendwann schwankend aufstand und gehen wollte. Im Zimmer war alles dunkel, nur die Senderskala im Radio leuchtete grün, und sie tastete sich unsicher und immer wieder an die Möbel stoßend zur Tür.

Der Alte blieb bei seinem Schwein sitzen und goss sich den restlichen Schnaps ins Glas.

Die Wahllokale hatten längst geschlossen und erst am nächsten Tag erzählte sie den Genossen dort mit schmerzendem Kopf, dass sie den Mann nicht angetroffen habe.

Sie hat dann immer mal in den Todesnachrichten der Zeitung gesucht, aber seinen Namen nicht gefunden. Sie hätte gern über den Alten ihr Porträt geschrieben, das sie im Studium abzuliefern hatte, aber sie wusste natürlich, dass das nicht geht, und hat dann doch lieber gleich ihre alte Pionierleiterin porträtiert.

Sie hatte wie immer beschlossen, das Beste für sich aus der Zeit zu machen. Mit ihren Freunden hatten sie schon bald ein System entwickelt, sich gegenseitig zu helfen und freie Zeit zu verschaffen. Sie trugen einander in die Anwesenheitslisten ein, wenn jemand schwänzte, denn in diesem roten Kloster, wie es genannt wurde, hatte man zu jeder Vorlesung zu erscheinen. Wer dreimal unentschuldigt fehlte oder etwa den Termin verschlampte, sich nach der zweijährigen Probezeit rechtzeitig um die Aufnahme in die Partei zu kümmern, kam vor das Tribunal aller Genossenstudenten.

Der zu Verurteilende stand ganz allein im großen Hörsaal vorn vor allen Studenten und eine Welle aus Schimpf und Schande und Verrat schlug ihm entgegen, einer übertraf den anderen. Hatte man nicht immer schon gewusst, so oft schon gewarnt, unwürdig hier zu studieren, Arbeiterklasse enttäuscht, Partei hintergangen, Klassenfeind in die Hände spielen, welche Musik er hört, immer diese Feten und das Saufen, blöde Witze erzählt, politische auch, niemals an der Spitze des Kollektivs, nicht mal mittendrin, was waren die Eltern doch gleich, was liest er gerade, nicht zu rechtfertigen das alles. Rausschmeißen am besten.

Ob man glimpflich davonkam, hing davon ab, ob man sich tief genug in den Dreck warf vor ihnen, nur nicht sich selbst verteidigen, nur nicht Entschuldigungen suchen, nichts gab es, was sich rechtfertigen ließe, und ja, sie hätten alle recht, eine Chance nur noch, alles besser machen, nie wieder, verstanden haben.

Wer hier davongejagt wurde, konnte wohl nichts Rechtes mehr werden in diesem Land, fürchtete sie.

Zum ersten Mal erlebte das Mädchen eine solche Hatz auf einen Menschen, und sie war mittendrin, ein Teil davon, einfach weil sie im Raum war. Stundenlang ging es so weiter, manchmal, wenn über mehrere zu Gericht gesessen wurde, dauerten diese Versammlungen bis in die späte Nacht. Mädchen heulten hysterisch, Jungen brach die Stimme weg, einmal rannte ein Mädchen aus dem Saal und wollte sich in dem Treppenhausschacht von ganz hoch oben hinunterstürzen, jemand hat sie gerade noch festhalten können. Dann hat man stabile Metallgitter in jede Etage des Treppenschachtes gezogen, damit niemand mehr ganz tief fallen konnte.

Einmal, ein Freund von ihr stand dort vorn, meldete auch sie sich, und sie sagte so leise, dass nur die ihr nahe Sitzenden sie verstanden und dann die anderen ihre Worte durch den Raum weitertragen mussten, sie schäme sich für diesen Hass, woher er nur käme, wollten sie nicht alle eine menschliche Gesellschaft, wieso hätten sie dann so eine Freude daran, jemanden zu vernichten. Ein Dozent sprang ihr bei, niemand erwiderte etwas und der Freund durfte bleiben.

Weil sie es nicht mehr wagten, einander die Unterschriften zu fälschen, fanden sie einen alten Arzt, der ihnen sofort und so lange sie wollten eine Krankheit bestätigte. Unmöglich, was die mit euch machen, fand er, wenigstens beim Studieren muss man doch frei sein, sowieso bringen die euch nur Mist bei, macht doch sonst was, alles ist besser als das.

Das Mädchen las viel, immerhin hatte die Universität eine gute Bibliothek, vor allem aber gab man sich untereinander Bücher weiter, die nicht in diesem Land erschienen waren. Nächtelang diskutierten sie bei bulgarischem Wein und russischem Wodka darüber, was gute Literatur sei, schwärmten von Filmen und Theaterstücken und stritten darüber, ob und wie in diesem kranken Land unsere Sache noch zu retten wäre. Zum ersten Mal konnte das Mädchen in diesem Studium wirklich an die Quellen der Lehre des Mannes gehen und eine Philosophie entdecken, ohne dass der Mann sie wie sonst immer zuvor durch seine Worte zubereitet hatte, bis sie ihm schmeckten, aber dem Mädchen im Halse stecken blieben.

So also funktionierte der Kapitalismus, und so würde es aussehen, das Menschheitsglück. Ja, schön und gut. Aber sie fürchtete, dass es ein Traum bleiben würde, weil der Mensch sich nie würde mit Wenigem zufriedengeben, wenn er mehr haben könnte, nie würde ihm das Notwendige genügen, ohne das als überflüssig Erklärte auch noch zu wollen. Und nichts stimmte in ihrem Land, wenn man die Menschen zu diesem Glück zwingen musste, und wollten sie es nicht, landeten sie in den Gefängniszellen des Mannes oder andernorts gleich in Lagern der Roten oder Gelben.

Immer beschworen sie einander in diesen nächtlichen Diskussionen, nicht aufzugeben, noch gebe es genügend Leute wie sie und Wo-wir-nicht-sind-sind-die-Anderen. Keiner von ihnen machte später Karriere, manche verschwanden in unwichtigen Redaktionen, andere suchten einen Weg ganz heraus aus der Arbeit oder dem Land. Den intelligentesten hatte ein Freund gefunden, der einen irakischen Studenten in ihrer Seminargruppe betreute, durch das Studium begleitete und ihm helfen sollte, unsere Sprache zu lernen. Sie alle schrieben ihm seine Studienarbeiten, dafür brachte er ihnen von seinen Reisen über die Grenze Whisky, Zigaretten und manchmal Zeitungen mit. Er sprach kaum besser Deutsch, als er zurückging in sein Land, dafür hatte sein Pate bei ihm perfekt Englisch und Persisch gelernt und seine Nachrichtenagentur schickte ihn deshalb sofort nach dem Studium als Korrespondent in den Orient. Er kam nie zurück und half dann noch einem Mädchen aus ihrer Studiengruppe, das aus dem Gefängnis kam, weil es bei ihrer Flucht entdeckt worden war. Sie wurde Zahnärztin, weil sie endlich viel Geld verdienen wollte. Er arbeitete wieder bei einer Zeitung mit sehr großen Buchstaben, aber er hatte ja das Handwerk gelernt und das unterschied sich nicht so sehr, hier wie dort, nur die Ideologie dahinter war eine andere.

Als das Mädchen diesen Beruf studierte, wusste jeder, dass man dem, was in der Zeitung geschrieben stand, nicht trauen konnte. Alle machten sich ein Spiel daraus, zwischen den Zeilen zu lesen, herauszufinden, was eigentlich dahinterstand. Keiner glaubte den Worten, die er las, und höhnte nur darüber. Und selbst die dem Mann treuest ergebenen Schreiber dieser Artikel wussten das und hatten sich damit abgefunden. So war die Sache mit der Wahrheit klar zwischen Leser und Journalist.

Umso mehr wunderte ich mich, als, nachdem es den Mann und sein Land nicht mehr gab, plötzlich alle bedingungslos zu glauben verlangten, was sie in den neuen Zeitungen lasen. Und dass die Journalisten immer wieder sagten, was wir schreiben, ist wahr und objektiv. Ihr könnt uns trauen, glaubt uns. Viele fanden ihre eigenen Wahrheiten dann doch nicht in deren Worten wieder. (Ohnehin glaubt jeder nur das, was er glauben will.) Und natürlich haben auch die Journalisten alle ihre in einem Leben geprägte Gesinnung im Kopf, da muss hindurch, was sie sehen. Immer kann, was sie wahrnehmen, nur ein Moment sein, fünf Meter weiter, fünf Minuten später, fünf andere Leben angeschaut, und alles ist schon wieder anders.

Ihr lügt, sagen die Leute nun wieder. Aber die Journalisten lügen nicht, sagte das Mädchen, sie machen auch nicht einfach Fehler, sie wollen nur ihren Anspruch bewahren, wahr und objektiv zu sein.

Dieser Beruf, weiß ich jetzt, sagte das Mädchen, ist ein ewiges Missverständnis.

Im letzten Studienjahr kamen zwei Männer, beauftragt vom höchsten Komitee der Partei, um ihnen ihre Redaktionen zuzuweisen, in denen sie nach dem Studium arbeiten würden. Das Mädchen wusste schon, sie musste zurück in die Stadt, aus der sie gekommen war. Die Zeitung dort wollte sie zurückhaben, nichts konnte sie tun dagegen. Was sie nur wolle, sagte der jüngere der beiden mit der scharfen Stimme, die Genossen dort brauchten sie. Er könne sie freilich auch in eine kleine Redaktion nach Mecklenburg schicken. Und der ältere der beiden meinte besänftigend, sie werde schon damit zurechtkommen.

Sie hatte bereits den Arbeitsvertrag mit der Redaktion unterschrieben, als sie ein paar Monate vor dem Ende des Studiums einem Mann begegnete und sie sich beide sofort sicher waren, dass sie nicht mehr ohne einander sein konnten.

Sie gebe sich auf, sagte der Feuilletonredakteur zu ihr, aber was verstand der schon davon. Sie hatte nicht gewusst, wie nahe man einem anderen Menschen kommen kann, so völlig ohne sich zu schonen oder etwas von sich zurückzuhalten.

Jetzt war alles ganz einfach, sie würden in seiner Stadt miteinander leben. Das Mädchen fand eine Arbeit dort, und sie schrieb an ihre alte Zeitung, in der man schon auf sie wartete, dass sie nicht komme.

Es waren die letzten langen Ferien nach dem Studium, und sie beide hatten in einem Dorf zusammen ein winziges Zimmer über der Kneipe gefunden. Die Wirtin, eine alte Frau schon, freute sich daran, den beiden ein Nest bereitet zu haben, und wenn das Mädchen spät am Vormittag hinunter in die Kneipenküche kam, um für sie zwei ein Frühstück im Bett zu bereiten, sah die Wirtin wohlgefällig das Mädchen mit ihren von der Liebe geröteten Wangen und den strahlenden Augen an. Und sie wies auch die frühen Kneipengäste, LPG-Bauern und Traktoristen, die bei ihr einen Kaffee tranken und sich mit harmlosen Anzüglichkeiten über die beiden ausließen, energisch in die Schranken. Ihr Kerle seid ja bloß neidisch. Aber das Mädchen lächelte nur darüber. Wirklich gab es in dem Zimmer oben nur ein großes Bett, einen Stuhl und eine als Tisch dienende alte Nähmaschine, an der man aber nicht sitzen konnte, weil es zu wenig Platz dafür gab. Doch mehr brauchten sie auch nicht. Das Haus stand auf einem Hang an einem Bachtal, auf der gegenüberliegenden Seite ragten Felsenwände nicht von weichem Sandstein, aber aus kantigem Granit in den Himmel und dazwischen lagen die grünsaftigen Wiesen mit Kräutern, Gräsern, Blumen, und sie liefen gemeinsam an dem mäandernden Bach entlang durch die Dörfer bis zu den nahen Bergen.

Das Mädchen hatte ihr Paradies wiedergefunden und sie wusste, nichts mehr würde sie daraus vertreiben können.

Die Zeitung aus der fernen Stadt hatte ihr immer mal wieder ein Telegramm geschickt und sie zu Gesprächen vorgeladen, sie hatte sie einfach ignoriert. Doch nun, der Sommer ging zu Ende und der

Tag näherte sich, an dem sie ihr alter Arbeitsvertrag zum Kommen verpflichtete, wurden die telegraphisch kurz gehaltenen Worte an sie drohender. Sofort, unverzüglich, nicht bereit, sie habe zu erscheinen, sonst.

Sie fuhr also hin und war ohne Angst, eher neugierig auf das, was kommen würde. Sie ahnte, es würde nicht leicht sein, da herauszukommen, aber nie wieder würde sie dazu so viel Mut haben wie zusammen mit ihrem Liebsten.

Der Personalchef hatte sie begrüßt und noch einmal, furchtsam beinahe, gefragt, ob sie dabei bleiben wolle, ihren Vertrag nicht zu erfüllen, und diesen Arbeitsort, den ihr schließlich die obersten Genossen in der Partei des Mannes zugewiesen hatten, verweigere.

Ja, sagte das Mädchen, so etwas müsse doch möglich sein.

Der Personalchef stöhnte etwas und sah sie empört an, er war wohl auch wütend, dass er ihretwegen so viel Ärger hatte. Er griff zum Telefon und sagte nur kurz hinein, er komme jetzt mit dem Mädchen zur Chefredaktion.

Sie mussten durch das Großraumbüro laufen, in dem alle Redaktionen saßen, zwischen ihnen immer die gleichen Blumenständer mit immer den gleichen völlig geruchlosen Pflanzen, bei denen man sich unwillkürlich fragt, ob sie künstlich sind, und sie deshalb einmal wenigstens berühren muss. Tatsächlich, echt. Die Mitarbeiter verfolgten die beiden auf ihrem langen Weg durch den Raum mit neugierigen und abschätzenden Blicken, was bildete die sich ein, längst wussten alle, dass sie sich weigerte, zu folgen. Manche schauten auch verlegen oder bemüht gleichgültig auf ihren Schreibtisch, aber die meisten erwarteten mit einem kaum unterdrückten Grinsen, dass sie bald heulend zu ihnen hochkommen würde. Ihr fiel auf, dass der Feuilletonredakteur nicht da war, er sei krank, sagte ihr jemand, aber auch die anderen Redaktionschefs fehlten.

Die saßen alle in der Etage darunter im Zimmer des Chefredakteurs an einem langen Tisch, an der Spitze der Chefredakteur, das Mädchen sollte sich ihm gegenüber setzen. Sie sah ihn an und wollte in seinem Gesicht etwas finden, was sie hoffen ließ, dass er sie verstehen, gar helfen würde. Er musste ja noch wissen, dass sie in der Sportschule mit seiner einzigen Tochter befreundet war, ein schönes, schwarzäugiges, zierliches Mädchen, das anmutig die schwierigsten Übungen turnte und es als Einzige von ihnen zu internationalen Wettkämpfen geschafft hatte.

Aber sein Gesicht war völlig verschlossen, hart, böse sogar, beleidigt irgendwie, wie sollte das Mädchen auch wissen, dass seine schöne Tochter sich längst von ihm abgewandt hatte und nicht mehr mit ihm redete, überdrüssig seiner immer gleichen Worte auf ihre Fragen, die er nicht verstand und sich nur damit erklären konnte, dass sie unter dem verderblichen Einfluss ihres falschen Freundes stand. Nicht viel später ist sie mit ihm aus diesem Land geflohen und der Chefredakteur wurde in die Rente geschickt.

Meinte er eigentlich auch seine Tochter, als seine Worte nun auf das Mädchen einschlugen? Immer nur genommen, Arbeiterklasse hat Studium finanziert, nun zurückgeben, rücksichtslos, egoistisch, Vertrauen enttäuschen, parteischädigend, Klassenfeind in die Hände spielen, du-als-Genosse, alles getan für sie, was bilde sie sich ein, wer sie sei, verraten, Ideale, wiedergutmachen, noch eine letzte Chance geben.

Und nachdem der Chefredakteur den Ton vorgegeben hatte, stimmten nun auch alle anderen am Tisch ein und versuchten noch, einander in ihrer Schärfe und Schrillheit zu überbieten. Die Frauenredakteurin konnte überhaupt nicht begreifen, wie man sich einem Mann so an den Hals werfen kann und offenbar gar keinen Stolz als Frau mehr habe, sie hätten ja wohl nicht umsonst jahrzehntelang um die Gleichberechtigung gekämpft, eine Schande, sie. Liebe? Da könne sie ja nur lachen, und überhaupt, zuerst komme die Partei, eine Liebe, die sich damit nicht vereinbaren lässt, ist falsch, unmoralisch, verdächtig sowieso.

Das Mädchen ließ alles über sich ergehen, ohne etwas zu erwidern, erst als alle fertig waren und der Chefredakteur zufrieden mit ihnen, sagte sie, sie verstünde gar nicht, wieso sie sie immer noch als Mitarbeiter haben wollten, unwürdig für ihren hehren Kreis, wie sie offenbar sei. Da wäre es doch gut, wenn sie sie gehen ließen.

Nun wütete der Agitationsleiter, in dessen Redaktion sie kommen sollte, es könne ja wohl nicht jeder einfach eine Entscheidung der höchsten Genossen missachten, die hätten sie hierher zu ihnen geschickt und also habe sie zu folgen. Und im Übrigen würde er aus dem Mädchen schon noch ein tüchtiges parteiliches Wesen machen, da könne sie ganz sicher sein. Schon morgen würde er sie zum Auftakt des Jugendwettbewerbes Höher-schneller-weiter schicken, das wäre doch ein toller Start für sie.

Das Mädchen schwieg, auch weil sie nun doch die aufsteigenden Tränen hinunterwürgen musste. Und der Chefredakteur sagte mit ruhiger, kalter Stimme, sie hätte jetzt zwei Möglichkeiten. Entweder sie ginge die Treppe nach oben in das Großraumbüro, wo schon ihr Schreibtisch stand, und sie finge an zu arbeiten, oder aber sie verließe diesen Raum und ginge die Treppe nach unten, auf die Straße, dann würde sie, da sei er sicher, in der Gosse landen.

Das Mädchen war vor Wut und Entsetzen wieder ganz ruhig geworden, sie stand auf und sagte ohne zu zittern und fast übermütig, weil ihr das einfiel, oh, sie habe in der Schule gelernt, die

Straßen des Sozialismus seien gut, wieso sollten sie denn in die Gosse führen?

Beim Hinausgehen rief ihr der Kaderchef noch hinterher, sie habe ab sofort Hausverbot und was jetzt sonst noch mit ihr passiere, würde sie schon merken.

Sie fühlte sich gut, als sie die lange Treppe zum Ausgang hinunterging. Am Eingang, sah sie, stand rauchend der Freund, den sie beim Studium vor dem Rausschmiss bewahrt hatte, und den man auch zum Arbeiten in diese Redaktion geschickt hatte. Er wartete nicht auf sie, bis sie unten war, sondern lief plötzlich los, und im Vorbeigehen raunte er ihr ohne anzuhalten zu, sie solle ihn sofort anrufen, sie müssten reden.

Sie lief zur nächsten Telefonzelle und sie verabredeten sich in einer winzigen Eisenbahnerkneipe am Bahnhof, in die niemand ging, der, wie die Zeitungsleute, etwas auf sich hielt. Das Mädchen bestellte sich einen Kaffee und einen Cognac und gleich noch einen dazu. Sie brauchte jetzt unbedingt etwas, das ihren Kopf aufräumte. Was war da gerade passiert? Hatte sie wirklich diesem Gericht über sie widerstanden ohne aufzugeben? Und was würden die führenden Genossen der Zeitung nun tun? Aber sie ließ die Angst davor in sich nicht hochsteigen bis zu ihrem Herzen, alles war richtig so, dachte sie, und sie jubelte, dass sie sich aus der unwürdigen Arbeit befreien werde.

Und was sollte ihr schon passieren. Sie gehörte zu dem Jahrgang, für den die Genossen des Mannes beschlossen hatten, dass die Oberschüler das Leben der Arbeiterklasse wahrhaftig kennenlernen sollten, und so mussten sie neben dem Unterricht bis zum Abitur eine Lehre in einem Beruf absolvieren. Eine Woche waren sie im Betrieb, drei in der Schule. Das Mädchen wurde Elektriker. Natürlich war ihnen diese Arbeit lästig, sie mussten sehr früh aufstehen dafür und die richtigen Lehrlinge und Ausbilder verhöhnten sie, feine Pinkel, keine Ahnung, bilden sich sonst was ein, nie würden sie ihr Fach wirklich verstehen können. Und auch die Lehrer in der Oberschule waren wütend, weil sie sie nie unterrichten konnten, ohne dass sie nicht schon nach kurzer Zeit wieder weg waren. Die Genossen des Mannes haben das Experiment tatsächlich bald wieder beendet, aber die damit angefangen hatten, mussten durchhalten bis zum Abitur und erhielten mit dem Zeugnis auch den Facharbeiterbrief. Zum ersten Mal war das Mädchen froh darüber. Sie könnte als Elektriker arbeiten, in der Stadt ihres Liebsten auch. Elektriker suchte man überall.

Sie hatte schon einige Cognac getrunken und grinste nun selig vor sich hin, die Männer in der Kneipe begannen, anzügliche Bemerkungen und Witze zu ihr hinüberzuschicken.

Irgendwann kam der Freund aus der Redaktion herein, er hatte nicht viel Zeit, sich nur davongeschlichen, niemand dürfe wissen, dass er hier sei und sich mit ihr trifft. Der Kaderchef hatte ihm, wohl aus Angst, er könne Ähnliches wie das Mädchen vorhaben, gesagt, was nun mit ihr passieren würde. Sie würden dafür sorgen, dass ihr Diplom aberkannt würde, dann müsste sie natürlich die Studienkosten und Stipendien zurückzahlen, sie erhielte Berufsverbot und im Übrigen würde kein Betrieb dieses Landes ihr Arbeit geben dürfen, denn sie hätte ja einen gültigen Arbeitsvertrag mit der Zeitung, den sie nicht auflösen würden. Also wäre sie asozial, weil sie die Arbeit verweigere, mache sich also strafbar, und was mit solchen Leuten passiere, wüssten ja alle.

Das Mädchen wusste es nicht, aber das war ja nun auch egal. Alles andere war bedrohlich genug. Sie schaute den Freund erschrocken an, meinst du nicht, die bluffen nur, fragte sie ihn.

Nein, meinte er, den Eindruck hätten die nicht gemacht und jetzt müsse er auch sofort zurück, er habe sich nur weggeschlichen und kein Wort davon dürfe sie eigentlich wissen, denn sie hatten ihm verboten, mit ihr darüber zu sprechen. Die machen dich fertig. Die lassen nicht zu, dass jemand seinen Willen gegen sie durchsetzt. Schon aus Prinzip.

Was ist das für ein Prinzip, dachte das Mädchen, nachdem der Freund gegangen war. Welche Drohungen könnten sie wirklich wahrmachen? Und wen konnte sie fragen danach, ohne dass alles, was sie tat, sofort wieder in der Chefetage dieser Zeitung landete? Sie musste jemanden finden, der unabhängig davon war. Und da kam ihr die Idee, am nächsten Tag in die Hauptstadt zu fahren und dort an die Universität zu gehen, an der Recht gelehrt wurde. Irgendjemand dort müsste ihr doch sagen können, was alles mit ihr passieren könnte, wenn sie nicht folgte.

Sie saß noch eine Weile allein am Tisch, langsam kroch das Entsetzen in ihr Gesicht und die Männer in der Kneipe sahen sie aufmunternd an und einer lachte ihr hinterher, als sie hinausging, lass den doch laufen, nimm mich.

Da war sie also wieder, die Macht des Mannes. Das sollte möglich sein in seinem Land? Sie wollte es nicht glauben. Was tat sie denn Schreckliches? Sie wollte doch nur in einer anderen Stadt arbeiten. Es konnte nicht sein, dass ihr Nichtfolgen solche Konsequenzen haben würde. Sie war sich sicher, dass der Kaderchef übertrieben hatte.

Es war noch Zeit, bis ihr Zug zurückfuhr, und weil der Feuilletonredakteur gleich um die Ecke wohnte, klingelte sie bei ihm. Aber er öffnete nicht.

Am nächsten Tag, sie war sehr früh losgefahren, fand sie die Universität schnell, auch die Rechtswissenschaften in einem versteckten Seitenflügel des großen, alten Gebäudes. Sie lief die stillen Gänge entlang, die Studenten würden erst in ein paar Tagen wieder aus den Ferien zurück sein, las die Türschilder und entschied nur am Klang des Namens, ob sie klopfen würde oder nicht. Krumbiegel, nein. Wolf, auch nicht. Böttger, das konnte ja jeder sein.

Was tat sie hier eigentlich, war das nicht alles nur verrückt und sinnlos. Aber jetzt war sie hier, jetzt würde sie das zu Ende bringen.

Sie war schon fast bis zum Ende der Zimmerflucht gekommen und beinahe ohne Hoffnung, da las sie auf dem Türschild: Prof. Dr. Kitzler. Sie lachte leise und dachte, wer so heißt, kann dem Mann und seinen Genossen nicht recht sein. Sie klopfte und sie wunderte sich nicht, dass sie hereingerufen wurde und schon gar nicht erstaunt war sie über den Mann hinter dem Schreibtisch, der aussah wie ihr alter Musiklehrer. Runder Kopf mit einer glänzenden Glatze, gute Augen im Gesicht, über dem weichen Mund ein grauer Schnurrbart, ein kurzer Hals, auf dem eine schwarze Fliege gerade genug Platz hatte zwischen Kinn und massiger Brust.

Sie hatten ihren Musiklehrer geliebt. In jede Stunde brachte er eine Platte mit Konzerten mit, Bach, Beethoven, Schubert, Mozart, sie taten nichts anderes als der Musik zuzuhören, nur manchmal unterbrach er die Aufnahme und erklärte ihnen, wie es dem Komponisten gelungen war, sie derart zu betören. Einmal kam der Kreisschulrat in seinen Unterricht und der Musiklehrer absolvierte mit ihnen eine Stunde über das Arbeiterlied. Zum Schluss sollten sie die Internationale singen, er wusste, dass seine Schüler ihn nicht im Stich lassen würden. Er holte seine Geige hervor und stand klein in seinem viel zu großen, immer zerknitterten Anzug vor der Klasse, die aufgestanden war und das Lied sang, das er merkwürdig zart und doch schrill auf seinem Instrument begleitete.

Er wisse schon, das passe nicht so recht zusammen, das Lied und die Geige, aber das Klavier im Musikzimmer sei ja schon lange kaputt, da hätte er keine andere Wahl.

Der Kreisschulrat ist noch vor dem Ende der Stunde gegangen und sie grinsten einander an und der Musiklehrer legte noch eine kurze Etüde auf.

Der Professor hier wunderte sich auch nicht, dass das Mädchen so einfach in seinem Zimmer stand, und ließ sie erzählen. Er unterbrach sie nicht, hörte aufmerksam zu, sein Gesicht blieb regungslos. Als das Mädchen fertig war und nun einfach nur wissen wollte, ob das Recht des Mannes all diese Strafen gegen sie erlauben würde, schwieg der Professor eine Weile. Dann sagte er einfach nur, ja, das alles ist möglich und würde das Recht des Mannes billigen, er selbst habe schon erlebt, wie jemand auf diese Weise zerstört worden sei. Es tue ihm sehr leid, aber er könne ihr nichts anderes sagen. Und sie solle sich sehr gut überlegen, was sie jetzt mache.

Irgendwie fand das Mädchen sich vor der Universität stehend wieder. Nichts hatte sich hier verändert in den wenigen Minuten, seitdem sie hineingegangen war. Die Herbstsonne schien warm und mild und brannte nicht mehr auf der Haut, die Luft stand still und kein Hauch bewegte die schlaff am Fahnenmast herabhängenden Fahnen des Landes und der Partei. Aber sie fror und sie hätte jetzt eine Bank gebraucht, um sich hinzusetzen und ihre zitternden Beine zu beruhigen, aber natürlich fand sie keine. Sie lehnte sich an einen der Granitsockel, die den Eingang zur Universität dominierten, der Stein war angenehm warm, sie hielt ihr Gesicht in die Sonne und schloss die Augen.

Was war gerade geschehen? Sie war zum ersten Mal einen Weg, den der Mann für falsch und verboten erklärt hatte, bis zu Ende gegangen und hatte nun erfahren, es ging nur bis hierher, nicht weiter. Noch einen Schritt über die von ihnen gesetzte Grenze und der Mann und seine Genossen würden ihr Leben zerstören. Eigentlich wunderte sie sich nicht einmal darüber. Hatte sie denn wirklich eine andere Antwort erwarten können? Hatte sie nicht lange schon gewusst, dass der Mann es ernst meinte mit seinen Drohungen? Nichts gab es mehr zu leugnen daran, nichts zu entschuldigen. Alles lag schonungslos klar vor ihr.

So also fühlt man sich, wenn man zum Opfer gemacht wird, dachte das Mädchen. Aber sie würde es nicht zulassen, niemals, niemand würde sie dazu bringen, sich als Opfer zu bedauern. Doch sie wusste auch, dass sie nun nicht einfach weitermachen konnte. Sie würde die Grenze des Mannes respektieren, weil ihr klar war, dass sie seine Strafen nicht aushalten könnte. Sie eignete sich nicht dafür, ein Held zu sein, wieso auch sollte sie dem Mann ihr Leben opfern.

Ihr Körper war inzwischen an dem Stein herabgeglitten und sie hockte schon am Fuß der Säule, als jemand sie ansprach, ob er ihr helfen könne. Nein, er könne ihr nicht helfen, sagte sie, aber danke, und sie würde schon selbst einen Weg finden. Den, da war sie sich nun schon wieder sicher, müsste es geben, immer würde es noch einen anderen Weg geben als den, ein Opfer zu werden, sagte sie, stand auf und ging los. Wohin?

Ich weiß es nicht, hatten allein ihre Füße oder ihr Kopf sie schließlich vor das gar nicht weit entfernte große Haus geführt, eingerahmt von einer exakt aufgereihten Fahnenarmada. Niemals dachte sie bei so einem Anblick an ein Meer, wie es in der Sprache des Mannes hieß, immer kamen ihr diese riesigen bunten Stoffe wie eine zum Kampf aufgezogene Armee vor. Und wirklich standen auch an dem Eingang des Hauses zwei Soldaten mit ihren Gewehren. Erst jetzt kam es dem Mädchen ziemlich verrückt vor, einfach in die höchste Zentrale der Partei des Mannes gehen zu wollen. Auch der Offizier am Empfangstresen sah sie erstaunt an, als sie ihm sagte, sie müsse unbedingt den Genossen sprechen, der sie zum Arbeiten in ihre Heimatredaktion geschickt habe, er rief aber erstaunlicherweise sofort bei ihm an. Und ja, sagte der, er ahne schon, warum sie da sei, er habe davon gehört, in einer Stunde würde er Zeit für sie haben.

Sie wagte es nicht, sich irgendein Restaurant zu suchen, in dem sie wahrscheinlich ewig auf einen Kaffee hätte warten müssen, nicht auszudenken, wenn sie zu spät käme. Sie lief einfach den Platz vor der Parteizentrale herum, immer wieder von vorn, ab und zu ging sie mal ein paar Schritte in eine anliegende Straße hinein, aber schnell auch wieder zurück.

Die Wachposten beobachteten sie argwöhnisch.

Was tat sie hier? Und was glaubte sie denn, nun noch erreichen zu können?

Immer schon hatte das Mädchen am besten beim Gehen nachdenken können. Am liebsten im Wald oder sonst irgendwo in der Natur. Mit jedem Schritt drückte man dabei den Ballast im Kopf ein wenig tiefer hinab, Brust, Bauch, Beine, bis er als Bodensatz irgendwo landete, wahrscheinlich waren es ihre Füße und sie lief ihn sich einfach an ihren Schuhsohlen ab, und alles blieb liegen an Baumwurzeln, Tannennadeln, Gras, Erde. Aber es funktionierte nun auch hier beim Gehen entlang der steinern monotonen und niederdrückenden Machtbauten. Schritt für Schritt musste sie sich klar werden, was sie tun wollte, wenn der führende Genosse sie einfach wieder zurück an diese Redaktion schicken würde, in der alle schon darauf warteten, sie reumütig ankommen zu sehen, und ihr zeigen wollten, was man davon habe, wenn man aus der Reihe schert.

Das niemals, wusste sie.

Es bliebe ihr noch der Weg, krank zu werden, immer wieder aufs Neue, den richtigen Arzt dafür würden der Liebste und sie finden, aber sie hatte etwas Angst davor. Was, wenn sie dabei wirklich verrückt würde, ihre Nervenzusammenbrüche nicht nur imitiere, sondern sie tatsächlich erlitte?

Aber was blieb ihr sonst, dachte sie, wenigstens war es noch ein Weg, den sie gehen würde und der nicht gleich vor dem Gericht des Mannes endete.

Sie stand pünktlich wieder vor den Wachen. Ein Offizier brachte sie hoch in das Zimmer, und der führende Genosse, der aussah, als wäre er jetzt lieber in seinem Kleingarten, quittierte auf einem Zettel, dass das Mädchen bei ihm angekommen war. Erstaunlich, sagte er und grinste etwas, die Idee, einfach so hierherzukommen, hatte noch niemand, warum eigentlich nicht? Schon beim Gespräch an der Universität hatte das Mädchen geahnt, der alte führende Genosse könnte einer von den Wo-wir-nicht-sind-sind-die-Anderen sein. Sie hatte mit der Zeit ein Gespür für diese Leute bekommen. Und wirklich, als sie ihm jetzt alles erzählte und plötzlich einen Weinkrampf bekam, nun tatsächlich erschöpft und verzweifelt, setzte er sich neben sie, berührte ihre Hand, streichelte sie sogar und redete beruhigend auf sie ein.

Nicht doch, Mädchen, das wird schon, das bringe ich in Ordnung. So wie die sich das dort denken, geht es ja auch nicht.

Er brachte ihr einen Kaffee und dann ging er zum Telefon und rief den Chefredakteur an. Es wäre unerhört, wie sie mit jungen, hoffnungsvollen Genossen umgingen, kein Wunder, dass bei ihnen niemand arbeiten wolle. Und er wies ihn an, dass das Mädchen nicht in die Zentralredaktion kommen sollte, sondern zur Arbeit in jene Kreisredaktion geschickt würde, von der aus sie ganz leicht jeden Tag in die Stadt ihres Liebsten fahren könnte. Das müsste ja wohl möglich sein, wenn sie nur wollten.

Das wäre damit erledigt, sagte er, sie könne nun ganz beruhigt sein, alles wäre geregelt, und sie sah, wie gut er sich dabei fühlte, so ein Machtwort sprechen zu können.

Ein bisschen ist es wie im Märchen, dachte das Mädchen, der goldene Fisch, der die Wünsche erfüllt, aber sie wusste auch, dass sie nun keinen Wunsch mehr frei hatte und genau das tun musste, was der Alte gesagt hatte, wollte sie nicht am Ende wie der Fischer und seine Frau alles wieder verlieren. Aber es war ihr ja auch genug, sie und ihr Liebster würden zusammenleben können, alles andere würde sich fügen.

Großartig, wenn jemand so um seine Liebe kämpft, meinte der führende Genosse noch, hoffentlich ist er das wert. Drei Jahre müsse sie da bleiben, sagte er, dann könne sie auch weg, wenn sie einen Grund hätte, aber da würde sie ja wohl etwas finden.

Er unterschrieb den Zettel, den das Mädchen unbedingt wieder an der Wache abgeben müsse, damit niemand denkt, sie wäre noch im Haus. Dann geht hier vielleicht was los; er grinste sie an.

Das Mädchen dachte beim Hinausgehen, wie die ganze Sache wohl ausgegangen wäre, wenn sie ein Junge gewesen wäre. Aber es war ihr egal jetzt. Alles in ihr jubelte, aber sie musste es noch in sich halten, bis sie aus diesem Haus heraus ist, niemand hier rennt überschwänglich die Flure mit den vielen Türen entlang und lacht ganz laut. Erst draußen vor der Tür stürmte sie los und schrie ihre Freude in die ihr entgegenkommenden verwunderten und irritierten Genossengesichter hinein.

Sie kann es also schaffen, dachte das Mädchen und triumphierte. Sie kann sich wehren gegen den Mann, ohne von ihm zerstört zu werden. Kein Opfer sein.

Von diesem Tag an war alles anders. Der Mann war nicht mehr wichtig für sie, sie hatte ihre Angst vor ihm endgültig verloren, und der Mann seine Macht über sie.

Was eigentlich gehörte ihr wirklich in dieser Geschichte?

Jahrzehnte später schrieb der Feuilletonredakteur mir einen Brief, nachdem in den Zeitungen gestanden hatte, dass er seit jeher ein Mitarbeiter des Majors gewesen ist.

Und nun müsste ich also aus dem, was er mir schrieb, noch eine Tätergeschichte machen.

Steht ihm nicht wenigstens diese Geschichte zu? Aber ich will ihn nicht haben in meiner Geschichte. Er ist mir lästig, peinlich, ich schäme mich für ihn. Ich habe mich nie für den Mann geschämt, aber für den Feuilletonredakteur schäme ich mich. Dass er zu meinem Leben gehörte, dass ich es mit ihm so lange ausgehalten habe. Dass er nun meint, mir diesen Brief schicken zu können, die Handschrift gut lesbar, nirgends etwas gestrichen, geändert gar.

Alles habe angefangen, so schrieb er, mit der Frage des Majors: Ob ich helfen will, das Land vor der Konterrevolution zu beschützen und dafür insgeheim für ihn arbeiten. Da musste ich nicht einmal drüber nachdenken. Es war doch noch Krieg, ein kalter zwar, aber jeden Augenblick, fühlte ich, konnte daraus Schlimmeres werden. Und außerdem, es war ja wirklich nicht schwer, zu sehen, dass wir das bessere Land sind, wenn man sich das damals vermiefte, alte, und mit Nazis durchsetzte Gegenüber ansah. Hier bei uns passierte doch wenigstens etwas Neues. Ich war stolz, dass der Major mir vertraute, und ich wusste auch, dass ich damit etwas Außergewöhnliches geworden war, wichtiger als die anderen. Wahrscheinlich wollte ich das immer sein, wer will das auch nicht. Nur die vielen eng zusammengepressten blassen Heringstypen in der Tonne nicht, die der Major doch nie gefragt hätte, unbedeutend wie sie waren, und die jetzt so tun, als hätten sie widerstanden. Aber nur wir waren etwas Besonderes, na, und eigentlich auch die, die wir beobachteten. Wir und die.

Manchmal denke ich, es war auch Zufall, auf welcher Seite man dabei landete. Wenn der Major mich nicht gefragt hätte, wäre ich bestimmt bei den anderen gewesen, bei denen, die er beobachtete. Aber der Major war schneller.

Er wollte, dass ich mich bei den Künstlern umhörte, das war nicht schwer, ich schrieb ja in der Zeitung über sie und ihre Bücher und Stücke, und immer anständig, wie ich finde. Mit manchen habe ich mich angefreundet, das ging ganz schnell. In ihren Küchen haben sie gesessen und miteinander gesoffen und gehetzt gegen uns und sich in den Armen gelegen, aber wenn sie wieder allein und nüchtern waren und mir ihr Leid klagten, ließen sie kein gutes Haar mehr an den anderen.

Ach, diese Küchenkünstler, wer von denen ist denn wirklich besser geworden in seiner Kunst, als er frei war von dem Major?

Ich weiß gar nicht, ob sie mir vertraut haben. Ich an ihrer Stelle hätte mir nicht vertraut. Aber ich glaube, es war ihnen auch egal. Sowieso rechnete doch jeder damit, dass nichts geheim blieb für uns. Mein Gott, wie dilettantisch wir waren, wenn ich nur an die Einweckgläser denke mit den merkwürdigen Lappen drin, die den feindlichen Geruch von irgendwem tragen sollten, verpopelte Taschentücher, Schals des Opernsängers, liegen gebliebene Slips mit Samenflecken, Krawatten, Schleifen, mit denen sie Jahre später noch aufzuspüren sein sollten. Lachhaft. Ist doch alles nichts, wenn ich dran denke, wie durchsichtig heute jeder ist und sich nicht dran stört.

Nein, er habe nie daran gedacht, auszusteigen, wolle er mir sagen. Denn was wäre denn passiert, wenn es nicht auch solche wie ihn unter den Leuten des Majors gegeben hätte. Wenn er diese Arbeit allein den Idioten überlassen hätte, die nur darauf lauerten, jemanden zu denunzieren, Aktenordner füllten mit ihren Bosheiten und Intrigen und nicht genug davon bekommen konnten, andere Leute ins Unglück zu stürzen. Er habe immer versucht, Schlimmeres zu verhindern, Dinge wieder zurechtzurücken, die andere durch ihre Berichte angerichtet hatten.

Ich glaube nicht mal, so seine Worte, dass die normalen Leute wirklich vor uns Angst hatten, es waren doch nicht so viele, die wir beobachteten. Den meisten war egal, denke ich, was da im Geheimen passierte, sie machten sich doch eher noch lustig über uns.

Und der Widerstand von den paar Leuten war eigentlich meist harmlos und längst von uns kontrolliert und bestimmt. Ab und zu ließ der Major ihnen einen Spielraum, setzte bei den Genossen eine Ausstellung durch, ließ ein Buch erscheinen oder nicht, und wer gehen wollte, konnte irgendwann doch auch gehen; ja gut, manche saßen dafür im Gefängnis.

Das hätte auch noch lange so weitergehen können, an ihnen wäre das Land gewiss nicht zerbrochen. Erst als die große Politik sich änderte und die Massen losliefen, war alles vorbei.

Und warum ist denn das Sterben dieses Landes friedlich vor sich gegangen und endete nicht doch noch in einem Blutsturz. Gewiss nicht nur, weil die Demonstranten keine Gewalt wollten, sondern vor allem, weil es auf der anderen Seite auch überall Leute wie mich und den Major gegeben hat, die die scharfen Hunde, die nur zu gern geschossen hätten, zurückgehalten haben. Aber das würdigt natürlich niemand, weil wir ja alle Täter sind.

Erst dieses Diktat der Opfer, das müsse er endlich mal loswerden, habe so viel Platz geschaffen für die, die uns hier ihre Brüder und Schwestern nannten, die nie in unsere Zwänge haben kommen können. Aber natürlich, tönen die, hätten sie sich niemals auf den Major eingelassen. Da kann ich nur lachen, sieh dir doch nur an, wozu sie ohne jede Not bereit sind, nur um Karriere zu machen und andere, die ihnen dabei im Wege sind, auszuschalten. Die hätten sogar Lehrgänge besucht oder Selbsthilfegruppen gegründet, wie kleide ich mich richtig und was muss ich wie, wann, wo tun, um für den Major interessant zu sein und in seinen Kreis der Macht aufgenommen zu werden. Zu ihrem Glück fanden sie dann hier nicht so viele, die ihren Ansprüchen ans Opfersein genügen konnten, bei den meisten entdeckten sie ja doch irgendeinen Makel, und so war überall viel Platz für sie, die auf der anderen Seite das rechte Leben haben führen können, ohne Fehl und Tadel, und die uns jetzt sagen, wie wir hätten leben müssen.

Und wie sie sich aufspielen, und dabei haben doch die Leute hier dem Major ein Ende gemacht, und unter denen, die auf die Straße gingen, waren sicher auch welche wie ich, die glaubten, dass sie nun endlich noch einmal neu anfangen können, ohne verurteilt zu werden. Nein, ich bin nicht vor ein Gericht gekommen, wofür auch, ich hab ja nicht gegen Gesetze verstoßen. Aber das wäre wahrscheinlich gar nicht so schlimm gewesen, danach bist du frei. Du wirst es vielleicht nicht glauben, aber für mich war das Ende des Majors doch auch eine Befreiung. Nur frei von ihm bin ich nicht geworden, aber das wusste ich da noch nicht.

Jetzt haben sie mich auch in meiner neuen Arbeit entlassen, als in den Zeitungen stand, dass ich für den Major gearbeitet habe. Ich verstehe es ja sogar, ist ja nicht gut für die Firma. Es regt mich nur auf, dass allein Leute wie ich inzwischen an allen Übeln dieses Landes schuld gewesen sein sollen. Niemanden interessiert mehr, dass es doch die Genossen waren, die bestimmten, wie ein Leben verlief, wer Abitur machen und wer was studieren konnte oder nicht, wer Karriere machte, wer die neue Wohnung bekam, den Ferienplatz, das lebensrettende Medikament. Da haben wir uns doch gar nicht eingemischt. Und im Übrigen, die Partei hat sich ihren Geheimdienst geschaffen, wir dienten der Partei, doch nicht umgekehrt. Und sie haben auch sehr genau darauf geachtet, dass sich die Dinge nicht vermischten. Wer Parteifunktionär im Apparat wurde, der musste sofort aus unserer geheimen Organisation entlassen werden, hatte die Partei festgelegt, sie wollten mit uns Unangreifbaren und auch für sie Bedrohlichen nichts zu tun haben. Und so stehen die alten hohen Genossen heute mit weißer Weste da und feixen über die öffentlich Schuldigen.

Auch wenn du es nicht glaubst, schrieb er, wir waren doch die Einzigen, die noch imstande waren, etwas zu verändern in diesem Land. Die Partei war längst unfähig dazu. Sie wussten doch gar nicht mehr, was die Leute dachten und wollten. Die glaubten doch noch bis zum Ende, unsere Menschen würden sie lieben. Die waren doch völlig eingesponnen und verloren in ihrem eigenen Netz von Lügen und Parolen und Pamphleten. Wenn die sich überhaupt noch bewegten, dann doch nur, weil der Major sie dazu gezwungen hatte durch seine Berichte über den wahren Zustand ihrer Macht. Und manchmal sorgte er auch dafür, dass einer von ihnen seinen Posten verlor, vielleicht fürchteten die Genossen ihn deshalb auch.

Und von wegen, wir seien schuld dran, dass die so lange an der Macht bleiben konnten. Es hätte doch auch gar nicht früher zusammenbrechen dürfen, niemand konnte das ernsthaft wollen, das wäre doch schrecklich geendet, wenn nicht die Welt rund um uns herum sich auch verändert hätte.

Er habe auch überlegt, ob er in seiner neuen Arbeit selbst erzählen sollte, dass er für den Major gearbeitet hatte. Aber dann habe er gesehen, wie sie mit denen umgingen, die entdeckt wurden. Jeder habe versucht, den anderen zu übertreffen in seiner Empörung und Verachtung über die Verräter. Als offenbar wurde, dass eine hehre Lichtgestalt auch mal kurze Zeit für den Major gearbeitet hatte, habe er so sehr gehofft, dass der erzählen würde, wie das war mit uns damals. Wie leicht und selbstverständlich und richtig es gewesen sein konnte, dem Major zu helfen. Aber dann riss der sich auch nur die Brust auf vor Verzweiflung darüber, wie er, die moralische Instanz, so etwas Verwerfliches hatte tun können und dann wahrhaftig jahrzehntelang völlig und absolut vollkommen vergessen konnte, dass er mal unser Komplize gewesen war. Ja, wie konnte er nur!

Nichts, so klagte er, was ihm hätte helfen können, selbst seine Geschichte zu erzählen.

Heute sitzen alle vor diesen Akten, die wir mit dem Major, oft im Suff und einfach um irgendetwas aufzuschreiben, gefüllt haben, und beten sie an wie die Heilige Schrift und bauen Kathedralen um sie herum.

Ich weiß nicht, schrieb er, was ich jetzt anfangen soll. Ich wollte doch immer nur irgendwo dazugehören. Der Mensch muss doch für etwas gut sein, muss mit anderen verbunden sein. Soll ich etwa wieder zu den alten großen Genossen kriechen, die mit ihrer weißen Weste. Jeden Monat kriege ich von denen ein herziges Blättel in die Hand, in dem die Chefs und Redakteure meiner Zeitung die alten Worte schwingen und peitschen und darüber klagen, dass ihr Land zugrunde gegangen sei, weil die Partei zu viel für die Menschen getan habe, und sie selber hätten immer nur geschrieben. Soll ich etwa wieder zu denen gehen?

Und dann schrieb er zum Schluss, dass das Mädchen den glücklichen Ausgang damals nur ihm verdanke. Er sei auch nicht krank gewesen, als die anderen über sie zu Gericht saßen, er habe nur nicht dabei sein wollen. Er habe auch gesehen, dass sie bei ihm geklingelt habe, es aber für besser gehalten, ihr nicht zu öffnen. Stattdessen habe er alles in der Hand behalten, die Hand über sie gehalten.

Ekel stieg in mir auf. Kein Mitleid mehr mit ihm. Er war mir unerträglich. Und wie er noch immer log, der kleine Wichtigtuer in der Hand des Majors, der niemals etwas riskiert hätte, um dem Mädchen zu helfen. Denn nicht er hatte sie gewarnt vor dem, was ihr drohte. Bis zum Ende hatte er abgewartet, wohin sich die Waage neigen würde, immer obenauf, gottgleich eben, oder wie sonst man sich fühlt, wenn man meint, über das Leben bis zum Sterben von Menschen entscheiden zu können. Dem einen helfe ich, den anderen liefere ich aus und sehe ihm zu, wie er fällt. Der ist mir wichtig, der nicht. Den kann ich leiden, den hasse ich. Daumen hoch, Daumen runter. Ganz wie es ihm gefällt. Er war zuständig, besser er als andere.

Aber was hatte er besser gemacht?

Vielleicht, dachte ich, wäre vieles anders gekommen, wenn der Major nicht ganz leicht immer wieder jemanden wie den Feuilletonredakteur gefunden hätte. Die Macht des Mannes konnte nicht sein ohne solche wie ihn. Und ich hätte ihm sagen wollen, dass ich mir den Mut des Mädchens von ihm nicht wegnehmen lasse. Sie hatte seine Hilfe nicht gebraucht, gewollt schon gar nicht. Sie konnte sich selbst helfen.

Warum, fragte mich eine Freundin, der ich den Text zum Lesen gab, lässt du den so davonkommen. Den Mann drehst du um und um und diesen Typen lässt du einfach sein, wie er ist.

Ich habe einige Bücher gelesen, Filme gesehen, Interviews gelesen, in denen Leute wie er zu erklären versuchten, wieso sie für den Major haben arbeiten wollen. Und meist endete es damit, dass sie, da es keine Entschuldigung für ihr Tun gebe, um Verständnis baten, ja Vergebung (vor meinem Haus stehen drei Birken, die eine heißt Schuld, die andere Sühne, die dritte ist mir die liebste).

Man kann Menschen vergeben, die einem wichtig sind. Der Feuilletonredakteur ist mir nicht wichtig. Er ist mir gleichgültig. Schon lange war für mich unerheblich, was er, nur von sich selbst besessen, dachte und tat. Nun endlich sollte er verschwinden im Irgendwo.

Er hatte seinen Absender nicht auf den Brief geschrieben, er wollte also gar nicht über sich reden, er führte, wie immer, einen Monolog. Und ich war froh, ihm nicht antworten zu können. Meine Worte, wusste ich, hätten ihn nicht erreicht.

VII

Das Mädchen wollte in der kleinen Stadt, die durch die Arbeiter in den Kohlegruben und Kraftwerken aufgebläht war zu einem seelenlosen Häusergebilde, die ihr zugemessene Frist wegarbeiten. Sie wusste, wann man Zwängen nachgeben musste, die zu missachten für sie nicht auszuhaltende Folgen gebracht hätten. Mehr war für sie nicht zu erreichen gewesen, also war sie sich sicher, nun nichts Falsches zu tun. Sie suchte eine Wohnung für sich und ihren Liebsten, von der aus sie jeden Tag würde in die andere Stadt fahren können. Sie fanden zwei Zimmer in einem Gut auf einem Dorf, in die niemand sonst ziehen wollte, weil man das Wasser von einer Pumpe am Nachbargehöft holen musste und die Brettertoilette draußen an der Außenwand des Kuhstalles klebte. Aber es war ihnen egal. Nur der Mann, ohnehin argwöhnisch gegen die Liebe des Mädchens, schüttelte entgeistert den Kopf, als sie ihm lachend erzählte, sie müssten zum Scheißen über den Hof.

Da sei sie also wieder dort, von wo er aufgebrochen war.

Es gelang ihr auch noch, dem Vorsitzenden der LPG einen Mietvertrag abzutrotzen, der eigentlich meinte, dass sie dafür mit ihm in die Felder gehen müsste. Sie rief mehrere Tage lang immer wieder seine Frau an und flötete, sie müsse ihren Mann sprechen, der warte schon auf sie. Beim letzten Mal hörte sie sie losbrüllen und am nächsten Tag steckte der Mietvertrag in ihrem Briefkasten. Nur wenig später hat man ihn abgesetzt, weil er Geld unterschlagen hatte, aber in der Wohnung durften sie trotzdem bleiben. Sehr viele Jahre später hat er dann überall erzählt, dass er ein Opfer des Systems des Mannes geworden ist.

Sie fuhr nun jeden Tag sehr früh auf diese Arbeit. Immer am Abend dachte sie wieder daran, wie es wäre, wenn sie verschlafen würde. Dann würde sie den Bus verpassen, der nächste fuhr erst zwei Stunden später. Jeder kann mal verschlafen und den Bus verpassen. Sowieso wunderten sich alle, wieso sie noch nie den Bus verpasst hat. Sie hat eben noch nie verschlafen. Dabei hatte sie es oft versucht und den Klingelknopf vom Wecker gleich am Abend runtergedrückt. Doch kurz vor fünf wachte ihr Körper auf, irgendwo fing das an, wahrscheinlich waren es die Füße. Aber sie war entschlossen zu verschlafen und drehte sich wieder ins Federbett. Sie strengte sich sehr an, doch kurz bevor ihr Kopf noch einmal in den Schlaf tauchte, durchfuhr sie so ein Schlag, schon saß sie im Bett und die Füße suchten nach den Pantoffeln. Dann konnte sie auch gleich aufstehen, denn sie würde nicht mehr einschlafen können. Was solls auch, sagte sie sich, zwei Stunden mehr oder weniger, was solls. Sie hatte diese Arbeit. Ob sie nun verschläft oder nicht. Da kann sie genauso gut nicht verschlafen. Und sie hat noch nie verschlafen. Sie wusste bald, dass sie sich den Trick mit dem Wecker sparen kann. Es war auch nur der Ordnung halber. Es hatte so etwas beruhigend Unabänderliches, wenn man am Abend den Wecker wieder aufziehen kann.

Sie wurde wach, eine Minute, bevor er losklingelte. Und noch während alles an ihr schlief, fand ihre Hand den Knopf und drückte ihn runter. Sie musste ja nicht so einen Lärm um sich machen, und der Liebste neben ihr konnte noch lange schlafen. Sie ging zu der kleinen Waschschüssel, in die sie schon am Abend das Wasser aus dem Eimer gegossen hatte, um am Morgen diese Bewegung zu sparen, auch der Lappen lag schon drin, das Handtuch daneben. Sie fuhr sich mit dem Lappen übers Gesicht, sie wurde nicht munter davon, es war auch nur, weil es sich so gehört. Sie griff ihre

Sachen, die noch vom Abend her in der richtigen Reihenfolge lagen, da achtete sie drauf, nun fanden ihre Arme und Füße alles im Dunkeln. Sie zog ihre Kleider über den Körper, der noch ganz weich und warm war. Erst als die Wäsche auf ihrer Haut lag, fing sie an zu frieren.

Sie ging in das kleine Zimmer, das die Küche war, zog die Schuhe an, nahm den Mantel und setzte die Mütze auf. Und dann sah sie mit dieser unsinnigen Hoffnung aus dem Fenster zu dem alten Apfelbaum dicht vor dem Haus. Vor Wochen, es waren die letzten bunten Blätter von dem Baum gefallen und starr stand er da, kaum hatte sie ihn noch wahrgenommen, da traf sie morgens in ihrem Rücken von dem doch nur leicht geöffneten Fenster her ein nie erlebtes Zittern in der Luft. Und sie drehte sich um in das unerklärliche Rauschen und Sirren hinein und sah, Störche flogen auf sie zu, erschreckt starrte sie ihnen entgegen. Da richteten sich die Vögel plötzlich über dem Baum groß auf und bremsten ihren Flug und versuchten zu landen auf seinen Zweigen. Kaum berührten ihre langen, tänzelnden Beine das Holz, sie hielten sich mit ihren weiten Flügeln in der Schwebe, bis unter ihre Federn konnte sie sehen. Schon trug jeder Ast einen Vogel, doch noch immer flogen von überall Störche heran.

Sie bewegte sich nicht, kaum wagte sie zu atmen, und sie widerstand auch dem Versuch, den Mann zu wecken, um ihm die Vögel zu zeigen. Die Störche gingen niemanden sonst etwas an. Sie würde jetzt hier bleiben bei den Störchen und den Bus verpassen.

Dann kam der alte Mann, der unter ihnen wohnte, wie an jedem Morgen hustend und schnaubend aus der Haustür, um seinen Pulleimer irgendwo auszukippen. Natürlich, sie hatte wissen müssen, dass der alte Mann kommen und die Vögel vertreiben würde. Sie schloss die Augen, sie wollte es nur hören, wenn die Störche aus dem Baum fortfliegen. Der stand schon wieder, als wäre nichts gewesen. Sie hat dann noch die Äste von dem Baum gezählt, es waren vierzehn. Vierzehn Störche.

Sie musste die Dorfstraße hinunter bis zur Bushaltestelle. Sie ging langsam, sie wusste, dass sie noch genügend Zeit hat, und sie musste auch ihren Körper in diesem Dämmerzustand halten, damit er nachher im Bus gleich wieder einschlafen konnte. Meist traf sie ein paar Häuser weiter die Alte, die um diese Zeit wach wurde und auf das Bretterklo musste, das in der anderen Ecke des Hofes stand. Nur im Winter traf sie sie nicht, da ging sie auf den Topf. Sie hatte nur eine Strickjacke über das lange Nachthemd gezogen, die Füße waren nackt in den großen Pantoffeln. Die Alte stand am Zaun und wartete schon auf sie, wenn sie langsam näher kam, um ihr diesen Satz zu sagen. Na, nu renn ma nich so, junge Frau, der Bus is doch sowieso weg. Jeden Morgen sagte sie das. Und dann lachte sie laut und zufrieden und schlurfte wieder ins Haus, denn sie wusste es ja auch, dass sie nie verschlief und den Bus verpasste und also auch nicht mehr zurückkam. Das Mädchen verzog nur ein bisschen den Mund, keine Gefahr mehr, dass sie lachen müsste und vielleicht munter würde, wie am Anfang noch. Bald war es Winter und kalt, da traf sie die Alte wieder lange nicht mehr am Morgen.

Dann stand sie an der Bushaltestelle und wartete. Sie war die Einzige, die hier um diese Zeit einstieg. Zuerst war der Bus ein paarmal beinahe an ihr vorbeigefahren. Nie war hier jemand eingestiegen. Und sie hatte mit den Armen gewinkt und war dem Bus hinterhergelaufen. Da hatte sie der Fahrer endlich bemerkt. Nun wusste er längst, dass sie hier stand. Und manchmal, wenn er ein bisschen zu früh an der Haltestelle war, wartete er auf sie, weil er auch sicher war, dass sie kommt und nie verschläft.

Er öffnete die vordere Tür und machte das Licht nur kurz an, bis sie auf ihrem Platz saß, der immer noch frei war. Die sechs Männer, die bis zum Kraftwerk mitfuhren, schliefen schon, sie stiegen ein paar Stationen vor ihr ein. Alle saßen auf der gleichen Seite des Busses. Nur die Neuen gingen zuerst auf die falsche Seite. Einige Kurven später ging die Sonne auf, und sie merkten dann, dass die ihnen ins Gesicht schien und sie beim Schlafen störte. Wenn sie jetzt noch auf die andere Seite wollten, war es zu spät. Die guten Schlafplätze waren alle schon besetzt. Dann mussten sie warten, bis einer von den Alten seine Arbeit wechselte oder Rentner wurde, um auf seinen Platz auf der guten Seite zu kommen. An der nächsten Station stieg nur noch die junge Kindergärtnerin mit der Gitarre ein. Wo die wieder aussteigt, wusste sie nicht, da schlief sie längst. Sie hatte nicht geglaubt, jemals im Bus schlafen zu können. Schon im Auto ist ihr immer gleich schlecht geworden. Nun musste sie nur die Mütze zwischen Rückenlehne und Scheibe legen, den Kopf da rein, und dann schlief sie. Der Schlaf war schneller als die Übelkeit.

Nach einer Stunde wurde sie wach, es war immer die gleiche Stelle am alten Wasserwerk. Dahinter begann der verkohlte Wald rechts an der Straße. Eine verirrte Übungsgranate vom nahen Schießplatz war hier einmal über die Fahrbahn geflogen und hatte gleich neben dem Asphalt einen großen Trichter in die Erde gerissen, aus dem sich das Feuer in den trockenen Wald fraß. Der Busfahrer hatte sie geweckt und sie versuchten, mit Jacken und Ästen die Flammen auszuschlagen, bis sie plötzlich von Soldaten umringt waren und ein nervöser Offizier sie aus dem Sperrgebiet zurück in den Bus wies. Ob sie nicht wüssten, dass das Betreten hier streng verboten sei. Aber das Schild, auf dem das stand, war inzwischen schon verbrannt.

Keiner sagte etwas, als sie wieder auf ihren Plätzen saßen, jeder überlegte, wann der Bus die entscheidenden Sekunden verloren hatte, um das Geschoss nicht zu treffen. Unterwegs kamen ihnen die

Feuerwehren der nahen Stadt entgegen, die ausgerückt waren, ohne dass man sie gerufen hätte, als sie die dichter werdenden Qualmwolken am Himmel sahen. Aber sie mussten auch vor dem gesperrten Gebiet warten, bis der öffentliche Wald brannte, den durften sie dann löschen. Und darüber konnte sie dann auch eine kurze Notiz für ihre Zeitung schreiben.

Zwei Tage lang hing ein undurchdringlicher, stinkender Rauchschirm über der ganzen Stadt, und die Sonne war nur noch ein breiiger Fleck in ihm. Die Frauen hatten Angst um ihre Männer, die man aus den Betrieben geholt und zum Löschen geschickt hatte. Manche ärgerten sich auch nur, weil man keine Wäsche mehr raushängen konnte, ohne dass sie nach Qualm stank, und ein paar Alte dachten an die armen Tiere, die draußen im Wald nun verbrennen würden.

Seit diesem Tag jedenfalls wurde sie hier wach, und die Männer aus dem Bus, die bis dahin gesichtslos und stumm für sie gewesen waren, erkannte sie nun auch auf der Straße wieder. Sie nickten einander zu, verlegen grinsend, denn eigentlich grüßen sich Leute nicht, die nichts anderes gemeinsam haben, als jeden Morgen zusammen in einem Bus zu sitzen.

Gleich hinter dem Wald begannen die ersten Neubauten, und sie musste aussteigen und auf diese Arbeit gehen. Sie setzte sich an ihren Schreibtisch und begann ihr Programm.

Sie konnte bauchreden, kopfstehen, jonglieren, spiegelfechten, schattenboxen, am besten aber gelang es ihr, Leute verschwinden zu lassen und sie ganz fremd wieder hervorzuzaubern. Sie hatten dann zum Beispiel nur noch den einen Arm, der sehr tüchtig war und mit dem man auch besonders gut winken konnte, oder sie blendete das trübe Auge, damit das andere kerngesund strahlte, sie konnte auch aus einem buckligen Zwerg eine stattliche Schönheit machen, oder sie zog jemandem ganz schmerzlos ein paar scharfe Zähne. Ihre Arbeit war vielseitig wie die Lebensunterhaltungskunst selber.

Zuerst war sie noch auf die andere Straßenseite geflüchtet, wenn sie von Weitem jemanden kommen sah, den sie mal für eine Vorstellung verwandelt hatte. Aber sie hat bald gemerkt, dass das gar nicht nötig war, denn die Leute hatten nichts anderes erwartet von ihr und waren eigentlich zufrieden, weil sie es doch so gut gekonnt hat.

Nun machte sie diese Arbeit schon zwei Jahre. In zehn Jahren hätte sie den Anspruch auf die höhere Rente, wenn sie auch die restlichen zwanzig Jahre noch durchhielte. Aber die schafft man dann leicht, sagten die anderen, die schon lange dabei waren. Da weiß man doch längst, wer was wann wo wie warum. Die ganzen Jubeljahre wieder.

Sie war sehr müde von der Arbeit, wenn sie zurück zu der Bushaltestelle ging. Abends war der Bus voll, nur mit viel Glück kriegte sie irgendwo einen Sitzplatz, aber natürlich nicht an einem Fenster, wo sie schlafen könnte. Abends wurde ihr immer schlecht im Bus. Von den vier Männern früh fuhr keiner mit zurück, die hatten alle nicht diese Arbeit wie sie.

Auf der Dorfstraße holte sie tief Luft. Sie musste die Übelkeit ausatmen, langsam lief sie dabei zurück. Wenn es ein warmer Abend war, hörte sie schon von Weitem den Gesang der Alten, die sie am Morgen getroffen hatte. Immer sang sie dieses eine Lied „der Vater liebt mich nicht, die Mutter mag mich nicht …“, war es zu Ende, fing sie wieder von vorn an. Sie hatte eine schöne, tiefe Stimme.

Dann war sie an dem Zaun angekommen und sah, nichts war anders als an früheren Tagen. Die Alte saß, die Füße ordentlich nebeneinandergestellt und die Hände im Schoß gefaltet, feierlich kerzengerade auf einem hohen Lehnstuhl mitten im kleinen Hof.

Ihr gegenüber auf ebensolchem Stuhl in der gleichen Haltung, ihre ältliche Tochter, fünf verschiedenfarbige Schleifen im wirren Haar, blickte sie der Mutter ernst und andachtsvoll schweigend in das singende Gesicht. Über den beiden war eine lange Wäscheleine quer über den Hof gespannt, einzig zwei große rosa Schlüpfer hingen darauf, angeraut und mit Beinen. Und genau unter ihren jeweiligen Schlüpfern saßen die Alte und ihre Tochter, es war gerade zwei Handbreit Platz zwischen den Köpfen der Frauen und ihrer Wäsche. Die Hosen waren noch nass, die Tochter zuckte manchmal zusammen, wenn ihr ein Tropfen in den Nacken gefallen war und nun kalt den Rücken herunterlief.

Wenn die Alte sah, dass sie am Zaun steht, unterbrach sie ihren Gesang. „Is Feierabend“, fragte sie wie immer, und als sie wie immer ein Nicken zur Antwort erhält, lachte sie wie immer und sagte wie immer „na, gottseidank, was“. Dann sang sie ihr Lied von vorn.

VIII

Die Geburt meines ersten Sohnes befreite mich von dieser Arbeit. Ich kaufte ein altes Haus und zog mit meinem Liebsten in das kleine Dorf am Fuße eines Berges. Nichts war falsch an diesem Leben hier mit Mann und Kindern. Hier wollte ich bleiben bis ans Ende unserer Tage. Der Major und der Mann und seine Genossen störten kaum, nur von Weitem drangen deren Worte zu uns, verlacht und verhöhnt und angeklagt von uns und den Freunden. Ich hatte keine Angst mehr um mich, nur um meine Kinder. Mit jedem Jahr sah ich, zunehmend verzweifelt, auf den Anschlag an der Holztafel im Dorf, der die Jungen eines Geburtsjahrgangs zur Musterung befahl. Immer näher kam sie ihnen. Wie würden sie diese Armee aushalten können? Wie würden sie leben können und wollen im Land des Majors und des Mannes?

Irgendwann war in die kleine benachbarte Stadt der Zirkus gekommen, und ich sollte Karten kaufen. Ich wusste nicht einmal, ob er gerade angekommen war oder kurz vor der Abreise, er war eben da, und ich sollte Karten kaufen.

Ich sollte Karten kaufen? Ja, ich. Wer sonst. Längst bin ich drin in der Geschichte und ich will es nun sein.

Der Wind zog kalt durch die Straßen, und natürlich hatte ich wieder die falschen Sachen angezogen. Für diese Schlange. Irgendwo in einer Gasse musste ihr Schwanz liegen, ihr letzter menschlicher Zipfel, und ich ging und suchte, bis ich deprimiert wieder umkehrte, um nur nicht mehr in die schweigenden, immer dünner werdenden Gesichter sehen zu müssen.

Ich wunderte mich auch, denn ich kannte viele, weil ich ihnen irgendwann schon einmal begegnet war.

Ich fragte die Bibliothekarin, bei der ich mir einst meine Bücher geholt hatte, ob sie die Zirkusschlange wären, denn nirgendwo sah ich Zelt und Wagen, doch ich bekam keine Antwort. Sie waren die Schlange und wussten nur, wo die Schlange ist, da gibt es etwas. Da fragt man nicht. Da stellt man sich an. Da geht man nicht weg. Da wartet man. Da erfährt man schon noch, worauf. Da ist man irgendwann einmal dran am Fenster. Und ich sollte Karten kaufen für die Kinder.

Ich ging den Leib der Schlange wieder hinauf, kam an ihren Bauch, in dem die Leute schon noch redeten und sah, wie sich gerade eine Frau daraus löste und ging. Es war die Verkäuferin aus unserem Dorf, und ich rief ihr nach, ich würde ihr Karten mitbringen, doch die drehte sich nicht um, das verwunderte mich. Also doch kein Zirkus?

Ich sah um mich. Vor mir stand der Kreisredakteur im fleckenlosen Wildledermantel, er hatte eine Zeitung in den Händen und sich auch schon den nötigen Platz verschafft, um sie ausgebreitet lesen zu können. Niemand rempelte oder störte ihn, doch beulte der Wind das Papier, da knurrte er ärgerlich auf, weil er die Zeile verloren hatte, drehte sich zu mir um und sah mich vorwurfsvoll an, und obwohl ich doch nichts damit zu tun hatte, hob ich die Schultern.

Es ist der Kreisredakteur, flüsterte mir die Frau zu, die hinter mir stand, aber das wusste ich ja. Sie trug zur passenden Pelzjacke die passende Pelzmütze und gut geputzte Stiefel, alles an ihr war so, wie es sein musste, wenn man im November in einer Schlange steht. Ich überlegte, woher ich sie kannte, aber es fiel mir nicht ein.

Ich stand neben einem Bretterzaun, der vollgeklebt war mit Plakaten, auf ihnen die So-alt-wie-unsere-Republik-Gesichter, die wahrscheinlich bis zum nächsten Jahr nicht überklebt werden durften und schon zu verwittern begannen. Ich schaute nur flüchtig hin, bis ich auf einem von ihnen plötzlich den Kopf des nun vierzigjährigen Apothekermädchens entdeckte, lachend und glattgesichtig, was war aus ihrer Flechte geworden? Hatte man die Narben wegretuschiert, weil es inzwischen nicht mehr so viele Republiksgeburtstagskinder gab, die sich auf ein Plakat heben lassen wollten? Oder hatte sie sich davon geheilt? Die Apotheke des Vaters, wusste ich von dem Mann, war längst verstaatlicht und der Bruder weggegangen, vielleicht war ja auch ihr Vater inzwischen gestorben oder er war ihr nun egal. Und, las ich auf dem Plakat, das Apothekermädchen, inzwischen eine studierte Romanistin, war gerade auch in die Parteireihen des Mannes eingetreten und würde künftig in Paris arbeiten dürfen und von dem Land künden, in dem sie groß geworden ist, wer, wenn nicht sie, das Republiksgeburtstagskind. Später hörte ich, auch einen geheimen Namen hätte sie sich damals gegeben, natürlich wollte sie Louvre heißen.

Wie sollte ich das nicht verstehen? Es war doch ganz einfach zu verstehen. Das Apothekermädchen war noch nie zuvor in Frankreich gewesen. Der Mann hatte sie nicht fahren lassen. Und sie hatte nun lange genug darauf gewartet und glaubte auch nicht mehr daran, dass sich in ihrem Leben noch etwas ändern könnte. Vielleicht würde sie sterben, ohne jemals im Louvre zu sein, durch die sonnendurchfluteten, silberglänzenden Olivenhaine der Provence zu wandern und in einem Café zu sitzen und mit den Leuten in ihrer Sprache zu schwatzen, die sie so liebte. Nichts anderes wollte sie und alles sonst war ihr nun egal.

Hier gibt's doch Zirkuskarten, fragte ich die Frau in der Pelzjacke, doch sie hatte sich schon wieder umgedreht und redete weiter auf die Frau hinter sich ein, die still und mit der Regelmäßigkeit eines Uhrpendels einen Kinderwagen hin- und herschob. Es war die Kindergärtnerin mit der Gitarre, die auf meinem Weg zur Arbeit immer nach mir in den Bus gestiegen war.

Wissense, Unkraut darf man nich erst hochkomm lassn. Jeden Tag e bissel häckeln, da kommt man rum. Ich hab überall Rabatten, was denkense wie das alles blüht. Na, das muss ja, ich düng ja auch immer. Und dann eben das Häckeln. Dann hammer noch was fürs Gemüse und e Stückel Feld für de Viecher. Machsch alles. Jeden Tag vor der Arbeit ne Stunde für de Viecher, das is gar nicht schlimm, da kommt man schon rum, und man hat ja auch was von. Aber ins Haus kommer keene Tiere. Mir ham nämlich e ganz großes Haus mit zwee Scheunen dazu. Als mers gekauft ham, da ham de Leute gesacht, mir sin ja verrückt, weil unser Hof ja alleene schon so groß is wie der ihre ganzen Grundstücke, aber in eenem Jahr hatten mer das alles pickobello. Man muss eben arbeiten, dann kommt man och rum. In de Zimmer, da habsch überall Tontöppe hingestellt und so, was man eben so machen kann. Aber Tiere kommer nich ins Haus, is so schon genuch Dreck. Nur eenmal, da hammer een Meerschwein gehabt. Das geht ja noch, das geht ja noch, een Meerschwein im Haus. Unser Junge wolltes unbedingt ham, hammers halt gemacht. Aber dann hatter nich mehr richtzsch gelernt inner Schule und gehört hatter och nich mehr auf uns, und da war dann Schluss. Mir sin mit dem Jungen und dem Meerschwein zum Tierarzt gegangen, ne Spritze geben. Na, dem Meerschwein natürlich, was denken denn Sie. Der Tierarzt wolltes erst nich machen, aber dann musster, weil mir ja schließlich die Erziehungsberechtigten sin, nich. Aber nu kommer gar keene Tiere mehr erst ins Haus. Ich such jetzt nen Schreibtisch fürn Jungen für de Schule. Aber die gibt's ja och so schlecht.

Schon bei ihren ersten Worten hatte ich sie doch erkannt, ich hatte diese Stimme noch im Ohr, als sie, zur Befehlenden über ihre Mitstudenten im Wehrlager ernannt, uns lange vor dem Speiseraum auf der Stelle treten ließ und immer wieder brüllte: Und da gehn de Knie hoch. Sie durfte nach dem Studium promovieren, denn sie war als Tochter eines Genossenschaftsbauern ein begehrtes, weil seltenes Gewächs im statistisch geforderten Arbeiter- und Bauernfeld.

Das Kind im Wagen hatte zu schreien angefangen, und die junge Frau schaukelte es beim Schieben. Wir sind doch gleich dran, sagte sie leise zu dem Säugling, wein doch nicht, gleich sind wir dran.

Aber das Kind heulte weiter, und ich war froh darüber, weil es die Frau Doktor in der Pelzjacke zum Schweigen brachte. Wir standen noch immer an der gleichen Stelle, denn die Schlange war keinen Schritt weitergekommen, seitdem ich ein Stück von ihr geworden war. Vielleicht konnte sich das Monster längst nicht mehr bewegen und lag nur noch da, starr und gefräßig und wollte seine menschlichen Glieder ordentlich beieinanderhalten, um nicht in sich zusammenzufallen. Und auch ich blieb, weil ich Karten kaufen wollte, um den Kindern den Zirkus zu zeigen. Dabei habe ich Zirkus nie leiden können, immer wartete ich nur darauf, dass es endlich vorbei wäre. Doch unermüdlich gelangweilt liefen diese verführten, flittrigen Tiere im Kreis, machten Männchen, folgten Frauchen, bissen Herrchen nicht den Kopf ab. Sie sind gelehrig, wurde den Kindern erklärt. Dabei wusste man doch, sie waren dressiert vom reichlichen und sicheren Fressen.

Und die Leute, die gelernt hatten, kopfunter an Seilen und Stangen zu hängen, durch die Luft zu fliegen, und dann doch immer im rechten Augenblick nach irgendwas zu greifen. Die Angst hatten die Zuschauer ihnen abgenommen. Nun saßen die Leute stöhnend, zitternd und kreischend mit ihr auf den Bänken, bis sie sie endlich befreit und erleichtert, also begeistert, wieder wegklatschen konnten.

Ich hatte das meinen Kindern erzählt, doch natürlich wollten die nicht glauben, was sie nicht gesehen hatten mit ihren Augen. Also musste ich Karten kaufen für den Zirkus.

Der Kreisredakteur las noch immer in seinem Blatt, als eine Frau mit einem weißen Pudel an der Leine suchend die Schlange entlanglief. Da hatte sie wohl die Zeitung erkannt und klopfte zaghaft an das Papier. Der Kreisredakteur faltete es ordentlich zusammen und steckte es in die Manteltasche, dann bückte er sich gutachtend zu dem vor Kälte zitternden Hund hinunter, der im Schönheitssalon für ihre Lieblinge gerade nahezu nackt geschoren worden war.

Ach, is der süß, flötete die Frau Doktor im Pelz.

Das ist Amanda vom Scharfengrund, stellte der Kreisredakteur richtig, ordentlich getrimmt, fachmännisch zurechtgemacht, vorzüglich herausgebracht, gut geschnitten, Landesvizemeister in der Jugendklasse. Einmal in der Woche das Fell mit „Silberweiß" waschen, danach mit einer halben Flasche bestem Wodka einreiben. Mein Spezialrezept. Da wird das Fell seidenweich.

Und weil ihm kalt geworden war, nahm er der Frau die Leine aus der Hand und lief, züchtiger Züchter, mit dem Pudel ein paar Runden im Rassehundevorführschritt. Etwas außer Atem blieb er stehen. Das Wichtigste dabei sei, den Hund immer an der kurzen Leine zu halten. Ließe man ihm mehr Raum, rennt er urplötzlich gegen den Widerstand an und zieht einem beinahe die Schulter raus. Leine bleibt Leine, also besser gleich kurz.

Gar nich so einfach, im Gleichschritt mit nem Hund zu rennen, lobte die Pelzjacke.

Und die Frau des Kreisredakteurs antwortete bescheidenstolz, ja ich kann doch nichts dafür, dass es mein Mann so weit gebracht hat.

Dann nahm sie dem Kreisredakteur den Hund ab und ging los, um das Kind abzuholen.

Der Kreisredakteur stand schon wieder in der Schlange und hatte sein Zeitungsgesicht aufgeschlagen, da brüllte plötzlich ein Mann los, es war der Russischlehrer, der schon etwas weiter vorn stand.

Ich hasse Zirkus, ich hasse diesen Zirkus, ich hasse diesen ganzen Zirkus.

Die anderen in der Schlange waren gleich still geworden und versuchten, den Russischlehrer nicht zu sehen, manche sahen sich ängstlich nach dem vor dem Feuilletonredakteur stehenden Major um, den ich längst auch entdeckt hatte. Bloß die Frau Doktor in der Pelzjacke sagte gleichgültig, na da gehnse doch, was stehnse denn da noch hier, müssense doch nich, sin mir eben eher dran.

Der Russischlehrer ging dann wirklich, und nur die Kindergärtnerin sprach, zu sich oder ihrem Kind, als sie den Schritt nach vorn auf den freigewordenen Platz gemacht hatte, es geht uns doch gut hier, so lange hat er nun schon gestanden, da hätte er doch das bisschen auch noch warten können, wär doch bald dran gewesen, nich?

Niemand antwortete, auch die Frau Doktor in der Pelzjacke dachte offensichtlich angestrengt nach, dann wusste sie es.

Ich muss mal wieder in den An- und Verkauf gehen. Ich brauch doch nen Schreibtisch fürn Jungen. Neue gibt's ja sowieso nich. Die

Verkäuferin da hat gesacht, jetzt hamse nischt, aber ich soll mal wieder komm, wenn welche ausreisen, da hamse dann welche, ganz gut und vor allem billich, weils ja schnell gehen muss bei denen und sie noch alles schnell loswerden müssen, was sie nicht mitnehmen können. Dann gibt's überhaupt ganz tolle Sachen da, hat die Verkäuferin gesacht. Wenn das hier e bissel flotter ginge, kämsch ja dann noch rum, aber so.

Wieso, is doch noch gar nischt heute. Der Mann im blauen Arbeitsanzug, von seinen Kollegen mit einer langen Liste hergeschickt, blieb ruhig. Ich kannte ihn aus meiner Lehrzeit.

Im vorigen Jahr, da stand die Schlange schon lange, eh se den Kassenwagen hingestellt hatten. Und dann hamse den Wagen angeschoben gebracht, aber nich etwa zum Kopp hamse den gestellt, sondern annen Schwanz von der Schlange. Die wussten eben nich, wo vorne und wo hinten is, dabei sieht man das doch. Da ging vielleicht was los. Die von hinten ham sich natürlich gefreut und sich auch noch lustich gemacht über die von vorne. Und die vom Kopp ham sich das natürlich nich gefallen lassen und sin auf den Schwanz los. Ein einzelner Grüner stand in der Nähe, aber der is dann auch gleich abgehaun, als er gesehen hat, dass er die Schlange nich mehr in Griff kriegt, Verstärkung holn.

Na und dann, fragte der Kreisredakteur, ganz beunruhigt, na und dann?

Dann hamse den Wagen wieder zugemacht, und die von vorne ham ihn an de richtige Stelle geschoben, an Kopp eben. Und dann gings wieder, und alle hamse schon wieder an ihrem richtigen Platz gestanden, als dann die Grünen da warn.

Die Pelzjackenfrau sah sich verstört um. Also wenn das diesmal wieder …

Doch da rief der Kreisredakteur, endlich befreit von ungewohntem Zweifel, seht Freunde, wir stehen richtig, denn er war vor einem Zirkusplakat angekommen. Also Zirkus. Er musste eine Sprecherausbildung erhalten haben, ehe er dann doch irgendwie in der Kreisredaktion gelandet war, denn mit geschulter Atemtechnik, Bauchstütze und sendungsbewusster Betonung las er vor.

Ein Hauch Romantik. Mut und hohes Risiko unter der Zirkuskuppel. Originell und vielseitig. Verwegenheit, die Sie in Spannung versetzt. Unsere lustige Pudeldressur, na bitte! Elefanten auf dem Dreirad, dressiert und vorgeführt von unserem Nationalpreisträger. Nicht nur Kinder werden begeistert sein. Nach erfolgreichen Gastspielen in den letzten Jahren im In- und Ausland verabschiedet sich unser Zirkus in dieser Saison für drei Jahre von seinen Zirkusfreunden in der DDR, um eine weitere große Gastspielreise durch die Sowjetunion anzutreten. Zirkus. Zirkus. Zirkus.

Drei Jahre, wiederholte die Kindergärtnerin leise, und sie sagte es noch ein paarmal, um sich und das Kind zu belohnen für ihre Warterei. Drei Jahre … Na, wir sind ja gleich dran.

Da entdeckte ich weiter vorn in der Schlange plötzlich die Deutschlehrerin in ihrer grünen Lederjacke und lief zu ihr hin. Sie habe, erzählte sie, inzwischen den Gärtner geheiratet. Eigentlich liebe sie ihn nicht, aber sie wollte nicht mehr allein sein. Zusammen züchten sie nun nicht mehr Stiefmütterchen oder Petunien und Salat, sondern kostbare Orchideen, die sie dem Mann und seinen Genossen teuer verkaufen, die brauchten die Blumen, wenn sie jemandem einen Orden verliehen. Sie mag diese Gewächse eigentlich nicht, die nicht einmal duften, aber es sei ihr egal. Der Gärtner habe gesagt, wen du nicht besiegen kannst, mit dem musst du dich verbünden, das sei immer schon so gewesen.

Der Mann und seine Leute stecken sich viele Orden an ihre Brust. Und der Freund von früher warf ihr in seinen Briefen vor, dass sie der Macht des Mannes diene. Aber es sind doch nur Orchideen. Sie habe ein gutes Geschäft gemacht, wie man es überall auf der Welt tat und nicht danach fragte, wer wem die Blumen in die Hand drückt, die man züchtet. Sie habe ja nur dieses eine Leben. Und sie misstraue jedem, der von ihr erwarte, es in Gefahr zu bringen.

Sie verstehe nicht, wie jemand bereit sein konnte zu sterben, um aus dem Land des Mannes herauszukommen, und sie verachte die Eltern, die entschieden hatten, auch ihre Kinder müssten dafür sterben wollen. Die Familie im Fesselballon über die Grenze, im Bastkorb kauern die kleinen Mädchen, immer in Gefahr, in Brand geschossen zu werden. Im umgebauten alten Bus den Stacheldraht durchbrechend vorbei an den schussbereiten Soldaten, die die am Boden zusammengekrümmten wimmernden Kinder nicht trafen. Kopf runter, Maul halten. Der kleine Junge im winzigen Versteck unter dem Kofferraum des Autos direkt über den Auspuffgasen.

Und jene gar, die weggingen und ihr Kind allein zurückließen und forderten, der Mann müsse ihr, der Mutter, das Kind dann nachschicken.

Als ob man nicht auch im Land des Mannes leben konnte, und wer war schon frei von Zwängen und Kompromisse muss man überall machen, sagte die Deutschlehrerin.

Von weit vorn, doch gut zu hören, drang plötzlich die Stimme des Mannes zu mir. Ich hörte ihn deklamieren von dem Feind, und ganz gleich, ob der nun junge sogenannte Literaten gegen ihn losschicke, oder ob dieser Feind in der Pose eines sogenannten Mahnwächters stets pünktlich wie auf Bestellung mit Fernsehkameras vor Kirchentore ziehe, oder ob er Rowdys mit faschistischem Vokabular und Schlagwaffen ausrüste – er, der Feind, habe bei uns keine Chance.

Ich kannte, was der Mann vorlas, der Artikel war am Tag zuvor in einer großen Zeitung veröffentlicht worden. Geschrieben hatte ihn der einstige Feuilletonredakteur, längst arbeitete er in der Hauptstadt.

Und, las der Mann weiter, bei uns stimmen Recht und Gerechtigkeit überein. Unsere Gesetze sind gut und gerecht, aber sie müssten auch jeden Tag gut und gerecht verwirklicht werden. Gerechtigkeit würde von den Bürgern des Landes als ein kostbarer Wert des Sozialismus verstanden und erwartet. Deshalb, und man hörte an seiner vibrierenden Stimme, die ich so gut kannte und hasste, wie ergriffen der Mann von diesen Worten war, deshalb tue es gut, wenn, wo nötig, hart zugegriffen wird. Im Namen des Volkes.

Ich lief zurück an meinen Platz in der Schlange. Inzwischen sprach keiner mehr etwas oder drehte sich nach dem anderen um oder ging etwa ein paar Schritte neben die Reihe, um sich irgendwie zu bewegen. Jeder hielt nur noch seinen Platz besetzt, denn er glaubte, dem Kopf der Schlange nahe zu kommen. Und im Kopf einer Schlange, da wackelt man nicht, da geht man nicht mehr weg, da lässt man sich nicht vertreiben, das lernte jedes Kind schon, wenn es noch klein war, von seiner Mutter.

Aber ich sah doch, wir waren keinen Schritt vorangekommen, seit ich ein Glied dieser Schlange geworden war. Wir hatten uns nicht bewegt, nur ein paar Häuser wechselten ihre Fassade, aber auch die waren grau und bröckelten vor sich hin. Nirgends ein Zirkuswagen, ein Zelt gar, Musik. Wahrscheinlich hätte ich längst gehen sollen, aber ich wollte sehen, wie es weitergeht, und ich musste doch Karten kaufen für die Kinder, aber vielleicht war es auch etwas ganz anderes. Nun jedenfalls war es zu spät dazu, denn der Kreisredakteur und die Frau in der Pelzjacke hatten mich zwischen sich festgeklemmt, kein Windhauch erreichte mich mehr.

Die Frau Doktor presste mich noch fester an den Kreisredakteur, gleich würde ich ersticken. Und ich habe dann endlich um mich geschlagen, und dann war ich draußen und ein anderer an meinem Platz, und der Kreisredakteur rief, da vorn irgendwo, da muss das Kassenhäuschen sein. Wir müssen nur noch etwas aushalten.

Ich bin dann nach Hause gefahren und habe es den Kindern erzählt.

IX

Am nächsten Tag brachte ich das rote Buch, das mich noch immer zum Mitglied der Partei des Mannes machte, in seine Zentrale zurück. Der Polizist am Eingang, dem ich es auf seinen Tisch legte, sah mich fassungslos an. Ich drehte mich um und ging.

Ich wusste, ich hatte auch die Sprache des Mannes nun endlich verloren. Und ich ahnte, lange würde ich schweigen müssen, mir stumm aus Brennnesseln ein neues Hemd aus Worten weben müssen, das kratzig zwar sein würde, aber mich wie eine Haut wärmend umhüllen würde.

Einige Zeit wartete ich noch, dass etwas passierte, aber nichts geschah. Nur der alte Genosse, der immer auf seinem Motorrad mit Beiwagen herumfuhr und die Beiträge kassierte, kam noch einmal und verlangte verlegen das noch ausstehende Geld von mir. Er murmelte etwas wie er würde mich schon verstehen, aber es könnten ja nicht alle so etwas machen, wo kämen wir denn da hin. Dann schenkte er mir noch ein altes hölzernes Weberschiffchen, in das er ein Thermometer hineingefriemelt hatte, und zeigte mir auch die Stelle, wo ich es am besten hinhängen könne. Er hatte sein Arbeitsleben ganz zufrieden in einer Textilbude verbracht. Das Rattern der Webstühle fehle ihm heute noch. Zum Abschied nahm er jede Menge von diesen Schiffchen mit, und waren sie verbaut, bekam er neue von den alten Kollegen. So hänge wohl inzwischen in jedem Haus hier im Tal schon so ein Webthermometer von ihm, sagte er stolz. Nur die richtigen in dem passenden Glasröhrchen gabs so schlecht.

Dem Mann erzählte ich nichts von meinem Parteiaustritt, weil er sonst die Frau nicht mehr zu mir und ihren Enkeln hätte reisen lassen. Ich weiß nicht, ob er, alt inzwischen und krank, wirklich nicht erfahren hatte, dass ich ihm nicht mehr gehörte, aber sie ließen sich beide nichts anmerken. Der Mann wusste, dass er mit mir nicht mehr über seine schwindende Macht reden konnte, ohne dass die Frau zu weinen anfing, und ließ es bleiben. Es fanden sich andere Themen, die Kinder, das Essen, das Wetter, ihr kleiner Bungalow, den sie sich gebaut hatten.

Schließlich, als die Macht des Mannes auf der Straße endete, brach auch er zusammen. Er konnte es nicht fassen, wie die führenden Genossen versagt und das Land zugrunde gerichtet hatten. Vor allem, dass sie sich dabei auch selbst bereichert hatten, verzieh er ihnen nicht. Und wirklich hatte er selbst ja immer darauf geachtet, dass er sich nicht irgendwelche unberechtigten Vorteile verschaffte aus seiner Macht.

Ich hatte wenig Zeit für ihn, auch reden konnten wir noch immer nicht miteinander. Aber einmal, beim Verabschieden, sagte er mir, er achte mich dafür, dass ich die Dinge wohl immer klarer gesehen hätte als er und mich nicht habe entmutigen lassen. Das rechnete ich ihm hoch an, denn ich wusste ja, wie schwer ihm dieser Satz gefallen sein musste.

Kurz darauf rief er an und sagte, er müsse zu einer Herzoperation. Sie sei gefährlich. Ich versuchte noch, ihm das auszureden, denn es ging ihm ja gut. Man könne doch auch mit der Erwartung leben, dass irgendwann mal eine Ader zum Herzen platzt und man auf der Stelle tot ist. Ist doch ein schöner Tod, meinte ich.

Aber für ihn war das nicht vorstellbar, die Medizin habe die Möglichkeit, ihn zu heilen, also müsse man das tun.

In der Nacht vor der Operation träumte ich diesen Traum. Ich war ein Kind von etwa sechs Jahren und irgendjemand hatte mir einen Ball gegeben. Es war mein Ball mit den roten Punkten. Ich wusste, der Ball war mit Gift gefüllt und ich sollte ihn nachts, wenn er kommt, dem Vater geben, hatte man mir gesagt. Er würde Durst haben und daraus trinken. Ich schlafe mit dem Ball, den ich auf meinem Bauch halte, ein, ängstlich werde ich immer wieder wach im Traum und hoffe, dass der Vater nicht nach Hause kommt. Unsere Wohnung ist ganz leer, es gibt nur mein Bett und im Nachbarzimmer einen alten großen Schrank, auf dessen Boden sich der Vater ein Lager eingerichtet hat. Ich höre das Weinen des Vaters im Nebenzimmer und gehe hin. Er ist jung noch, sehr dünn, ausgehungert wie nach dem Krieg mit hohlen Wangen und tiefliegenden, schwarzen Augen. Es schüttelt ihn vor Schluchzen. Ich will ihn trösten, den Ball habe ich im Bett liegen lassen. Ich sage ihm, er solle doch aufhören zu weinen, es wird schon alles gut werden. Ich will den in der Wohnung suchen, der mir den Ball gegeben hat, und ihn bitten, dem Vater zu verzeihen und mich von dieser schrecklichen Aufgabe zu entbinden, den Vater zu töten. Ich laufe durch die Wohnung, aber sie ist ja leer, niemand ist da. Ich will wieder zurück in mein Bett, aber ich sehe gleich, der Ball mit dem Gift ist weg. Ich höre nebenan Geräusche. Ich stürze dorthin. Der Vater sitzt auf einem Stuhl und hat den Ball am Mund und trinkt und trinkt aus ihm. Ich laufe hin zu ihm, ich bin eine junge, erwachsene Frau nun, und sage, aber nicht doch, tue es nicht, bitte, flehe ich. Er sieht mich nur traurig an und legt sich in diesen Schrank auf sein Lager, zusammengekrümmt, denn er ist ja groß, er sagt nichts, aber er weint auch nicht mehr, er atmet sehr ruhig.

Ich will ihn streicheln, aber ich kann es nicht, jetzt weine ich still vor mich hin. Er tut mir sehr leid. Bevor ich ihn berühren kann, wache ich auf.

Am anderen Morgen ruft die Frau mich an, der Mann habe die Operation zwar überstanden, aber er sei so komisch, rede nur noch wirres Zeug. Ich solle sofort kommen.

Er liegt in einem Bett allein im Zimmer, neben sich ein System von Kabeln und Schläuchen, die aber nicht angeschlossen sind an seinem dünnen Arm. Sein Kopf ist klein geworden und ganz kahl, die letzten weißen Haare sind in der Nacht zuvor ausgefallen. Sein Gesicht knochig, wie in meinem Traum, denke ich und erschrecke. Aber ich kann ihn ansehen und zum ersten Mal fühle ich mich diesem Gesicht vorbehaltlos nahe. Über dem Bett hängt eine große, runde Uhr, der Sekundenzeiger tickt und zerschlägt die Stille im Raum, vibriert nach jedem Schlag leicht und holt aufs Neue aus. Genau so eine Uhr hing in dem Kreißsaal, in dem ich unseren Sohn auf die Welt brachte und schmerzvoll zusah, wie die Zeit nicht verging.

Ich setze mich auf die Bettkante und nehme die Hand des Vaters. Er wird wach, sieht mich an und seine Augen strahlen. Noch nie hat er mich so angesehen.

Chi dis da bis ds dudabist dub it. Ifrechsda dudabt. Ihasch n wartet gatret uch. Irw üs do chen dichre den miteinander. Chuss didon oso vierz ehlen.

Schon gut, Vater, sage ich, ich hab Zeit, streng dich nicht so an. Ich verstehe dich ja.

Al fi dama swi m Armenhaus tellneb. Stiwed wiwan de telletz kred im orf. Alko alko nenten us verhöhnen duni red schlu henband eleleher su vevevetetar. Rab wi schwister baha bahab zusa gematen, nam trauch im dejemeden, dr zu neitelz. Dsabi rüh telegert. Dund da nieser eleelde Krieg ind em ichasfat kretiep re. Undsach üzrurückkasm undles randser raw und iwdi Macht tatentwa ich lügkilch. Ichwo tedo nits rüfmi chal ein, ichbah mi chdo incht bereicht ich ollewte sads eslen ugt hegt. Ibe dow irlkich tregäumt novdie Menschheitsglück. Erbar wachlich akannmad etleu eben ni zwign zadzu.

Nein, das kann man nicht, sage ich. Man kann die Menschen nicht dahin zwingen. Und jeder will auf eine andere Weise leben und glücklich sein oder eben nicht.

Watzt kot siwech osch. Dilten kaptlisten rewden de brifken rüzbekom, dididi scheiß Großgrundbesitzer lohenich re dälwer und relfder zurück udids Armenhaus niehiez Obdachlose. Alwes noschomawa.

Nein, Vater, sage ich, es wird nie alles so, wie es schon mal war. Es ist immer anders. Ob es besser wird, wird sich zeigen.

Er ringt nach Luft und greift nach meiner Hand, Kümred um Mutre.

Ist schon gut, Vater, sage ich. Mach dir keine Sorgen. Ich kümmere mich schon.

Ein Arzt kommt herein und schließt Vaters dünne Arme wieder an die Geräte an. Ich solle jetzt besser gehen.

Der Vater drückt meine Hand und sagt mit klarer Stimme, mach's gut.

An der Tür des Zimmers drehe ich mich noch einmal um und denke, jetzt, wo er seine Sprache verloren hat, könnten wir endlich beginnen, miteinander zu reden. Vielleicht würde er aber auch bald seine alten Worte wiederfinden, wenn in seinem Kopf die alte Ordnung wieder herrschte.

In der Nacht ist er gestorben. Zu seiner Beerdigung kamen alle seine alten Genossen, auch der Major war da. Sie brachten rote Nelken mit und legten sie auf seinen Sarg, einer reckte die geballte Faust hoch und verneigte sich vor ihm. Das hat unseren Sohn sehr beeindruckt.

Der Mann wurde auf einem namenlosen Gräberfeld beerdigt. Er hatte es so gewollt. Obwohl ich mir die Stelle habe merken wollen, fand ich sie schon wenig später nicht mehr. Es war nur noch ein großes grünes Rasenstück.

Aber der Sohn meint, genau zu wissen, wo der Großvater liegt.

Ein Nachsatz

Die Anfänge für dieses Buch liegen in den Jahren 1984 bis 1989. Damals entstanden einzelne Skizzen, in sich geschlossene Kurzgeschichten, für mich noch ohne erkennbaren Zusammenhang.

Ich war Mitte dreißig und lebte mit meinem Mann, dem Dichter Kito Lorenc, und unseren zwei kleinen Söhnen in einem alten Bauernhaus in Wuischke, einem Lausitzer Dorf. Mein Mann verdiente mit seiner literarischen Arbeit das Nötigste und ich konnte schreiben.

Ich hatte 1988 meine ersten Texte an Almut Giesecke geschickt, eine Lektorin vom Aufbau-Verlag, die mit mir arbeiten wollte. Dann kam die Wende und mir war klar, dass nun auch ich wieder zum Lebensunterhalt für unsere Familie beitragen musste. Ich wurde verantwortlich für die Presse- und Öffentlichkeitsarbeit der Stadt Bautzen.

Und Almut schickte mir die Texte zurück und schrieb, du darfst sie nicht zu tief vergraben, du musst unbedingt weitermachen, sobald du wieder die Zeit dafür hast.

Ich war 59 Jahre alt, als ich meine Texte wieder hervorholte, und erst jetzt verstand ich, dass sie alle miteinander zu tun hatten. Ich fand einen neuen Zugang zu ihnen, als ich begriff, was ich eigentlich schreiben wollte. Die Geschichte eines Kindes, das der Macht der Worte des Vaters, eines Staatsanwaltes in der DDR, ausgeliefert war und sich daraus befreite. Drei, vier der frühen Geschichten und Skizzen habe ich bearbeitet und jetzt in den Romantext integrieren können.

Ich hatte weder Zeit noch Lust, darüber zu sinnieren, ob es zu spät für mich zum Schreiben sei. Ich tat es endlich (und ohne die zittrige Schreibangst meiner Anfänge), ich wusste, dass ich jetzt so weit war, dieses Buch schreiben zu können. Ich weiß nicht, ob ich es eher überhaupt vermocht hätte.

Ich habe meine Arbeit am Text 2016 beendet. Mein Mann hat ihn kurz vor seinem Tod noch lesen können und mich bestärkt, ihn zu veröffentlichen, ebenso wie Elke Erb, über vierzig Jahre lang unsere Sommernachbarin in Wuischke. Sie hat einige sprachliche Korrekturen angeregt, mir wichtige Hinweise gegeben – und mich, genau wie Almut Giesecke, immer wieder angetrieben, mir einen Verlag zur Veröffentlichung zu suchen, als ich das schon aufgeben wollte. Und viele Freunde haben mich ermutigt.

Im Mitteldeutschen Verlag und Roman Pliske habe ich endlich die richtigen Partner gefunden, mit Manfred Jendryschik habe ich die Endfassung erarbeitet. – Ihnen allen danke ich.

Januar 2022